DU MÊME AUTEUR

Aux Éditions Gallimard

L'AMOUREUX MALGRÉ LUI, *roman,* 1989 (« L'Infini »).

TOUT DOIT DISPARAÎTRE, *roman,* 1992 (« L'Infini » ; « Folio », *n° 3800*).

GAIETÉ PARISIENNE, *roman,* 1996 (« Folio », *n° 3136*).

DRÔLE DE TEMPS, *nouvelles,* 1997. Prix de la Nouvelle de l'Académie française (« Folio », *n° 3472*). *Avant-propos de Milan Kundera.*

LES MALENTENDUS, *roman,* 1999 (« Folio », *n° 4937*).

LE VOYAGE EN FRANCE, *roman,* 2001. Prix Médicis (« Folio », *n° 3901*).

SERVICE CLIENTÈLE, *roman bref,* 2003 (« Folio », *n° 4153*).

LA REBELLE, *roman,* 2004.

LES PIEDS DANS L'EAU, *roman,* 2008 (« Folio », *n° 5037*).

L'ÉTÉ 76, *roman,* 2011 (« Folio », *n° 5577*).

L'ORDINATEUR DU PARADIS, *roman,* 2014 (« Folio », *n° 6171*).

LIVRE POUR ADULTES, *roman,* 2016 (« Folio », *n° 6466*).

EN MARCHE !, *conte philosophique,* 2018 (« Folio », *n° 6765*).

Aux Éditions Fayard

LA PETITE FILLE ET LA CIGARETTE, *roman,* 2005 (« Folio », *n° 4510*).

CHEMINS DE FER, *roman,* 2006 (« Folio », *n° 4774*).

LA CITÉ HEUREUSE, *roman,* 2007.

L'OPÉRETTE EN FRANCE, *essai illustré,* 1997, nouvelle édition, 2009.

LE RETOUR DU GÉNÉRAL, *roman,* 2010 (« Folio », *n° 5384*).

À NOUS DEUX, PARIS !, *roman,* 2012 (« Folio », *n° 5690*).

POLÉMIQUES, *essai,* 2013.

POURQUOI JE PRÉFÈRE RESTER CHEZ MOI, *essai,* 2017.

LA MORT DE FERNAND OCHSÉ, *récit,* 2018.

LES DENTS DE LA MAIRE, *récit,* 2020.

Suite des œuvres de Benoît Duteurtre en fin de volume

MA VIE EXTRAORDINAIRE

BENOÎT DUTEURTRE

MA VIE EXTRAORDINAIRE

roman

nrf

GALLIMARD

PREMIÈRE PARTIE

UN SOUVENIR D'ENFANCE

1

L'ange et la bête

— Regarde-moi ces connards !

Des motards bloquent l'accès au col de la Schlucht. Ils manifestent contre le projet d'élus alsaciens qui prétendent limiter leur accès à la « route des crêtes ». Chaque week-end les choppers de toute l'Europe empruntent cette voie au sommet de la montagne où ils roulent à cent à l'heure, entre pâturages et forêts, dans un monstrueux tintamarre qui anéantit toute poésie. Priés de renoncer à ces expéditions, atteints dans leur liberté, blessés dans leur fierté, désireux qu'on les respecte, les « motards en colère » ont donc lancé une opération escargot qui pourrit la journée de centaines d'automobilistes… Mais surtout, *ils me dérangent, moi*, et j'éructe dans la voiture, toujours prêt à tirer des théories de mes contrariétés. À mes yeux les choses sont claires : les motards incarnent cette nouvelle humanité où chacun est à la fois bourreau et victime ; ils saccagent la nature, ignorent les réglementations sur le bruit… Mais pour peu qu'on limite leur capacité à gâcher la vie des autres, ils s'estiment frappés dans leur dignité et invoquent les droits de leur communauté.

Pour l'heure, plus précisément, ils m'empêchent d'aller au lac et je peste contre ces gêneurs qui compliquent notre après-midi. Je fulmine à la place du mort tandis que Jean-Sébastien, à côté de moi, conserve un calme légèrement agacé. Je ferais mieux de me contenir, de laisser retomber cette rengaine qu'il connaît par cœur et qui se présente comme une réflexion sur le monde moderne – quand il s'agit plutôt de laisser jaillir ma haine contre tout ce qui s'oppose à mon plaisir.

Nous savons comment le plus gentil des chiens commence à grogner dès qu'on approche sa gamelle. Quoique porté à l'empathie avec mes semblables, j'ai en moi ce côté animal prêt à se réveiller et pressé d'anéantir ce qui contrarie sa volupté. Cet élan se limite le plus souvent à une rumination intérieure ; mais j'ai mis tant de soin à me bâtir une existence bien réglée, pleine de douceurs, que le moindre grain de sable m'apparaît comme un ennemi mortel que je réduirais à néant si les règles sociales ne m'empêchaient de le faire.

Ce réveil de la bête peut survenir à tout instant : par exemple dans les transports en commun, quand je file à un rendez-vous important, que je suis un peu en retard et que le métro tarde à entrer dans la station où je m'impatiente. Lorsque la rame débouche enfin, à son rythme pépère, indifférent à mes urgences, il m'arrive de jeter au conducteur un regard noir, de marmonner des mots haineux et de le promettre aux pires supplices pour le désagrément qu'il m'inflige… Il est heureusement peu vraisemblable que je me régale vraiment de soumettre cet individu au châtiment qu'il mérite pour m'avoir fait manquer ma correspondance. L'essentiel de mon être demeure gouverné par la mesure et la raison ; mais je sens bouillonner cet instinct primaire dressé contre toute entrave aux buts que je me suis fixés.

Ces sombres penchants ne m'empêchent pas d'apparaître comme un exemple achevé d'être social. Car je suis également un convive charmant, désireux de plaire à l'autre, de le mettre en valeur, de lui procurer un sentiment agréable. Je n'aime rien tant qu'entretenir une humeur légère et partager mon bonheur : l'enchantement des paysages, les plaisirs de la table, les plaisanteries entre amis ou les délices de la musique. Je suis toujours curieux de connaître les autres. En tant qu'hédoniste je suis partageur… Mais cette agréable comédie finit elle-même par m'ennuyer et je recommence à grogner en silence dès que le besoin de solitude se fait plus pressant.

Je ne supporte pas l'humain qui me fait perdre mon temps et auquel je renvoie un sourire courtois. Je ne puis faire autrement que d'être aimable mais, à l'intérieur, la bête gronde, se lasse et se fâche. Cet interlocuteur qui commence à me raser, s'il savait lire dans mes yeux attentifs et candides, entendrait : « Quand vas-tu finir par te taire ? » Je l'écoute patiemment mais je préférerais m'en débarrasser. Ma seule jauge de l'univers est mon bien-être. Mes appétits et mes voluptés exigent qu'on se mette à leur service ou qu'on disparaisse : ce que certains psychologues définiraient comme une mécanique perverse, mais que je préfère voir comme un mélange de l'esprit du chat (« Caresse-moi ! ») et de celui du chien (« Pas touche à mon territoire ni à ma gamelle ! »).

Aujourd'hui sur le toit des Vosges, bloqué par un bataillon de motards en colère, je me rappelle aussi les vacances de mon enfance, et les balades en voiture avec oncle Albert qui avait une singulière façon de pester contre les gêneurs, surtout s'il était dans son tort. Un jour que nous roulions en forêt, il s'était engagé sur une voie étroite sans respecter le panneau d'interdiction pourtant bien visible – motif insuffisant pour l'empêcher d'avancer, et qui même exerçait un attrait supplémentaire. Nous nous étions retrouvés face à un autre véhicule au bord du ravin et mon grand-oncle, après un instant de réflexion, était sorti de voiture furieux, ruban rouge à la boutonnière, pour engueuler le chauffeur adverse, au prétexte que ce chemin était interdit. Puis il l'avait contraint à reculer pour lui laisser le passage… Ce détestable trait de caractère a toujours quelque chose de comique et donc de plaisant ; c'est pourquoi je ris tellement devant ces scènes où Louis de Funès manipule son prochain sans scrupules, en utilisant les arguments les plus tordus. Ce fond hargneux de l'homme, cette mauvaise foi et cette arrogance du conducteur ressemblent beaucoup, décidément, à la façon d'aboyer qu'ont nos fidèles compagnons.

*

— Vois-tu ces belles montagnes à travers les branches ?

Dès que le motif de désagrément disparaît, l'animal fait place à l'agréable compagnon. Nous longeons un panorama typiquement vosgien. Les pentes arrondies, couvertes de conifères, se répondent à l'infini dans une lumière mêlant le bleu et le rose. On dirait un tableau romantique allemand. Après mon élan de colère envers les motards, je me suis rappelé ce chemin forestier qui nous a permis de contourner l'opération escargot et de retrouver la forêt. J'insiste à présent pour mon compagnon sur la beauté du spectacle avec cette même ferveur qui m'animait quand je brûlais d'exterminer les motards. Ce faisant, j'oublie que Jean-Sébastien tient le volant et ne saurait tourner la tête pour contempler ce panorama, au risque de basculer dans le précipice.

Nous approchons ainsi du lac de Longemer, vraiment féerique au cœur du massif. Il s'allonge sur plusieurs kilomètres entre les versants de sapins. Même les bases touristiques, les locations de pédalos et les campings qui se sont multipliés depuis mon enfance ne parviennent pas à atténuer la splendeur de cette étendue sauvage au pied de l'imposant sommet du Hohneck. Après avoir longé le rivage bordé de frênes dont les racines noueuses délimitent des petites criques, nous passons devant l'Hôtel du Lac. Juste à côté subsiste l'ancien établissement abandonné où oncle Albert et sa jeune fiancée, Rosemonde, venaient en vacances à la fin des années quarante et d'où ils partaient, le matin, pour aller à la pêche. Vingt ans plus tard ils nous emmenaient nous baigner ici, et cette eau limpide où se reflète la forêt conserve à mes yeux toute la magie de l'enfance. Mais je sais aussi l'embêtement que représente ce genre de souvenirs pour qui ne les a pas vécus dans sa chair : surtout ne pas harceler Jean-Sébastien avec ma nostalgie, même si notre propre histoire entretient, à mes yeux, certains liens avec celle de Rosemonde et Albert.

Nous reproduisons en effet un scénario qui ressemble à celui qui émerveilla mon enfance : parce qu'il a dix-huit ans de moins que moi (le même écart) ; et parce qu'à mon tour je lui ai fait découvrir ce coin des Vosges où nous passons désormais une partie de l'année. Aujourd'hui, comme eux, nous partons faire les courses à Gérardmer, puis nous improvisons des détours par la forêt ; et je ne puis retrouver ce lac sans songer aux récits que Rosemonde, très âgée, me faisait encore de leurs premiers séjours ici, des sorties en barque, de l'éblouissement de la nature. Seule différence : elle adorait les motards roulant avec une fille accrochée à leur dos.

Il est 18 heures et j'allume l'autoradio. La présentatrice parle mal. Elle avale certaines syllabes et en exagère d'autres sur un ton artificiellement radiophonique. On dirait qu'elle joue à la présentatrice, sans penser à ce qu'elle dit, mais en imitant le rythme d'un commentateur sportif et en parlant une langue qui n'est pas la sienne. Dès le sommaire, il faut subir une avalanche d'anglicismes, de *challenges* et d'*opportunités.* Puis c'est le menu du jour sur la réforme ferroviaire, le danger populiste, les violences-faites-aux-femmes, les résultats de *Champions League* et le sauvetage de la planète par les éoliennes... Alors, peu à peu, la bête se réveille. Je sens ma rage grandir, dirigée non plus vers ceux qui bloquent la route, mais contre l'organisation tout entière du monde. Contrairement à l'opération escargot, je ne suis pas directement *impacté* (comme dit la journaliste). En outre j'ai allumé volontairement la radio pour entendre les nouvelles. Mais certains propos mécaniques ne tardent pas à me mettre en colère et, soudain, comme une phrase m'agace davantage que les autres, je m'exclame :

— Idiotie ! Propagande !

— Arrête ! crie Jean-Sébastien.

Il connaît ma rengaine et mes idées fixes ; il en partage certaines, mais il n'aime pas me voir livré à cette fureur. Il trouve que ça me désavantage. Il me préfère drôle et je fais un effort pour me taire, tout en me sentant prêt à déborder aux prochains mots qui me fâcheront. Et ils sont nombreux, tant ces informations négligent de prendre en compte mes connaissances et répandent leurs pseudo-vérités à l'inverse de mes analyses et de mon bon plaisir.

Je me tourne donc de nouveau vers le lac et suis aussitôt gagné par l'enchantement. J'aime cette étendue calme qui recèle tant de souvenirs : ceux des pêches fabuleuses qu'on y faisait, paraît-il, après guerre et dont témoignent plusieurs photos de mon grand-oncle, radieux, tenant des deux mains un énorme brochet ; puis ceux de nos sorties d'enfants en pédalo qui permettaient de s'aventurer au milieu de l'eau ; ceux des promenades qui nous conduisaient jusqu'à la « logette », une cabane en pleine forêt, perchée au-dessus du lac devant un à-pic de plusieurs centaines de mètres ; et plus haut encore ceux des balades sur les pâturages du Hohneck. Autant de réminiscences se mêlent au moment concret que je suis en train de vivre, avec Jean-Sébastien, quand nous garons enfin la voiture près de cette prairie qui descend vers le rivage où je vais pouvoir mettre les pieds dans l'eau.

Elle est bonne. Je lui prête vingt et un degrés en ce début d'été. Après quelques efforts pour marcher sur le fond incertain de cailloux sans perdre l'équilibre, c'est un délice de partir au large sous les yeux de mon ami. Assis au bord sous les feuillages d'un sorbier, il déteste l'eau froide mais il veille. Il m'interdit de tenter la traversée à la nage. Il a peur que je fasse un malaise et ne revienne pas. Son inquiétude me semble excessive et je me contente de tourner, de plonger la tête puis de crawler à cinquante mètres de la berge. Les bains dans les lacs ont leurs inconvénients : l'eau peut y paraître fade, trop pleine de vase et de feuilles mortes. Mais le bain à Longemer est féerique. Il s'offre sous les montagnes dans la lumière du soir, à peine troublé au loin par le rugissement d'une moto. Sale motard ! Je contiens ma colère. Après quoi, heureux, je me sèche, puis nous regardons une libellule aux ailes transparentes faire du surplace au bord de l'eau. J'adore son frémissement et son rythme saccadé. Il paraît que la population d'insectes volants s'effondre, mais ils sont toujours nombreux dans ce coin de paradis où se conjuguent mon présent et mon passé.

2
Le départ

Dès l'approche de l'été j'attendais impatiemment ce moment où nos parents annonçaient :

— Les enfants, oncle Albert et tatie des Vosges arriveront demain !

Nous nous regardions, les yeux brillants, ma sœur Nathalie et moi. Dans quelques jours allait s'ouvrir la fenêtre du bonheur. Dans quelques jours, oubliant le train-train familial et urbain, nous allions partir vers cette vallée et ses prairies, revoir le Moulin, entendre le murmure de la rivière, grimper vers les fermes et les greniers à foin. Mais d'abord, nous allions retrouver cet homme déjà vieux à la voix rocailleuse et cette femme encore jeune, douce et attentive, qui ouvriraient bientôt la parenthèse enchantée.

Cet heureux sort nous avait touchés avec la complicité de mes parents qui, sans le savoir, avaient changé nos destins. Durant les « grandes vacances », qui duraient alors près de trois mois, mon père travaillait et ma mère était occupée par nos petits frères et sœurs qui se succédaient selon l'idéal des familles catholiques. C'est pourquoi ils avaient prévu de nous envoyer tous deux passer la belle saison dans cette maison où vivaient l'oncle de ma mère et son épouse, qui n'avaient pas d'enfants. Nous avions déjà séjourné plusieurs fois chez eux en famille. Mais en 1966, l'année de mes six ans, il s'était décidé que nous irions tout seuls. Au mois de juillet, « oncle Albert » et « tatie des Vosges », traversant la France d'est en ouest, étaient donc venus nous chercher au Havre ; puis nous étions partis avec eux en voiture vers ce village où nous avions passé plusieurs semaines avant de rentrer chez nous début septembre.

Les choses s'étaient si bien déroulées que, l'année suivante, nous étions restés deux mois entiers. Cette formule ne constituait pas nécessairement un bénéfice pour nos parents, devenus synonymes de retour à la vie normale... Inversement notre grand-oncle et sa femme représentaient la liberté des vacances dans cette montagne où ils avaient choisi de vivre ; mais aussi cette liberté qu'ils incarnaient par leur histoire personnelle : lui, âgé de soixante-dix ans, grand et massif dans ses complets gris, portant d'épaisses lunettes, les cheveux encore abondants coiffés en arrière et le ton gouailleur ; elle, plus menue et plus jeune de vingt ans, plus sérieuse que son mari, mais toujours follement amoureuse depuis qu'ils s'étaient rencontrés dans la clandestinité en 1942.

Ce privilège nous était désormais accordé chaque année ; c'est pourquoi nous étions si excités de les voir revenir, au début des vacances scolaires, dans leur voiture de marque Panhard, puis bientôt dans cette Ford Taunus fort exotique en regard des 404 Peugeot et autres DS Citroën qui régnaient dans la bourgeoisie havraise. Leur arrivée était le signal de notre départ. Ils passeraient d'abord quelques jours chez nos grands-parents, tandis que nous commencerions à nous impatienter en attendant ce voyage qu'on n'appréhendait pas. Au contraire : l'enchantement s'exercerait dès le petit matin, à ce moment précis où l'on franchirait la porte du jardin, Nathalie et moi, laissant derrière nous le reste de la famille pour suivre Albert et Rosemonde jusqu'à leur voiture, puis nous asseoir sur la banquette arrière. À l'âge de huit, neuf, puis dix ans, rien ne comptait autant dans ma vie que ce départ vers le paradis.

À la sortie du Havre, les usines s'alignaient au bord de la route. L'immense raffinerie Total prolongeait la ville, avec ses flammèches orange et ses fumées noires. Mon grand-oncle râlait contre les autres conducteurs. Ses insultes fusaient dans le style du capitaine Haddock, puis le temps s'éternisait jusqu'à l'approche de Paris. On y entrait par la Défense où poussaient les premiers gratte-ciel, avant de rejoindre un flot de voitures jusqu'à l'Arc de triomphe. Notre grand-tante nous expliquait l'histoire du Soldat inconnu et celle de la Grande Guerre où oncle Albert avait combattu ; mais déjà la Taunus redescendait vers les quais où nous ralentissions pour contempler la tour Eiffel. Puis la route reprenait son cours ponctué d'autres découvertes.

Assise près de son mari, cheveux coupés court et tailleur strict, « tatie des Vosges » s'évertuait à transformer notre voyage en leçon de choses. De bataille en cathédrale, elle racontait l'histoire de France et son récit donnait vie à cette morne nationale 4 bordée de coquelicots. Le paysage et la traversée de chaque ville avaient encore quelque chose de pittoresque dans cette France d'avant

1970 qui ne comptait guère d'autoroutes ni de voies de contournement, et pas davantage de centres commerciaux en périphérie. La nationale, sans pitié, traversait chaque bourgade et nos incessantes questions faisaient l'objet d'explications que Rosemonde, le soir même, reporterait sur notre « journal de vacances » : un récit de voyage illustré de dessins, photos et cartes postales. Profitant d'un arrêt à la station-service, elle venait s'asseoir sur le siège arrière et nous apprenait des chansons. On choisissait un coin de campagne pour pique-niquer. Puis, après l'ennuyeuse traversée de la Champagne pouilleuse, j'étais tout excité de reconnaître ces premières étables aux porches arrondis qui marquaient notre arrivée en Lorraine. Soudain, oncle Albert annonçait :

— Attention, ça va faire du bruit !

Sur le pont en bois de Pagny-sur-Meuse les roues produisaient un terrible vacarme. Plus loin à Raon-l'Étape, jolie ville toute en grès rose, notre grand-oncle désignait une large courbe évasée entre deux montagnes couvertes de sapins qu'il désignait comme « la porte des Vosges ». Alors nous commencions à grimper, lentement, dans ces vallées où se succédaient les hameaux dont, bientôt, nous saurions les noms par cœur : Saulcy, Clefcy, Le Vic, Sachemont… Regardant plus haut, j'étais fasciné par certaines masures perchées qu'on apercevait en pleine forêt, ou par ces petites églises aux clochers en forme de bulbe ; puis la végétation se faisait plus dense et la voiture entamait l'ascension d'un défilé rocheux où courait un torrent sous les sapins immenses.

Nous savions alors que nous n'étions plus très loin. Notre grand-tante prenait soin, d'ailleurs, de mettre en scène l'arrivée par d'autres signaux qui se répétaient chaque année. À quelques kilomètres du village, elle posait son sac à main sur les genoux, et nous commencions à frémir. Puis, tandis que la voiture se traînait de tournant en tournant, elle faisait tinter son trousseau de clés, ranimant notre attention malgré la longueur de cette journée et la fatigue du voyage. Le visage collé à la vitre arrière, je reconnaissais au milieu des arbres la façade de « Schmalick » – une maison de repos tenue par des bonnes sœurs ; puis encore un dernier tournant et un panneau métallique indiquait :

Le Grand-Valtin
Commune de Ban-sur-Meurthe

C'était alors comme si je lisais « entrée du pays merveilleux ». Car, soudain, la voiture dépassait les derniers sapins et nous reconnaissions cette vallée d'altitude aux vastes prairies couronnées par d'autres forêts qui grimpaient vers les cimes. Quelques fermes étaient dispersées sur chaque versant. En contrebas deux étangs alimentaient une scierie. Seule au bord de la route, la mairie annexe faisait également office d'école, coiffée d'un petit clocher.

Juste derrière ce bâtiment, la Taunus tournait à droite et dévalait en cahotant un chemin de pierres qui aboutissait au Moulin : une belle demeure lorraine sur laquelle s'ouvrait un de ces porches en berceau typiques de la région. Au-dessus de l'entrée, des chiffres gravés indiquaient sa date de construction : 1820. Tout joyeux, nous sortions de voiture pour respirer le parfum du foin fraîchement coupé auquel se mêlait celui des feux de bûcherons. Mais l'enchantement de cet instant était aussi musical, tant j'aimais ce tintement des ruisseaux qui alimentaient l'ancien moulin. Juste devant la maison, la rivière traversait un bassin limpide entouré de blocs de grès ; et je savais que, dès le lendemain, chaussé de bottes trop hautes pour moi, je connaîtrais des moments exquis à enfoncer les pieds dans l'eau.

Pour l'heure, nous entrions derrière Rosemonde dans un vestibule sombre à l'odeur résineuse, recouvert de cartes d'état-major. Puis nous nous faufilions dans le couloir jusqu'à la « grande pièce », cette salle à manger dans laquelle s'ouvrait une immense cheminée où on pouvait tenir debout au milieu des morceaux de viande fumée. Un rouet de conte de fées était posé juste à côté. Une énorme tête de sanglier naturalisée nous observait dans l'escalier qu'on gravissait en toute hâte jusqu'à la « chambre jaune » où nos lits étaient préparés avec leurs gros édredons. Car nous étions sûrs de trouver, comme chaque année, quelques cadeaux sous les oreillers : deux ardoises, une boîte de crayons de couleurs, des craies, des cahiers… On redescendait pour dire merci en traversant l'ancienne cuisine où le fourneau à bois, la baratte à beurre et le buffet rustique nous semblaient plus précieux que des meubles de style. Dans la pièce suivante, un petit salon aux murs couverts de livres, oncle Albert se reposait du voyage, allongé de côté sur son canapé. Il passait ici la majeure partie de la journée à étaler des réussites et répondait à nos remerciements par un grognement. On devinait toutefois ses yeux contents sous ses lorgnons rectangulaires, puis il étalait à nouveau ses cartes, tandis que ma sœur se blottissait contre lui en l'appelant « Kabert »

– une déformation enfantine d'oncle Albert qui allait devenir son surnom dans toute la famille.

Quant à moi, je regardais avec admiration les lettres encadrées du président américain Eisenhower et du ministre anglais Duff Cooper qui le félicitaient pour ses hauts faits. Il évoquait rarement cette période qu'on connaissait surtout par ces souvenirs accrochés aux murs et par les rares anecdotes que Rosemonde nous délivrait : spécialement ce jour où, âgée de vingt-cinq ans, elle avait caché et sauvé de la Gestapo cet homme qui n'était pas encore son mari. Tout cela constituerait bientôt notre légende dorée. Mais le plus important, sans doute, était la photographie du chef de la France libre en juin 1940 et, juste à côté, le texte du fameux appel sur fond tricolore qui nous rappelaient qu'il n'existait sur terre qu'un seul dieu : le général de Gaulle.

Je me remémore précisément, cinquante ans plus tard, les odeurs et les sons de cette maison, mais aussi ces moments qui, deux mois durant, allaient rythmer mon bonheur. Chaque matin, depuis mon lit, j'entendrais le coq chanter au loin, puis je me lèverais pour entrevoir par la fenêtre les prés grimpant vers la forêt. Après le petit-déjeuner, j'arpenterais autour de la maison ces hautes herbes et cette abondance de fleurs blanches, bleues, violettes aux formes innombrables. Je franchirais librement les ruisseaux en ce temps où les adultes laissaient les enfants déambuler sans crainte.

Chaque jour vers midi et demi, juste après le passage du facteur dans sa fourgonnette jaune, on s'attablerait pour déguster la cuisine de Rosemonde. Sur la radio passeraient les divertissements d'Europe n° 1, animés par

Pierre Bellemare et les frères Rouland. Puis il faudrait travailler mon piano, monter à la ferme chercher du lait et des œufs. Ensuite, seulement, je pourrais enlever les vannes de la retenue d'eau avec le concours de mon grand-oncle, et la regarder se vider avec une puissance fabuleuse. Certains après-midi je m'essayerais à la pêche, sans aucun succès. Plus tard nous irions faire des courses à Gérardmer, la ville voisine, et je trouverais au retour une belle truite accrochée à ma ligne par une puissance mystérieuse. Après quoi viendrait le moment de jouer dans la « cafourotte » – mot de patois vosgien qui désigne une cabane comme celle que Kabert avait construite pour nous derrière la maison. À l'abri des saules et des bouleaux, on s'y livrait avec ma sœur à des activités commerciales en échangeant des fleurs, des graines et des cailloux de rivière.

Les jours pluvieux, parfois nombreux comme en ce mois d'août 1967 où le soleil n'apparut quasiment pas, on se réchauffait devant la cheminée ; puis notre grand-tante déployait des trésors d'imagination, multipliant les découpages et coloriages, avant de fabriquer des marionnettes pour un spectacle auquel on invitait les enfants du village. D'autres rites contribuaient à nous occuper : comme le passage de M. Béhin dans son épicerie ambulante qui s'ouvrait par le côté pour révéler ses présentoirs variés de fruits, légumes et autres denrées ; ou celui des « boueux », perchés sur leur camion d'ordures puantes qu'ils ramassaient d'une maison à l'autre. Le dimanche matin, on accompagnait tatie à la messe dans cette maison de religieuses où elle tenait l'harmonium. À la sortie, sœur Sainte-Odile, la cuisinière, nous offrait des friandises, puis on regagnait le Moulin à pied, traversant une forêt où tout ressemblait étrangement à nos livres d'enfants avec leurs animaux sauvages et leurs cabanes en bois ; comme si le monde féerique existait réellement et qu'on avait la chance d'y passer le meilleur de notre vie : ces moments qui, longtemps après, continueraient à nous soutenir, tout en éveillant une douce et terrible mélancolie.

Sur une photo en noir et blanc du début des années soixante, je suis assis sur les genoux de « tatie des Vosges » au milieu des herbes et des fleurs des champs. Je porte un polo rayé, je ferme à moitié les yeux et je semble délicieusement heureux sous ma chevelure blonde. Derrière nous j'aperçois le chemin pierreux du Moulin qu'on dévalait avec Nathalie, en se tirant l'un après l'autre dans un chariot. Plus haut c'est la maison de M. et Mme Seltz, un couple de Parisiens en retraite qui nous accueillaient avec des bols de framboises et de fraises des bois. Sur une autre photo, près du petit étang, nous nous tenons main dans la main, ma sœur et moi, comme si nous étions au jardin d'Éden. Est-ce vraiment une force qui me soutient aujourd'hui encore ? Un demi-siècle plus tard, cet épisode de mon enfance me parle toujours comme une source de réconfort. Il me rappelle la présence toute proche de la poésie, de l'aventure et du merveilleux. Il me rassure au point que, si je me sens très mal, physiquement ou moralement, je me raccroche à lui comme les prisonniers se raccrochent à l'image d'un être cher.

3
Rosemonde et Albert

Oncle Albert, dans la famille, avait une réputation d'aventurier. Ce n'était pas toujours un compliment et ma grand-mère, qui avait épousé son frère, aimait modérément sa façon peu diplomatique de railler les conventions. Son rang de fils aîné comme son histoire personnelle, dont témoignait une collection de médailles, lui valaient toutefois un réel prestige. Il avait vu le jour en 1898 à Lérouville, bourg ouvrier du département de la Meuse relié au pays par une importante gare de chemins de fer. Son frère cadet, Maurice, était né deux ans plus tard et les deux garçons, au début du XXe siècle, s'en allaient passer chaque été à Grandrupt, un village des Vosges d'où venait leur famille et où vivait leur grand-mère. Les vacances des frères Georges préfiguraient les nôtres, Albert et Maurice ayant connu ce même enchantement montagnard, rompu à la fin de l'été par le retour à Lérouville où leur père exerçait le métier de représentant en vins. De ce père ils ne parlaient jamais. Quand, des années plus tard, on demandait à oncle Albert d'évoquer sa famille, il répondait en quatre mots : « J'ai eu une grand-mère. »

Cette enfance d'avant 1914 était teintée de ferveur

patriotique. Car juste au-dessus de Grandrupt passait la frontière de l'Alsace annexée en 1871 par l'Empire allemand. Cette perte tragique occupait les esprits. *Le Tour de la France par deux enfants*, mélange de roman et de manuel scolaire étudié par les écoliers de l'époque, commence par le départ de deux jeunes frères fuyant leur village occupé : « Lorsque le soleil parut, empourprant la cime des Vosges, ils étaient déjà loin de la frontière, hors de tout danger ; et, se tenant toujours par la main, ils marchaient joyeusement sur une route française, marquant le pas comme de jeunes conscrits. » L'idée de la « revanche » enflammait les cœurs, plus encore dans cette Lorraine mutilée. Dès avril 1917, âgé de dix-huit ans et tout juste bachelier, Albert Georges allait ainsi devancer l'appel et rejoindre le 154e régiment d'infanterie combattant à Verdun puis dans la bataille de l'Aisne. Il en reviendrait avec ses premières décorations, mais aussi sa réputation de risque-tout – tandis que Maurice, son cadet, trop jeune pour s'engager, poursuivait sagement ses études. Une photo de l'époque souligne le contraste entre les deux frères : Albert en permission dans son uniforme militaire ; Maurice en petit jeune homme affublé d'un manteau et d'un élégant chapeau.

Entre-temps, ces deux garçons intelligents, bénéficiaires du fameux « ascenseur social » de la Troisième République, étaient passés de l'école communale au lycée de Commercy, sous-préfecture de la Meuse. Débarquant dans ce pensionnat avec leurs casquettes et leurs manières mal dégrossies, ils avaient rencontré de nouveaux camarades et développé leur goût des calembours et des jeux de mots en latin. Soixante ans plus tard, pendant nos vacances au Moulin, Albert nous apprendrait à épeler *Tabernaculorum*, syllabe par syllabe : « T-A ta, B-E-R ber, taber... » – comme le faisaient ses copains qui hurlaient cette formule dans le dortoir. Son engagement dans l'armée, prolongé deux ans après l'armistice, avait toutefois interrompu sa formation. Libéré des obligations militaires en 1920 et muni de son baccalauréat ès lettres, il avait alors opté pour la faculté dentaire de Paris. Maurice, au même moment, commençait sa médecine, et les deux frères Georges s'étaient retrouvés dans un appartement 101 rue Caulaincourt, à deux pas du cimetière Saint-Vincent et du Lapin Agile, rendez-vous des poètes et des vagabonds. Oncle Albert évoquait souvent cette vie de bohème entre Montmartre et quartier Latin, les jolies serveuses, l'abondance de la nourriture qu'on payait quelques sous. Il avait traversé les « Années folles » au rythme des chansons de Mistinguett et de Maurice Chevalier ; c'est pourquoi il fredonnait souvent *Ma pomme* et laissait entendre que notre honorable grand-père ne s'était pas privé, lui non plus, de faire la bringue.

Après son internat de médecine, Maurice s'était établi au Havre, comme oto-rhino-laryngologiste, avant d'épouser la fille d'un homme politique local : le sénateur René Coty. Albert, resté à Paris, s'était marié en 1926 avec Marie-Louise Wittmann, dentiste elle aussi. Le cadet avait opté pour le monde bourgeois. L'aîné avait poursuivi une existence plus compliquée dont il ne parlait que par vagues allusions. Son couple ayant battu de l'aile, il s'en était allé vers les colonies comme le Bardamu de Céline. D'un séjour en Afrique du Nord témoignaient au Moulin ce sabre berbère et ce portrait d'Arabe qu'il avait peint lui-même. Puis il était parti à la Martinique et ajoutait, sur le ton de la blague, avoir peut-être laissé là-bas quelques rejetons. L'unique photo préservée de cette époque le montre assis à l'ombre d'un appartement Art déco, costume blanc colonial, affublé de lunettes noires.

À quarante ans passés, bien que délivré de toute obligation militaire, il avait toutefois réintégré l'armée dès la déclaration de guerre en 1939. Engagé comme infirmier militaire, il avait suivi les troupes en pleine débâcle jusqu'à Sète où l'appel à la Résistance avait soulevé son âme de patriote. Jamais il n'oublierait ce discours qui « d'une France à genoux refaisait une France debout », comme il me le préciserait dans une longue lettre envoyée, l'année de mes onze ans, pour m'expliquer son gaullisme fervent. De retour à la capitale, il s'était rapproché d'autres camarades « pour entendre une nouvelle fois la voix de ce général inconnu ». Alors, ajoutait-il, « j'ai vu les hommes se lever, se raidir dans un garde-à-vous oublié, mais soudain retrouvé, et les femmes les imiter pour prendre maladroitement, mais à plein cœur, la position du soldat devant le chef reconnu et accepté, car chacun au fond de soi-même s'engageait pour le combat et pour la Résurrection de notre pays ».

Dans ce groupe figurait son ex-épouse, Marie-Louise, avec laquelle il s'était remarié au début de la guerre, comme pour souligner leur communion dans la lutte. Ils avaient commencé à organiser des évasions pour le réseau britannique Cartwright. Puis Albert était passé en Algérie dans l'espoir de rejoindre l'armée gaulliste d'Afrique. Mais les autorités françaises l'avaient arrêté et incarcéré plusieurs mois à Oran. Sitôt libéré, il avait regagné Boulogne-sur-Seine où il avait repris son métier de dentiste et ses activités clandestines. Après quoi, fuyant la menace de la police allemande, il avait quitté Paris en 1942 pour Ivry-la-Bataille, aux confins de l'Île-de-France et de la Normandie, où il avait ouvert un nouveau cabinet dentaire.

C'est dans cette région, sous le pseudonyme de Jeandel – le patronyme de sa grand-mère adorée –, qu'il était devenu l'un des responsables de la Résistance au sein du réseau Turma-Vengeance. Il avait organisé des coups de main, des sabotages, et surtout ces chaînes d'évasion pour les aviateurs alliés tombés en territoire occupé, sauvant plusieurs dizaines d'entre eux. Comme il l'expliquerait dans un discours d'hommage à un ami déporté : « On a trop oublié le travail opiniâtre et caché des réseaux de renseignement et d'évasion, car tel aviateur récupéré repartait immédiatement à la bataille, car tel renseignement signalant quelque part en France la présence de telle unité allemande voulait dire à Londres que telle division avait quitté la Cyrénaïque, car l'arrivée en Normandie de l'Oberleutnant von Muller apprenait aux Russes que telle division SS allait faire mouvement du front de la Volga vers l'ouest… »

Albert, pour se distraire, écrivait aussi des pastiches diffusés clandestinement, dont je garde toute une liasse, détournant des poèmes et des chansons à succès :

La Wehrmacht ayant dérouillé
Tout l'été
Se trouva fort déconvenue

Lorsque la neige fut venue.
Elle faisait bien pieuse mine
Devant les soldats de Staline
Implorant d'Adolf le Fakir
Un moyen de la secourir…

Mais la Gestapo n'était jamais très loin et il avait échappé de peu à l'arrestation en quittant un camarade, le 22 mai 1944. Il s'en était sorti avec la complicité d'une voisine, jeune femme de vingt-cinq ans qui l'avait caché. Ce n'était pas sa première rencontre avec Rosemonde, engagée elle aussi dans le milieu résistant. L'un et l'autre s'étaient repérés depuis un moment, et leur idylle avait commencé sur fond de batailles de l'ombre. Ces hauts faits allaient inspirer le jeune illustrateur Pierre Brochard – futur auteur du magazine *Cœurs vaillants* – dans une série de dessins où l'on reconnaît Albert et Rosemonde, désignés par leurs simples initiales « A » et « R ». La jeune femme aux cheveux noirs bouclés porte le message d'un paysan qui a repéré des chars allemands dans un bois ; elle se rend dans le cabinet dentaire d'Albert affublé de ses grosses lunettes ; devant un appareil de radio, celui-ci informe les Anglais qui envoient leurs avions bombarder l'ennemi.

Récompensé par la médaille de la Résistance, la croix du Combattant volontaire et la Légion d'honneur, décernée dans la cour des Invalides, Albert Georges était à la fin de la guerre – selon les termes du décret signé par le président Auriol – un homme « légendaire dans le département de l'Eure ». Il avait toutefois raté sa rencontre avec le Général après le débarquement de Normandie quand « sur la grand-place d'une de nos préfectures normandes, en tête d'un bataillon de volontaires, j'ai vu venir vers moi, sortant lui aussi de l'ombre et de l'incognito, un homme qui dépassait de la tête et des épaules la foule qui le pressait, qui me tendait la main et que… j'oubliai de saluer ». De son côté, Rosemonde avait reçu les félicitations du général Legentilhomme pour avoir « sauvé cinq résistants de l'arrestation » et « sauvé son chef de la Gestapo ».

Elle avait vu le jour en 1917 sur ces mêmes bords de l'Eure, à La Chaussée-d'Ivry, commune voisine d'Ivry-la-Bataille. Son père était mort jeune et sa mère l'avait élevée dans le bistrot-tabac familial. Bonne violoniste, celle-ci donnait des leçons de violon et jouait dans de petits orchestres ; puis Rosemonde, à son tour, avait montré des dispositions remarquables pour le piano. Son professeur voulait l'envoyer au Conservatoire mais, faute de moyens, elle avait suivi une formation de secrétariat commercial. Jeune femme énergique, elle avait ouvert à la fin des années trente une fabrique de peignes, la spécialité de la région. Sur les photos d'alors, elle porte des pantalons, témoignant d'une certaine audace pour une provinciale d'avant guerre. Elle poursuivait aussi ses activités musicales, tenant le piano dans des concerts de soutien aux prisonniers où chacun appréciait sa patience et son entrain durant les répétitions.

C'est alors qu'elle avait rencontré Albert. Il avait dix-huit ans de plus et Rosemonde était tombée amoureuse, du seul amour de sa vie. Une tragédie allait toutefois assombrir leur idylle naissante ; car Marie-Louise, l'épouse de mon grand-oncle, demeurée à Paris et toujours active dans la Résistance, avait été arrêtée le 27 juin 1944, incarcérée à Fresnes puis déportée à Ravensbrück. Elle était morte parmi tant d'autres regroupés au camp de Bergen-Belsen où le typhus avait achevé ceux qui étaient parvenus à survivre. Son décès, toutefois, ne devait être confirmé officiellement que longtemps après et Albert avait dû attendre dix ans pour disposer d'un acte officiel, si bien que sa liaison avec Rosemonde avait conservé jusque dans la famille un parfum de clandestinité.

Déjà, sous l'Occupation, Maurice s'inquiétait lorsque son frère, de passage chez lui, montrait discrètement un revolver dissimulé sous son veston. Tous deux partageaient la même ferveur gaulliste, et mon grand-père exerçait courageusement son métier à l'hôpital du Havre sous la menace des bombardements. Mais le côté aventurier de l'aîné tranchait sur le style de vie plus rangé du cadet. Après la Libération, rejoignant l'armée et poursuivant le combat en Allemagne, Albert avait atteint le grade de capitaine avant de rentrer à Paris, glorieux mais sans ressources. À présent, il réapparaissait avec une femme de vingt ans de moins que lui, et ma grand-mère, qui avait connu et apprécié sa première épouse, regardait Rosemonde avec une réserve mal dissimulée.

Après la guerre, celle-ci avait rejoint Albert à Boulogne où il venait d'ouvrir un nouveau cabinet dentaire près des usines Renault. Durant les années suivantes, elle avait travaillé dans une entreprise du quartier Saint-Lazare. Avec ses jupes, son chignon et ses lunettes, c'était une jeune Française typique des années cinquante. Elle adorait l'Opéra-Comique où un de ses amis, musicien d'orchestre, accompagnait les débuts de Michel Dens et de Mado Robin, lui permettant d'assister aux répétitions. Mon grand-oncle, de son côté, soignait à Billancourt une clientèle sans fortune dont il arrangeait les mâchoires à bon marché. Il aimait toutefois les belles voitures et c'est par ce moyen, dans une Hotchkiss décapotable, qu'il avait pris un jour la direction des Vosges avec sa jeune compagne. À bientôt cinquante ans, Albert invitait Rosemonde, qui n'en avait pas trente, à la découverte du pays de son enfance où ils allaient connaître leur lune de miel.

*

On était à la fin des années quarante. Les routes pittoresques et presque désertes donnaient un charme fou au voyage automobile. Longtemps après, frôlant l'âge de cent ans, Rosemonde se rappellerait ces kilomètres passés en amoureux. Albert avait choisi pour leur premier séjour un site enchanteur : le lac de Longemer, serpentant parmi les forêts au pied du Hohneck, point culminant du département des Vosges. Arrivant par la route départementale, ils avaient traversé des villages où il fallait ralentir pour éviter les poules, tandis que les paysans se retournaient pour admirer ces Parisiens ; puis ils s'étaient installés dans l'unique hôtel proche du lac. De là ils s'en allaient en promenade sur une barque ; mais Albert avait également fabriqué un radeau sur lequel il s'essayait à la pêche au brochet, ce carnassier d'eau douce aux énormes mâchoires ; ou bien, s'avançant dans l'eau jusqu'à la taille, il lançait sa ligne pour faire provision de truites. Le soir ils rentraient à l'hôtel et retrouvaient leur petite chambre. Des photos de l'époque montrent Rosemonde radieuse à sa fenêtre, les cheveux au vent, ou en robe blanche assise dans une clairière au milieu des fleurs. Elle conserverait toute sa vie ces précieux souvenirs en précisant sur la pochette : « Notre clandestinité au lac de Longemer ».

Au fil des années suivantes, Albert lui avait fait visiter le massif en long et en large. Ils avaient sillonné les cols avant de séjourner sur le versant alsacien. Puis ils étaient revenus découvrir l'hiver, arpentant des routes étroites entre les murs de neige et s'aventurant sur le lac gelé, vêtus d'anoraks et de fuseaux. Albert avait présenté Rosemonde à sa famille vosgienne au village de Grandrupt, près du col du Hanz. Des cousines y élevaient encore leurs vaches et cultivaient leurs potagers. La plupart avaient fait bon accueil aux tourtereaux. Quelques-unes, toutefois, se méfiaient de ce garnement qui ne s'était jamais rangé et filait le parfait amour avec une femme qui aurait pu être sa fille. Au contraire, Maurice, mon grand-père, apparaissait désormais comme la gloire de la famille : non seulement du fait de sa brillante carrière médicale, mais plus encore depuis que son beau-père était devenu président de la République en décembre 1953. Malgré ces différences, les deux frères restaient proches et les enfants de Maurice – ma mère, ses frère et sœurs – admiraient cet oncle parisien, héroïque et blagueur, auréolé de hauts faits guerriers. Mon oncle Pierre, étudiant à Paris, rencontrait chez lui des personnages fort éloignés du milieu familial : tel Edmond, ce vieux copain d'Albert à l'accent parigot qui jouait à la belote et racontait des histoires pleines de verve. Il avait également fait connaissance avec Rosemonde qui prenait peu à peu sa place dans la famille. Mais les amoureux n'étaient toujours pas mariés et ma grand-mère veillait sur la respectabilité de la famille présidentielle. C'est pourquoi Albert, en 1954, s'était rendu seul au Havre aux noces de sa filleule Annie, une des « petites-filles du président Coty » qui faisaient la une de *Paris Match* et de *Jours de France.*

Il n'avait pourtant pas renoncé à surprendre. En 1955, décidant de changer de vie, oncle Albert avait fermé son cabinet dentaire de Boulogne pour s'installer dans les Vosges avec Rosemonde. L'été précédent, ils avaient repéré cet ancien moulin inhabité dans un village proche de Longemer, à huit cents mètres d'altitude. La propriétaire, une fermière des environs, leur avait cédé la demeure et quelques hectares pour une bouchée de pain. La maison demandait d'importants travaux, mais le couple s'était réjoui d'entamer une nouvelle vie, comme en témoignait cette phrase d'Alphonse Daudet inscrite par Rosemonde dans le vestibule : « Et maintenant, comment voulez-vous que je le regrette, votre Paris bruyant et noir ? Je suis si bien dans mon moulin ! »

En 1950, l'instituteur Victor Lalevée avait publié *Au pays des Marcaires,* un ouvrage précis sur cette vallée de la Haute Meurthe et son histoire marquée par les défrichages du Moyen Âge, l'importance des propriétés forestières, la rudesse de l'hiver, le commerce des fromages, la présence des troupeaux sur les pâturages où se rejoignaient les Vosges et l'Alsace. C'est là que se situe le village du Valtin connu pour son allure pittoresque (il figure sur beaucoup de cartes postales et gravures anciennes). Juste au-dessus, le hameau du Grand-Valtin est plus évasé et plus ensoleillé, ce qui avait séduit Rosemonde et Albert. Malgré la proximité de Gérardmer, la « perle des Vosges » qui s'était développée dès la fin du XIXe siècle, il n'était guère question de tourisme dans les environs. Seuls s'y retrouvaient les invités des chasses et quelques artistes bien informés : tel le marchand d'estampes parisien Jacquard tenant galerie 40 rue des Saints-Pères, qui débarquait à l'auberge du Valtin avec son ami le peintre Dunoyer de Segonzac. Les habitants s'amusaient de voir ces vacanciers vider chaque matin, comme les autres, leur pot de chambre dans la rivière. De son côté, Albert Camus, en 1950, était venu chercher le calme à l'auberge de la Clanche d'Or, une demeure lorraine plantée au bord de la route au Grand-Valtin. Quant aux fermiers et bûcherons, ils menaient une vie rude et très arrosée. Au lendemain de la guerre, on comptait une dizaine de bistrots pour deux cents habitants.

Oncle Albert, lui, manquait chroniquement d'argent ; c'est pourquoi il avait ouvert un nouveau cabinet dentaire à Plainfaing, un bourg ouvrier des environs. L'appartement attenant permettrait au couple de passer l'hiver au chaud en attendant la fin des travaux du Moulin. Mais au même moment la fermeture des filatures Géliot-Boussac avait plongé Plainfaing dans la misère, et le dentiste peinait à se faire payer. Pis encore, entre la Grande Guerre et la Résistance, il avait passé trop d'années sans activité professionnelle et ne pourrait prétendre qu'à une retraite ridicule. Il avait fait toutefois les investissements nécessaires pour transformer leur maison abandonnée en belle demeure avec son immense cheminée, ses chambres sous le toit, son petit salon confortable, ses bibliothèques peuplées des meilleurs auteurs, de Saint-Simon à Simenon.

La maison se prolongeait désormais dans une serre plantée de fleurs et de fines herbes, une cabane pleine de cannes à pêche, d'hameçons et de leurres imitant des poissons ; sans oublier l'ancienne étable remplie de marteaux, de pointes et d'outils fascinants comme cette scie circulaire sur laquelle oncle Albert découpait les planches en projetant de la sciure.

Quand l'administration avait enfin reconnu la mort en déportation de sa première femme, il avait pu épouser Rosemonde, le 18 août 1956, à l'église du Valtin. La cérémonie religieuse était conduite par l'abbé Farreyrol, curé de la paroisse, en présence de trois ou quatre personnes. La mère de la mariée et celle du curé faisaient office de témoins. Peu après les deux « jeunes » mariés s'étaient rendus en visite au Havre où Rosemonde jouissait désormais d'un statut officiel. Entre-temps ma mère, étudiante à l'école d'infirmières, était allée en vacances au Moulin, comme en témoignait un journal local, précisant que la petite-fille du président Coty était tombée sous le charme de cette région. On les voit, Rosemonde et elle, en conversation ethnographique avec une paysanne coiffée d'un fichu.

Deux ans plus tard, en décembre 1958, Rosemonde et Albert étaient présents aux noces de mes parents. Sur une photo mon grand-oncle, joyeux, discute avec Maurice et avec René Coty qui allait quitter l'Élysée quelques jours plus tard. Pour ces deux frères, gaullistes fervents, il y avait une certaine fierté à figurer dans la famille du dernier président de la Quatrième République : celui-ci ayant activement contribué au retour au pouvoir du Général. L'année suivante, René Coty profiterait de sa retraite pour aller passer quelques jours dans les Vosges et sa présence au Moulin, suivie par la presse locale, allait donner à Rosemonde et Albert un statut de notables. Si bien que certains autochtones, soixante ans plus tard, croient encore que cette maison appartenait au chef de l'État.

Celui-ci avait en tout cas suffisamment aimé la région pour y revenir en 1962, à bord d'une DS 19 noire conduite par son fidèle chauffeur. Prises durant l'été, plusieurs photos montrent un déjeuner de famille dans la grande pièce du Moulin où l'on reconnaît l'ancien président à la place d'honneur. Les deux frères Georges lui font face devant la tarte aux myrtilles et les verres à pied où l'on sert le vin d'Alsace. Rosemonde est élégante, coiffée d'une mise en plis. Une fille du village passe les plats. Un cousin vosgien, prêtre à Raon-l'Étape, assure la présence du clergé. Je suis là, moi aussi, âgé de deux ans sur les genoux de ma mère, mais déjà imprégné des senteurs de cette montagne où je reviendrai bientôt, chaque été, accompagné de ma sœur, au pays merveilleux de « Kabert » et « tatie des Vosges ».

4

Les trois enchantements

Mon grand-oncle était un brave. Combattant volontaire dans les tranchées, puis dans la clandestinité, il avait risqué plusieurs fois sa vie. Tel était le héros de notre enfance... Un modèle que je n'ai guère suivi, moi qui ai toujours eu peur de me battre physiquement – quand bien même je ne dédaigne pas de provoquer. C'est pourquoi je m'en suis tenu aux joutes intellectuelles où l'on s'envoie des noms d'oiseau par presse interposée, quitte à risquer non pas sa vie mais parfois quand même une réputation, un poste ou quelques honneurs. Je n'ai pas connu la terreur de la Gestapo mais seulement celle du grincement nocturne et de la souris qu'on prend pour un assassin. Tout juste ai-je poussé davantage le risque en franchissant certaines douanes muni de substances prohibées que je consommais pour me donner de l'inspiration. Mais ma poltronnerie me rendait maladroit. À vingt ans, croisant la police dans le métro avec un sachet de drogue enfoncé dans une chaussette, j'avais accéléré trop visiblement et attiré l'attention des agents qui finirent par me rattraper sur un escalier mécanique. Heureusement pour moi, le sachet était tombé tout seul, un peu plus bas, laissant la maréchaussée penaude et me permettant même de récupérer mon bien. J'échappai de peu à une garde à vue. Ce fut là mon plus fougueux acte clandestin : un sachet de poudre dans une chaussette.

La chaussette, par la suite, allait devenir un des cauchemars de ma vie : une lutte permanente et une quête inassouvie ; un objet de fureur, d'incompréhension, de recherches obsédantes et de batailles toujours perdues. Ce combat n'a pas cessé avec le temps, au contraire. Il me met en rage après chaque machine quand je vois apparaître, sur les fils du séchoir, une nouvelle « orpheline » encore humide… qui s'ajoutera au panier spécial où je conserve ces chaussettes dépareillées dont les sœurs ont disparu un jour et ne réapparaissent jamais. J'ai beau chercher plus attentivement dans le tambour ou le panier à linge : rien n'y fait. L'autre est partie ailleurs, loin ou tout près d'ici, mais évaporée de façon inexplicable. Quelques sociologues et statisticiens se sont intéressés à cette disparition régulière, mécanique et fatale d'une chaussette sur deux – mal d'autant plus insidieux quand on a comme moi les pieds sensibles et l'habitude de porter un textile de qualité (pur fil, pure laine ou pur coton), ce qui rend ma paire de chaussettes *made in France* extrêmement coûteuse.

J'essaie bien de trouver certains subterfuges, comme de racheter régulièrement les mêmes chaussettes, de la même couleur. Sachant qu'elles finiront par se séparer à leur tour, je pourrai ainsi reconstituer une nouvelle paire à partir de deux orphelines. Rien n'y fait : ce n'est jamais tout à fait le même gris, le même tissu, la même longueur, et je me demande si les marchands ne font pas exprès de changer continuellement leurs gammes pour remplir mon panier. Quelquefois, désespéré, j'étale sur le sol toutes ces chaussettes solitaires et n'en trouve pas deux qui se prêtent à aller ensemble. Le fait d'avoir une maison de campagne n'arrange rien et, sans doute, certaines orphelines vosgiennes ont-elles, sans le savoir, une petite sœur qui les attend à Paris. Le mieux serait d'abandonner la lutte, comme si tel était mon sort et qu'il me fallait payer toujours de nouvelles paires pour expier mon manque de courage et d'engagement dans de plus nobles combats.

Les romanciers négligent souvent ces détails concrets, cette prose dérisoire qui compose pourtant une bonne partie de notre existence : chercher ses clés ou ses lunettes, patienter à la poste, lutter contre un moustique, ouvrir un paquet de riz sans le déchirer, trouver un objet dans un supermarché… Ce furent là, pourtant, quelques-unes des épreuves les plus constantes et les plus intenses que la vie m'aura donné d'affronter. J'y reviendrai plus loin. Mais pour échapper à ces tortures, j'ai aussi cette chance, qui est un privilège, de conserver dans ma besace affective ces moments très doux et réconfortants auxquels il est toujours possible de se rattacher. Ce sont des images, des bruits, des parfums ; des sensations qui, pour la plupart, remontent aux vacances vosgiennes. Elles me permettent en un instant d'oublier mes angoisses existentielles et autres obsessions derrière lesquelles se cache la peur de la mort. Elles balaient les humeurs noires et ravivent une perception plus douce et poétique des choses. Je les appelle mes trois enchantements : celui de l'eau, celui de la forêt, et celui de la prairie sur la montagne.

*

L'enchantement de l'eau commençait par un murmure, depuis mon lit où frappait le soleil du matin. En même temps que le chant des coqs au loin, j'aimais plus que tout ce clapotis des ruisseaux et des rigoles qui, autour du Moulin, dévalaient la prairie et produisaient en permanence un bruit léger, comme celui des fontaines des palais arabes où l'on savait que cette sonorité apaise les sens et soigne l'esprit.

Je n'aimais pas la mer devant laquelle je grandissais. Je détestais ses vagues salées, ses bains obligés, ses leçons de natation qui me faisaient pleurer. Mais l'eau vive de la montagne m'est apparue d'emblée comme ma meilleure amie. Dès mes premiers séjours, je n'avais que cette idée : chausser une paire de bottes et me diriger vers l'étang aménagé devant la maison, où je me livrais à toutes sortes de « travaux ». Le barrage en bois, inséré dans deux piliers en ciment, permettait de régler le niveau et je me penchais pour soulever la première planche. Aussitôt, un jet abondant s'échappait de la retenue. Quelques minutes plus tard, j'ôtais la deuxième planche, puis la troisième, et je pouvais enfin descendre dans la pièce d'eau presque vide où, muni d'un râteau, je grattais la vase pour faire apparaître un sable granuleux où s'agitaient de minuscules crustacés.

À la porte du Moulin jaillissait aussi une fontaine. Oncle Albert avait acquis dans un village voisin cette vasque en grès rose surmontée d'un pied sculpté où une source se déversait, sans interruption. Ici les cours d'eau s'aventuraient jusqu'à l'intérieur des fermes dans les lavoirs alimentés jour et nuit où les paysans laissaient des bidons de lait et divers ustensiles à rafraîchir en permanence. Et, lorsqu'on s'en allait marcher en forêt, c'était souvent en direction d'une cascade. Surgissant au sommet d'un promontoire rocheux où s'accrochaient quelques sapins, elle plongeait dix mètres plus bas, formant un mur liquide derrière lequel se dissimulaient des mystères, comme ceux des épisodes de Tintin où un monde inconnu commence de l'autre côté.

Toute cette fraîcheur convergeait vers le lit de la Meurthe et celui de la Vologne. Cette dernière formait la « vallée des Lacs » qui se succédaient d'amont en aval : Retournemer le plus sauvage, Longemer le plus beau et Gérardmer le plus vaste. Les Vosges étaient vraiment le pays de l'eau. C'est pourquoi aujourd'hui encore, quand je retourne là-bas, j'ai tant de plaisir à enfiler des bottes brunes, juste un peu plus grandes que celles de mes dix ans, à m'approcher du torrent qui bouillonne en bas de chez moi, puis à rester debout au milieu du flux cristallin que je regarde rebondir sur mes pieds et sur les rochers de quartz.

Il m'arrivait aussi de descendre avec ma sœur sous le petit pont qui surplombait le ruisseau près du Moulin. Comme moi, elle aimait ces bottes de sept lieues qui remontaient jusqu'à ses cuisses sous sa robe écossaise, et nous pataugions l'un derrière l'autre dans cette caverne sombre où les sons résonnaient. Une truite filait entre nos pieds. Au loin, ma tante nous appelait pour déjeuner et nous réapparaissions, trempés. Mais j'étais également familier des rigoles creusées par les fermiers au milieu des prés, où je me rendais en culotte courte parmi les fleurs multicolores. Le violet des campanules répondait au blanc des marguerites et au jaune des linaires, mais aussi aux lotiers, achillées, cumins des prés couverts d'étoiles. À certains endroits j'avais suspendu des moulins faits de quatre planches clouées sur un axe. Kabert m'avait appris à les fabriquer et leur glouglou s'ajoutait à la symphonie liquide qui émanait de tout le massif, plus ou moins fort selon la saison.

*

Le deuxième enchantement commençait à la porte de la forêt. On entrait timidement dans cette cathédrale obscure où les troncs nus se dressaient comme des colonnes gothiques. Les branches des conifères se déployaient très haut dans la canopée. Mais au pied des arbres proliférait un monde de pierres moussues, de champignons, de feuilles mortes, de fourrés, de frémissements animaux qui happaient notre attention, le temps d'apercevoir une biche bondissant dans l'ombre puis disparaissant en quelques sauts. Des torrents chaotiques délimitaient les versants et leur vacarme répondait au pépiement des oiseaux qui vivaient là-haut, près du soleil, et formaient un voile sonore sur l'étendue des bois.

Dès les premiers séjours, notre tante s'était appliquée à mettre en scène le rêve de la forêt. Un après-midi, alors que nous allions nous promener avec nos parents, elle s'était dissimulée au bord du chemin, affublée d'un manteau de fourrure et d'un masque d'ours brun. Soudain, nous avions aperçu cet animal extraordinaire passant entre deux arbres avant de disparaître. Son apparition avait occupé les conversations des jours suivants. Après quoi Rosemonde avait programmé d'autres rencontres de ce compagnon insaisissable qu'on espérait retrouver quand on déjeunerait autour d'un feu de bois, ou qu'on s'en irait cueillir des fraises, des framboises et des myrtilles.

Oncle Albert, lui, préférait nous conduire en Taunus jusqu'au monument édifié dans une clairière en l'honneur d'un garde tué par les Allemands. Après quoi nous roulions vers ce pays de cocagne où il accédait par un sentier secret. Ici, en pleine forêt, les framboises poussaient en telle abondance qu'on pouvait en ramasser de pleins pots de camp pour faire des confitures – au prix de quelques égratignures. Parfois nous poussions jusqu'à un étang forestier où les sapins se reflétaient dans l'eau très noire. Un pont en bois surplombait le barrage et je m'avançais avec un affreux vertige. Puis on regagnait le Moulin, toujours lentement, par un sentier escarpé où la voiture cahotait sur les « bois d'eau » – ces sillons formés par deux pièces de bois qui traversent les chemins pour évacuer le ruissellement. Comme on rebondissait d'une bosse à l'autre, notre oncle s'amusait d'entendre ma sœur répéter d'une prononciation incertaine : « Encore une boffe ! » Devant la scierie du village, M. François, le sagard, nous faisait un signe. De l'autre main, il s'appuyait sur d'énormes troncs avant de les faire glisser sur un wagonnet qui s'avancerait vers le haut-fer : effrayante machine qui sciait les planches de haut en bas avec un vacarme infernal et un tourbillon de sciure.

Près du Moulin, trois jeunes sapins s'étaient ajoutés aux autres et nous représentaient, Nathalie, moi-même et notre petit frère François. Plantés après notre naissance ils étaient censés grandir en même temps que nous. Les parfums de résine, mais aussi les feux de bûcherons qui brûlaient les branchages, constituaient l'odeur de ce pays, tout comme l'eau en composait la musique. Quelques années plus tard, venant par le train, je les humerais comme un animal dès mon arrivée sur le quai de la gare de Saint-Dié, où les troncs s'entassaient le long des voies. Ils ont presque disparu, aujourd'hui, malgré les mots d'ordre sur le « fret ferroviaire ». Les feux de branches également. Les bûcherons, aux commandes d'énormes machines, ne nettoient plus les sous-bois depuis qu'un usage, répandu par les industriels de la coupe, recommande de laisser les terrains en friche : ils invoquent le recyclage naturel et l'écoresponsabilité ; ils gagnent surtout en productivité, tandis que l'ancienne forêt devient une suite de terrains vagues et d'ornières laissées par les engins de chantiers.

*

J'ai toujours aimé les titres du philosophe Gaston Bachelard : *L'Eau et les Rêves, La Poétique de l'espace, La Terre et les Rêveries du repos.* Ils décrivent parfaitement ces liens secrets qui se nouaient, dans mon enfance, avec la nature ; et ils me rappellent ce bonheur que j'éprouvais enfin, plus haut dans la montagne, sur ces vastes pâturages qui surplombent le massif vosgien. Après l'eau des torrents et l'obscurité des bois, la journée s'achevait près du ciel et ajoutait à mes rêveries ce troisième enchantement qui aurait pu s'intituler *L'Air et les Songes.*

Au sommet des « ballons » (ces sommets arrondis caractéristiques des Vosges), les prairies émergent de la forêt comme des crânes tonsurés. Elles furent d'ailleurs en partie défrichées par des moines au Moyen Âge. On parlerait d'alpages si l'on n'était dans les Vosges, car on trouve sur ces Hautes Chaumes une même végétation mêlant les bruyères aux innombrables fleurs, et tout un peuple de vaches faciles à repérer au tintement des sonnailles. On atteint ces étendues en suant à grosses gouttes sur les sentiers. On y parvient aussi en voiture par des chemins – option retenue par oncle Albert, lorsque nous grimpions au chaume de Sérichamp pour boire un verre à la ferme-bistrot de M. Rosé.

Cette prairie sauvage, à mille cent cinquante mètres d'altitude, légèrement en retrait de la ligne des crêtes, offre sur le massif un panorama splendide, mais elle demeure inaccessible quand la couche de neige peut atteindre deux mètres d'épaisseur. Des familles y avaient pourtant vécu. Puis, tandis que le monde paysan se raréfiait, elles étaient redescendues dans la vallée. Seul un vieillard solitaire y demeurait encore à longueur d'année. Il y passait l'hiver seul avec ses volailles, ses lapins et son troupeau de vaches vosgiennes à l'échine saillante et à la robe mouchetée. Mais il possédait aussi, comme d'autres fermes de la contrée, la fameuse « licence IV » qui lui permettait d'ouvrir, aux beaux jours, un bistrot constitué de quelques tables, de bancs et d'un choix de boissons réduit au vin, à la bière et aux sirops.

En sortant de voiture, à Sérichamp, on était saisi par ce calme extraordinaire et ce vaste panorama des pâturages qui surplombent les forêts. Au loin, sur chaque montagne, d'autres troupeaux paissaient le long de gouffres vertigineux. Oncle Albert attirait notre attention sur la vue plongeante, à l'ouest, où le lac de Gérardmer formait un point brillant. Puis on entrait dans la ferme où il commandait un demi et, pour nous, une grenadine ; après quoi il devisait avec M. Rosé en évoquant des histoires locales et des souvenirs de la guerre où, disait-on, celui-ci s'était comporté admirablement.

Tandis qu'ils bavardaient, nous sortions ma sœur et moi pour essayer la balançoire accrochée à une branche d'arbre ; ou bien on jouait parmi les fleurs où foisonnaient les papillons, bourdons et libellules. À chaque pas jaillissait une nuée de sauterelles. Il se dégageait de ces champs une senteur extraordinaire, surtout celle des petites fougères au parfum anisé, qu'on trouve sur ces prairies et que je respirais avec volupté. Allongé dans l'herbe, je regardais les insectes voleter entre les tiges. Puis je redressais la tête vers la ferme-bistrot où j'entendais la voix d'oncle Albert, éraillée, timbrée comme une voix d'avant guerre. Un demi-siècle plus tard, quand je suis agité, angoissé, terrifié par une douleur physique ou morale, c'est à ce moment-là que je fais appel : ce simple souvenir d'un après-midi à Sérichamp avec mon oncle et ma sœur, ce temps suspendu, rythmé par l'écoulement d'une source. J'y trouve un apaisement et le sentiment qu'un mystère bienveillant veille peut-être sur nos pauvres destins.

Un peu plus tard, tandis que nous rentrions à vitesse réduite au Moulin, par un chemin caillouteux, oncle Albert nous faisait répéter cette comptine qui donnait à la religion un tour amusant :

Un pape est mort,
Un autre pape est appelé à régner.
Araignée, quel drôle de nom pour un pape,
Pourquoi pas libellule ou papillon ?

Cinquante ans après, les clés du bonheur restent les mêmes. Il me suffit de descendre du train, de humer sur le quai ces feux de sapins qu'on discerne encore, certains jours, émanant des forêts qui entourent Saint-Dié. Puis dès que j'arrive au Valtin, dans cette maison proche du Moulin où je passe désormais une partie de l'année, il me suffit d'entendre le ruisseau couler pour que se raniment les sources de mon enfance. Le paradis est là, c'est sûr ; et je l'entrevois encore, au milieu de la nuit, quand, sortant dehors sous le ciel étoilé, je contemple la courbe des montagnes et cette forêt qui abrite mes plus profonds secrets : ceux de l'âge où les premières sensations s'inscrivent si profondément dans notre chair et notre mémoire qu'il suffira de ces mêmes clés pour les ranimer.

5

Parisiens et paysans

Autour de 1900, d'innombrables musiciens se produisaient dans les brasseries, les casinos, et devant les écrans de cinéma muet. Pierre Thuilier, employé de commerce mais aussi très bon pianiste, revêtait chaque soir son habit d'artiste pour accomplir l'activité qu'il préférait. On en retrouvait la trace au Moulin dans des paquets de partitions illustrées : *Valse fleurie, À tire-d'aile, Roses trémières* et autres rêveries de la Belle Époque. Incorporé dans la musique au service militaire, il avait rencontré lors d'une permission la sœur d'un camarade, elle-même violoniste. Elle habitait près d'Ivry-la-Bataille où Pierre et Amélie s'étaient mariés en mars 1914. Mais la guerre avait éclaté et le jeune homme était parti au front où il avait été blessé dès les sanglantes batailles de septembre, puis une seconde fois en 1916. Sa fille unique, Rosemonde, née en octobre 1917, avait à peine connu son père, mort dès 1920 à l'âge de trente ans.

Suivant toutefois l'exemple de cet homme qu'elle vénérait, elle avait acquis, dès l'enfance, un très bon niveau de piano. Au Moulin elle s'asseyait parfois devant son Érard pour jouer avec brio le *Concerto italien* ou la sonate

Appassionata. À la fin de l'été, quand toute la famille se retrouvait quelques jours au Grand-Valtin avant le retour au Havre, elle entonnait les trois mouvements de la sonate « Au clair de lune » pour un public extasié. Elle considérait toutefois l'enthousiasme de son beau-frère Maurice et de son épouse Anne-Marie comme superficiel, faute d'une réelle connaissance de la musique.

Il en allait autrement avec moi. Depuis mes premiers séjours vosgiens, Rosemonde, qui n'avait pas d'enfants, me regardait un peu comme un fils. Veillant sur mon éducation en l'absence de ma mère, elle me conduisait deux fois par semaine chez l'institutrice du village (la dernière avant la fermeture définitive de l'école) pour accomplir mes « devoirs de vacances ». Mais, surtout, ayant commencé à étudier le piano, j'étais devenu celui auquel elle allait transmettre son amour de la musique. Après m'avoir appris les rudiments du solfège, elle me faisait étudier mes gammes tout en se désolant secrètement (pour ne pas contrarier mes parents) que mon professeur, au Havre, ne fût pas selon elle à la hauteur. De fait cet organiste d'église, compositeur et chef de chœur, m'apportait beaucoup par sa personnalité bohème, mais se montrait négligent pour la technique ; c'est pourquoi Rosemonde, pendant quelques semaines, s'efforçait de me remettre à niveau.

Je consacrais une partie des vacances à ces activités studieuses de fils aîné. Il en allait autrement pour les filles, et Nathalie, pendant ce temps-là, roucoulait dans le salon auprès d'oncle Albert dont on venait de fêter les soixante-dix ans. Toujours sur son canapé, la tête appuyée sur la main gauche, il continuait de la main droite à étaler ses réussites. Ma sœur le faisait rire et il la taquinait en l'affublant de surnoms comme Pimprenelle. Mais il s'employait aussi à nourrir notre imagination par ses récits de l'histoire de France à laquelle il apportait une note personnelle.

Il écrivit ainsi, en 1968, un conte tapé à la machine sous le titre *Conte à rebours*. L'idée lui en était venue après une promenade qu'on avait faite aux ruines de la ferme du « pré Bonjour », un lieu-dit de la commune de Grandrupt où avaient vécu nos ancêtres paysans, près d'une ancienne voie romaine conduisant aux abbayes d'Étival et de Moyenmoutier. Oncle Albert racontait comment la grand-mère de sa grand-mère avait vu les soldats de Napoléon cheminant vers l'Alsace ; puis comment l'Empereur lui-même serait entré dans cette demeure et aurait demandé à boire dans un verre pieusement conservé au fil des générations. Remontant un siècle plus loin, il évoquait une ancêtre nommée Jeanne Mainbourg qui racontait le terrible hiver de 1709 : « l'année où on mangeait les loups et où la neige a empêché pendant six mois l'approche de Grandrupt ». D'un épisode à l'autre, cette épopée remontait jusqu'à la rencontre de Jeanne d'Arc, vosgienne elle aussi, que nos propres aïeux avaient admirée à la tête de ses troupes alors qu'elle s'en allait bouter les Anglais hors de France. De fil en aiguille, oncle Albert préparait sa chute en arrivant bien sûr à la figure du général de Gaulle, entrevu par une très ancienne aïeule du haut de l'échelle du temps : « J'aperçois tout là-bas chez vous quelqu'un qui se prend un peu pour Jeanne d'Arc et qui boute et reboute à tout bout de champ ceux que nous nommions, nous, les Anglois et que vous appelez, vous, les Anglo-Saxons. » Cette généalogie fantasque valait à nos yeux tous les quartiers de noblesse.

L'amour de la patrie se conjuguait toutefois avec un ton persifleur qui le portait aux jeux de mots faciles. Un jour, au Havre, comme mon père lui faisait visiter son bureau et qu'ils croisaient dans l'ascenseur un des directeurs du port, il n'avait pas hésité à demander : « Directeur du port ? Vous travaillez dans la charcuterie ? » Et quand la mère de Rosemonde quittait sa maison de Suresnes pour séjourner au Grand-Valtin, on s'amusait de voir notre oncle persifler cette femme menue et souvent plaintive. Ils avaient presque le même âge mais, lorsqu'elle se lamentait à table sur sa santé, son gendre la rembarrait d'un : « La *reine mère,* arrêtez de vous plaindre ! » Cette expression nous semblait irrésistible.

Depuis plusieurs années déjà, Albert et Rosemonde avaient délaissé l'appartement du cabinet dentaire, à Plainfaing, pour passer toute l'année au Moulin. L'hiver était long et le chauffage coûtait cher, mais ma grand-tante adorait ces jours où la neige engloutissait la maison et où son mari la photographiait, en anorak, au milieu des congères. Dans le petit salon, le poêle alsacien assurait une douceur continue tandis qu'oncle Albert, attablé à son bureau, griffonnait de longues et mystérieuses colonnes de chiffres censées lui apporter la fortune au tiercé ou à la loterie nationale. Car il manquait toujours chroniquement d'argent. Courant après les fameux « trimestres » qui lui auraient permis de toucher une pleine pension de retraite, il n'en continuait pas moins à acheter ses éditions reliées de Balzac, Hugo, Anatole France, Émile Zola, ou encore la nouvelle encyclopédie Larousse en dix volumes qui faisait le bonheur de mes vacances tant il semblait possible, en feuilletant ces pages, de tout apprendre sur tous les sujets.

*

Dans leur exil vosgien, Rosemonde et Albert conservaient des attaches parisiennes qu'on découvrait quand leurs amis venaient passer quelques jours au Moulin. Le vieil Edmond, titi à l'accent traînant, rappelait l'acteur Robert Dalban et débarquait toujours en offrant à ma grand-tante une boîte de pralines. Nous étions alors priés de le laisser tranquille avec Albert pour leurs conciliabules où la marmaille était exclue. Nous rendions également visite à M. Demange qui possédait au Valtin une maison où il passait l'été avec sa compagne hollandaise. Le rez-de-chaussée était une salle de café tenue par une villageoise. Oncle Albert passait la commande – un demi et deux jus d'ananas pour Nathalie et moi – tandis que M. Demange râlait sur la marche du monde avec une noirceur digne de Louis-Ferdinand Céline.

Ce côté parisien des vacances vosgiennes allait se renforcer avec l'installation, au Grand-Valtin, d'un couple de restaurateurs passés des Halles de Baltard à ce village perdu. Artisan dans le Marais, Raoul avait longtemps caressé le rêve de monter une auberge élégante dans les Hautes Vosges. Parvenu à l'âge de la retraite, il avait mis ce projet à exécution et entraîné Jeanne, son épouse, aussi imposante et chaleureuse qu'il était petit et péremptoire. Ils avaient ouvert la Louisière, restaurant gastronomique agrémenté de quelques chambres où se succédait une clientèle d'amis : un commissaire de police belge, un imprimeur, un journaliste en retraite et autres tontons flingueurs insuffisants pour assurer la prospérité de l'établissement, tant la clientèle fortunée manquait au pays vosgien.

Jeanne, en outre, n'aimait pas la montagne et râlait devant ces « affreux sapins » qui refermaient l'horizon. Née bretonne, elle ne rêvait que de la mer. Elle assurait pourtant la marche de l'auberge et révélait à nos sens ébahis ses assortiments de thés parfumés, fruités, fumés, qu'elle se faisait envoyer par un établissement de la rue Saint-Honoré. Quand la saison touristique s'achevait, le couple retrouvait Rosemonde et Albert pour partager quelques repas, et mon oncle se réjouissait de goûter un peu d'air de Paname. Ces moments leur faisaient oublier l'échec de plusieurs tentatives de rapprochement avec les autochtones ; car ils avaient voulu, dès leur installation, fréquenter les paysans, rendant visite aux uns, invitant les autres à des parties de cartes. Mais un fossé trop profond séparait ceux qui avaient voyagé, connu le vaste monde, et ces fermiers isolés qui n'avaient guère dépassé les limites de Gérardmer. Les sujets de conversation manquaient et leurs relations s'étaient vite espacées pour se réduire à l'achat de lait, d'œufs ou de lapins. Puis, quand l'été venait, notre tante nous envoyait, ma sœur et moi, récupérer nous-mêmes ces précieuses denrées.

À nos yeux au contraire, le monde des fermes demeurait fascinant. Chez Mme Thomas, qui avait vendu le Moulin à notre famille, les vaches ne sortaient presque jamais. Le fumier débordait jusque dans le vestibule où s'alignaient des paires de sabots. La fermière vêtue d'une blouse nous accueillait dans sa cuisine où des chats bondissaient d'un meuble à l'autre. Malgré son âge déjà avancé, elle portait de longues nattes qui lui donnaient un air de Gauloise. Sur la cuisinière à bois chauffait un mauvais café et j'admirais les cercles d'acier encastrés les uns dans les autres pour augmenter ou réduire le feu, et le robinet du réservoir d'eau bouillante. Pour chercher du lait nous grimpions à la ferme Marchal par un chemin escarpé sous les noisetiers, munis de nos deux pots de camp. Rougi par le soleil et complètement sourd, Robert Marchal s'exprimait d'une voix suraiguë compréhensible seulement par son épouse et par ses vaches. Il n'en était pas moins un paysan moderne disposant d'une mobylette avec laquelle, de temps à autre, il se rendait au bourg voisin. Pour les lapins on allait chez M. Ancel où s'imposait une réalité brutale. Le fermier suspendait l'animal puis lui tranchait la gorge sous nos yeux avec un couteau de cuisine, avant de l'écorcher. On découvrait la mort en tremblant tout près des lapereaux qui s'agitaient dans leurs clapiers et remuaient tendrement le museau en attendant leur tour.

Pour acheter des fromages à la ferme Poirot, toujours main dans la main Nathalie et moi, il fallait emprunter un sentier très raide au milieu des prés. La ferme n'apparaissait qu'après de longs efforts : d'abord le toit, puis la maison tout entière avec son four à pain dépassant comme un nez près de la porte d'entrée. Essoufflés, nous gravissions les derniers mètres puis quelques marches donnant dans la cuisine où nous attendaient des personnages bizarres, troublés eux aussi par notre visite : une vieille tante au visage déformé par un bec-de-lièvre, un fermier au teint de bronze et au regard fiévreux, des enfants timides et farouches qui nous observaient sans rien dire. Ils appartenaient à la dernière génération de paysans de montagne et se rendaient à l'école communale en affrontant chaque hiver les chemins enneigés, munis de leur casse-croûte pour le déjeuner. Plus douce que les autres, leur mère nous livrait les précieux « géromés », cette variante locale du munster qu'on emportait à la maison.

Pour téléphoner à nos parents, il fallait encore se rendre à l'auberge où se trouvait la seule ligne du village. Dans une pièce sombre et enfumée, le patron, également bûcheron, racontait des blagues ou s'amusait à faire peur aux clients de passage qu'il accueillait l'air menaçant, une hache à la main. Vêtue d'une blouse, sa femme prenait les commandes avec un accent traînant. Merveille des merveilles, un coucou sortait la tête de son horloge toutes les demi-heures. De l'autre côté de la route, une auberge plus importante avait ouvert et fermé plusieurs fois. C'est là qu'Albert Camus, accompagné de Maria Casarès, avait séjourné en août 1950. Il avait toutefois conservé un souvenir peu flatteur des autochtones qui, selon lui, avaient l'air « de bouledogues aimables ». « Les beaux visages se comptent sur les doigts d'une patte d'oie », ajoutait-il en déplorant « le néant extérieur, plus la pluie et l'immonde laideur des êtres en général ». Par la suite, cette auberge était passée aux mains d'un ancien bûcheron dont les trois filles attiraient au comptoir les hommes de la contrée. Mais pour boire les « demis » qui ponctuaient ses sorties, oncle Albert préférait les hôtels de Gérardmer : le Saut des Cuves accroché en hauteur près d'une magnifique cascade ; le Beau Rivage et sa vue sur le lac. Après avoir garé sa voiture, il commandait une bière, deux Orangina, puis il ouvrait son journal ou échangeait quelques mots avec le patron.

Le dimanche, nous allions chanter la messe dans la maison de repos tenue, en lisière de la forêt, par des bonnes sœurs en robe et voilette bleue. Ma tante pédalait vaillamment sur l'harmonium tandis que je tournais les pages et, parfois, nous prolongions la séance par une leçon de musique. Supposant que je finirais par apprendre l'orgue (ce dont rêvait mon père), elle m'enseignait sur cet instrument de campagne les rudiments de la registration. Oncle Albert, lui, se disait mécréant et nous attendait dans la voiture en feuilletant *Minute*, *Le Canard enchaîné*, *Le Crapouillot* et autres titres insolents qui le reliaient à l'actualité. Quelques années plus tard, comme une jeune religieuse venait de quitter ce couvent, il lui proposa de l'héberger au Moulin où elle aurait sa chambre pour commencer une nouvelle vie. Elle allait y passer plusieurs années, enchantée par ce vieil homme qui, toute la journée, fredonnait des chansons, puis entrait dans la salle à manger en citant Edmond Rostand :

Et samedi, vingt-six, une heure avant dîné,
Monsieur de Bergerac est mort, assassiné.

*

L'été avançait. Les jours commençaient à raccourcir tandis qu'approchait l'arrivée de nos parents ; et cet événement ne me réjouissait guère, tant ces retrouvailles annonçaient le retour au Havre et à la vie ordinaire. Aux attentions de Kabert et de tatie des Vosges allait se substituer l'ordre familial : celui de ma mère, chrétienne un peu boy-scout, à cheval sur les principes ; et celui de mon père, compensant ses angoisses par une autorité nerveuse. Dès qu'ils apparaîtraient, on s'embrasserait, on donnerait le change ; mais la parenthèse merveilleuse allait se refermer. Nous repasserions sous leur tutelle et la liberté des semaines passées s'estomperait. Je rêvais pourtant de la prolonger, comme je l'avais écrit dans une lettre en forme de plaisanterie, alors que ma mère s'apprêtait à mettre au monde deux jumeaux : « Cher Papa, chère Maman, pour que je ne vous dérange pas au moment de la naissance, il vous suffira de me laisser dans les Vosges, tatie pouvant me ramener au Havre à Noël. Pas de soucis d'instruction, on m'enverra au lycée de Gérardmer. Pas de soucis d'éducation, je suis chez des gens bien. »

Mes parents eux aussi aimaient ce Moulin où ils se montraient ravis de finir les vacances avec Rosemonde et Albert. Mon père allait même contribuer, cette dernière semaine, au spectacle préparé pendant l'été. Dans ce but, notre grand-tante avait écrit des histoires et fabriqué des marionnettes en chiffon, tandis qu'Albert construisait un théâtre dans la grande pièce où se préparait la représentation pour les enfants du village : ceux des fermes, mais aussi quelques citadins, en vacances, comme nous, dans des maisons de famille. Le jour venu, Rosemonde et mon père, cachés derrière les rideaux, allaient jouer tous les rôles devant cette assemblée attentive : les fils du garde forestier, celui de l'aubergiste à la hache, les jeunes Poirot, un garçon de mon âge qui séjournait avec sa mère chez Mme Thomas. La fête se prolongerait autour d'un goûter qui ne suffirait pas à rapprocher vraiment citadins et montagnards.

Avant le retour au Havre, il faudrait encore prendre la voiture pour la visite rituelle aux derniers membres de la famille qui subsistaient à Grandrupt. La route était longue et les conversations paraissaient sans fin quand oncle Albert entamait, avec sa cousine Jeanne, la recension des personnages de leur enfance. Une vieille sœur, aveugle, restait silencieuse au bout de la table tandis que je contemplais, sur le buffet, le portrait d'un époux mort à la guerre de 14. Sa tête photographiée était glissée sur un corps de hussard à cheval, avec sa croix de guerre à titre posthume. La cousine servait une tarte. Droite, le visage sévère, elle avait la distinction naturelle de certains paysans. Nous préférions toutefois, ma sœur et moi, la mielleuse cousine Alice et son mari, le cousin Sylvain, qu'on visitait ensuite dans une ferme où il fallait traverser l'écurie pour atteindre les toilettes, sombres et pleines de mouches.

Alice avait toujours préféré mon grand-père Maurice à son frère Albert. La réussite du premier comme médecin, puis comme gendre présidentiel et enfin comme député, avait encore augmenté son prestige. Nous en étions bénéficiaires, Nathalie et moi, traités à chaque visite comme des enfants royaux. Avant notre arrivée, un drapeau tricolore était accroché sur la façade de la ferme. Puis c'était une abondance de boissons, de confiseries, et même un gros billet de cinquante nouveaux francs que la cousine nous offrait théâtralement avant de partir. Oncle Albert et Rosemonde n'étaient pas dupes et ce traitement d'honneur, accordé à la descendance de René Coty, les agaçait un peu. Mais il était temps de dire au revoir et de s'entasser dans la Taunus qui reprenait la route du Valtin.

Quand enfin arrivait le jour du départ, je me sentais aussi heureux qu'un condamné à mort au petit matin. Ce soir j'allais retrouver le vent, la pluie, la grisaille normande, les grues et les cheminées du port, les achats scolaires, la platitude du relief, les frères et sœurs, les repas de famille… Dès que la voiture de mon père quittait le Moulin dans les lueurs de l'aube, après un dernier signe de main à Kabert et tatie des Vosges, les sanglots commençaient à nouer ma gorge. Le paradis était encore là, dans cette forêt, d'un tournant à l'autre. Après le défilé rocheux, on franchissait une dernière fois le torrent, puis la montagne commençait à s'estomper. Quelques minutes plus tard, on tournerait en direction de Saint-Dié avant de descendre, plus bas encore, vers le monde prosaïque, et je pleurais. Ma mère se retournait, hésitant entre me consoler et me prier de me reprendre – car, après tout, j'avais bien profité de ces longues vacances. Comprenait-elle que j'avais vécu davantage ? Quelque chose qui s'apparentait au bonheur, sous la protection d'un vieil oncle rebelle et d'une grand-tante encore jeune, attentive et douce ? Mesurait-elle combien nous jouissions ici, en pleine nature, des délices de la liberté quand la famille, au Havre, ne cessait de s'agrandir pour atteindre trois, puis quatre et bientôt six enfants soumis aux règles d'une collectivité ?

Peut-être ma mère était-elle plus troublée que je ne le croyais par cet irrépressible chagrin qui m'envahissait dès que je quittais les Vosges. Peut-être en parla-t-elle un jour à sa propre mère, Anne-Marie Georges, qui crut bon d'intervenir. Un soir d'automne, comme je me trouvais chez mes grands-parents où nous allions souvent dormir, celle-ci me prit à part et me demanda :

— Dis-moi, Benoît, qui préfères-tu ? Ta maman ou tatie des Vosges ? Tu peux me le dire sans crainte, tu sais !

Comme elle le redoutait, je restai silencieux, incapable de répondre ; ou plutôt incapable de répondre que, probablement, je préférais tatie des Vosges… C'est alors, sur un ton plus sévère et presque de reproche, qu'elle tenta de me recadrer en me rappelant que, bien évidemment, je devais préférer ma mère à toute personne au monde.

6

L'hiver

Nous sommes allés marcher sur le chemin de l'Ermitage. Dans la forêt figée par le froid, une fine couche de neige recouvrait le sol et les branches. L'air lui-même paraissait gelé en ce jour gris où pas un chant d'oiseau ne s'échappait. Seuls nos pas crissaient à l'ombre des sapins, ponctuant ce silence d'hiver qu'on oublie sur les routes et dans les villes où tout se transforme en boue après le salage des chaussées. Ici chaque détail me renvoyait aux contes illustrés de mon enfance, à ces campagnes primitives où les seuls refuges sont quelques masures au cœur de la solitude, comme celle qui est apparue quand le chemin a quitté les bois. Nous avons alors aperçu, Jean-Sébastien et moi, la ferme de l'Ermitage sous ses murs noircis par le temps et son toit abritant le grenier à foin. Elle se dressait au pied des pentes rocheuses et son panache de fumée avait quelque chose d'immémorial et de rassurant.

Dans la prairie enneigée, deux chevaux blancs ont dressé le regard vers nous, avant de baisser à nouveau les naseaux. Leurs sabots avaient percé la croûte blanche pour chercher un peu d'herbe. Au-dessus d'eux, les pans de la montagne se perdaient dans la brume ; et cette présence de quelques animaux près d'une vieille ferme, dans la campagne désolée, ajoutait une note triste et splendide à cet instant – surtout quand un corbeau noir a traversé ce décor pour se poser sur les branches d'un arbre mort.

Nous avons continué sans rien dire. Puis, tandis que nous avancions sur ce chemin que j'aime aussi, l'été, pour ses bruyères et ses myrtilliers sauvages, d'autres chevaux se sont approchés des clôtures, comme s'ils voulaient nous parler ou, simplement, nous observer. Il y en avait des blancs, des roux, des grands et des petits comme ce poney qui nous a dévisagés longuement, sans un geste, sous sa chevelure de hippie. Il semblait pouvoir rester pendant des heures dans cet état de contemplation, le regard un peu vide, les deux pattes avant posées l'une près de l'autre sur deux sabots qui ressemblaient à des escarpins où s'ajustait un pantalon de poils blonds. Plus loin, près des appentis de la ferme, nous avons salué une famille d'ânes, attentifs comme les autres dans leur enclos. Nous nous regardions sans rien dire, eux près de leurs bottes de foin, nous sur le chemin des contes et légendes. Puis deux chiens sont sortis de la maison et se sont approchés joyeusement, sans aboyer, et nous les avons caressés avant de repartir en sens inverse. Ils nous ont alors suivis dans la neige, filant devant nous, attendant au pied d'un épicéa, puis nous rejoignant le long des clôtures où les chevaux nous observaient toujours.

Quand le chemin du retour s'est enfoncé sous les arbres, un autre chien puis des silhouettes imprécises sont apparus au loin, venant en sens inverse : une grande, une moyenne, deux petites. Enfin, après quelques instants, nous avons discerné une femme adulte tenant son cheval, accompagnée de deux enfants qui se dirigeaient vers la ferme. On aurait pu se croire au XIXe siècle, quand on se déplaçait ainsi en ces contrées sauvages, isolées par les intempéries. La femme s'est avancée encore et j'ai reconnu la propriétaire de l'Ermitage, une jeune vétérinaire qui héberge tous ces animaux, suivie par ses enfants chargés de cartables. Sans doute était-elle allée les chercher au bord de la route où le car scolaire les avait déposés. Mais cette rencontre donnait l'impression de vivre un moment de l'hiver éternel, au cœur d'un vieux paysage conservé par le froid où se glissaient une famille moderne et deux promeneurs solitaires.

Nous avons bavardé un instant avec la vétérinaire qui, d'une main, contenait son cheval agité. Les enfants, indifférents, parlaient à leurs chiens et ont poursuivi vers la ferme. Puis nous sommes repartis jusqu'à cet endroit où le chemin, sous les arbres, rejoint le cours de la Meurthe qui n'est encore ici qu'un torrent. Sa musique liquide prolongeait l'enchantement. À certains endroits, le lit de la rivière semblait gelé, à force de projeter sur les branches d'arbre des gouttes d'eau transformées en carapace de glace sous laquelle le cours ressurgissait, plus vif et plus sonore. Quant à moi, j'éprouvais une joie liée à cette proximité de la nature, mais aussi aux attaches profondes qui s'étaient nouées avec ce pays depuis mon enfance, si bien qu'il me suffisait d'être ici, d'entendre l'eau couler dans cette campagne gelée pour éprouver l'intense et mystérieuse vibration du bonheur. Je me demandai toutefois, à cet instant, si Jean-Sébastien, auprès de moi, pouvait partager cette délectation, lui qui n'a pas grandi près de ces forêts ni joué à l'ombre de ces fermes. Du moins semblait-il apprécier, sous son bonnet, ce moment dans la prairie glacée avec quelques chevaux, deux ânes, trois chiens et trois humains, qui avait éclairé notre après-midi.

Plus tard, dans la nuit, nous nous sommes serrés l'un contre l'autre. Plus le temps passe, plus nous redoutons de nous perdre. Pour l'heure nous nous sentions encore protégés, et je songeais à cette ferme où s'élevait un panache de fumée dans la campagne désolée. Puis nous nous sommes serrés plus fort et j'ai songé qu'on aurait pu mourir à cet instant et dériver ainsi dans l'infini de l'espace et du temps. Nous tâchons pourtant de nous rassurer, sans vraiment comprendre où nous allons. Nous n'avons pas plus de réponses que ces animaux attentifs qui nous observaient au bord du chemin ; mais nous sommes plus conscients que cela finira mal. En attendant je m'efforce de goûter chaque instant et d'opposer à la certitude du pire les illusions d'une vie enchantée.

7

Inséparables

— Triple crétin ! fulminait Albert sur un ton nasillard. Tu n'avais qu'à jouer ton valet !

— Mais j'ai bien calculé, je pensais…

— Ne parle pas de penser. Tu ne penses pas !

Le débit était lent, le timbre théâtral. Fréquent chez les acteurs d'avant guerre, ce genre de voix traînante et rythmée tendait à disparaître au profit d'un français plus rapide et monocorde. Mais je n'y pensais guère, furieux contre mon oncle :

— Toi, tu veux imposer ta méthode à tout le monde !

— Ce n'est pas ma méthode, ce sont les règles !

— Tu les connais donc parfaitement, les règles ?

— Oui monsieur !

— En fait tu es juste vexé de perdre !

— Non monsieur !

Le ton montait souvent pendant les parties de cartes. Ma façon de tenir tête agaçait oncle Albert, et je ne pouvais attendre aucun secours de mon cousin Jean-René qui préférait ne pas s'en mêler. Parfois le héros de la Résistance décidait d'arrêter là. Il se levait, nous toisait et s'éloignait en lançant sa formule définitive : « Il faut vingt ans pour savoir jouer à la belote ! » Jean-René replongeait dans sa lecture et je retrouvais Rosemonde à ses fourneaux. Je ne devais toutefois espérer davantage le soutien de cette femme qui m'adorait, mais moins que son mari ! La tension finissait par retomber en attendant une nouvelle partie, où l'un de nous triompherait en s'écriant « capot » et « dix de der » ! Oncle Albert, en jouant aux cartes, redevenait lui-même cet adolescent que nous étions à peine mon cousin et moi, et nous mesurions nos forces – sans trop de difficultés pour lui qui m'envoyait balader d'un simple revers de main.

Après les vacances d'été avec Nathalie avait commencé le temps des vacances de Pâques avec Jean-René. Nous étions venus d'abord en février après l'inauguration du téléski du Grand-Valtin, ouvert par deux familles de paysans. Mme Thomas, la fermière, vendait les tickets dans une cabane aux senteurs de vin chaud. M. Ancel, l'ancien maire adjoint, tenait les perches et nous laissait passer à l'œil. Les enfants des fermes, habituellement si timides, dévalaient la pente à toute vitesse. Le soir on rentrait à pied dans la vallée glacée où la forêt se dressait en lisière de la prairie toute blanche. Mais les deux pistes minuscules étaient vite épuisées, mon cousin préférait skier dans les Alpes et c'était plus souvent aux vacances de printemps que nous prenions ensemble la route du Grand-Valtin.

De deux ans plus âgé, il avait pris un peu de retard à l'école et, comme j'avais un an d'avance, nous nous trouvions au même niveau ; mais, surtout, nous nous entendions comme deux amis inséparables. Nos mères, qui étaient sœurs, ne se ressemblaient guère : celle de Jean-René aimait le monde, l'argent, les fêtes et les hôtels de luxe ; la mienne prônait l'égalité et la fraternité du catholicisme social – c'est pourquoi les Duteurtre enviaient ces cousins qui possédaient des circuits automobiles, buvaient des boissons pétillantes et avaient le droit de lire des illustrés comme *Pif Gadget*, quand il était hors de question, chez nous, d'aller au-delà de *Fripounet* et autres albums pour la jeunesse chrétienne. De son côté, « tante Annie » nous désignait à ses enfants comme des exemples, ce qui ne nous empêchait pas de faire ensemble les quatre cents coups.

Nous avions dix et douze ans quand ils nous avaient conduits pour la première fois au train du Havre pour Paris – une cousine étant chargée de nous récupérer à Saint-Lazare et de nous conduire gare de l'Est. Là nous avions patienté une heure au buffet où les serveurs passaient avec des plateaux de bière et de choucroute fumante. À Nancy, second changement, le temps de trouver nous-mêmes l'omnibus plein d'ouvriers rentrant du travail dans un nuage de tabac. À Saint-Dié, enfin, oncle Albert nous attendait dans le hall de la gare… en compagnie d'un ami responsable du journal local venu avec un photographe. Le lendemain nous étions apparus, rieurs, dans *La Liberté de l'Est*, comme « deux arrière-petits-fils du président Coty en vacances au Grand-Valtin » : Jean-René, déjà grand, portant fièrement ses lunettes ; moi, plus court mais décidé avec mes taches de rousseur et mes incisives écartées.

Ces vacances avec Jean-René allaient me permettre d'ajouter à ma passion de l'eau un nouvel horizon : celui de la science ! Mon cousin était biologiste dans l'âme et je suivais son exemple comme un disciple. Depuis plusieurs années, j'étais fasciné par ses microscopes et par son aquarium équipé de pompes où naviguaient des colonies de poissons exotiques. À chaque Noël, chaque anniversaire, son matériel devenait plus important et je m'efforçais de l'imiter – sans avoir la même vocation, ni les mêmes moyens pour acquérir scalpels, lames, lamelles, tubes à essai, colorants, fioles de substances chimiques et tout ce qui transforme un jeune garçon en futur Prix Nobel. Au Grand-Valtin, munis du matériel qu'il emportait pour les vacances, nous pouvions travailler sur le terrain, spécialement à la faveur de cette saison de Pâques où la nature s'éveillait. Les grenouilles pondaient d'énormes chapelets d'œufs dans les flaques de neige fondue, puis les œufs se transformaient en têtards qui rejoignaient un foisonnement d'autres créatures : tritons, lézards et insectes innombrables.

Autant dire que notre exigence de naturalistes s'exerçait sévèrement, avec son lot de nécessaires cruautés. On endormait les grenouilles à l'éther avant de leur planter une aiguille dans la tête et de les disséquer vivantes, sur une planche en liège, dans l'espoir de voir battre leur petit cœur (les garçons des fermes préféraient les balancer contre les murs ou sur des pierres, sans aucune justification savante). Des animaux morts on tirait de parfaits squelettes en utilisant divers décapants puis en les faisant bouillir ; et il nous arrivait de conserver dans du formol des cadavres de taupes ou de lapins en vue de les rapporter au Havre où nous pourrions poursuivre nos expériences.

Cette soif d'apprentissage se traduisait aussi par la fabrication d'un herbier et par nos sorties à la « Moineaudière », une fondation située à quelques kilomètres, dans laquelle étaient présentées d'importantes collections géologiques. Un curé avait créé cette institution qui recueillait des garçons pauvres et des orphelins : les « moineaux ». Ils assuraient l'entretien, dormaient dans des dortoirs mal chauffés et se répandaient au printemps dans les prés pour ramasser des bouquets de jonquilles, les vendre au bord de la route et renforcer la trésorerie de la maison. Arpentant la salle d'exposition, nous étions surtout impressionnés, Jean-René et moi, par ces énormes blocs de quartz fantôme ou d'améthystes dont les valeurs, indiquées en francs, nous donnaient le vertige. On gaspillait nos modestes économies pour acquérir quelques fragments de rhodochrosite, fluorine, jaspe et autre zoïsite à rubis. Certaines pierres contenaient également de l'uranium, comme l'abbé Blaise en faisait la démonstration en les soumettant aux rayons ultraviolets qui donnaient une teinte verte aux fragments rocheux. Stimulés par cette découverte, nous avions déniché, dans le chemin du Moulin, des cailloux qui ressemblaient étonnamment à ce minerai ; et nous les avions apportés à la Moineaudière. Mais l'abbé nous avait infligé une humiliation publique en passant nos trésors à la « lumière noire » qui n'avait détecté aucune trace de cet élément susceptible de nous transformer en maîtres du monde.

En fin de journée, nous retrouvions oncle Albert dans son petit salon où commençaient les parties de belote. Il nous avait appris le jeu à quatre pour lequel Rosemonde se joignait quelquefois à nous, bien qu'elle n'aimât pas les cartes (sauf en chansons quand elle fredonnait *La Belote* de Maurice Yvain), mais aussi les parties à trois et même à deux. Cet homme de soixante-quinze ans apparaissait ainsi comme le professeur de tout ce qu'on n'apprenait pas chez nous. Au Havre, avant les déjeuners de famille, notre grand-père nous priait de le rejoindre dans son bureau où il nous lisait des pages de Pascal, qu'il vénérait. Inversement « Bébert », comme l'appelaient Rosemonde et ses vieux amis, excitait notre curiosité en achetant des policiers de la Série Noire et des San-Antonio. Quand Maurice Georges nous faisait entendre solennellement le *Triple Concerto*, Albert Georges entonnait *Prosper yop la boum* et des chansons de voyous. Quand Maurice prônait la sobriété et la tempérance, Albert nous conviait à la découverte des bistrots de Colmar où il nous invitait à le suivre « les doigts dans le nez », expression qui faisait beaucoup rire Jean-René. Il nous racontait même comment, dans les Années folles, il avait fréquenté les filles de joie et goûté à la « coco ». Mais il le racontait de façon si vivante – répondant à nos questions par d'autres solennels « Oui monsieur ! » ou « Non monsieur ! » – que même Rosemonde riait au lieu de veiller sur notre bonne éducation. Après quoi elle filait à la cuisine préparer notre plat préféré : des galettes de pommes de terre aux œufs et au lait revenues à la poêle qu'on engloutissait à la mesure de notre croissance – sans parler des pots de confiture de framboises, myrtilles et mirabelles dont les réserves diminuaient au rythme d'un par jour.

Répondant à mon désir naissant d'écrire, elle m'avait également appris à taper à la machine. Mais surtout elle suivait mon apprentissage musical, devenu plus stimulant depuis que je pouvais jouer quelques valses de Chopin et le premier mouvement de la sonate « Au clair de lune ».

Seul au piano dans la grande pièce, je déchiffrais également des partitions qui traînaient là comme l'*Idylle Philoménale* créée par Yves Montand, ou *Le Grand Charles*, en hommage au Général. Puis Rosemonde s'asseyait auprès de moi pour entonner à quatre mains une marche militaire de Schubert. La musique martiale, sous toutes ses formes, était prisée dans cette maison patriotique. Le côté anticonformiste de mon oncle s'effaçait dès les premières notes du *Régiment de Sambre-et-Meuse* et autres hymnes guerriers qui avaient rythmé sa vie. Au temps de la Résistance, ma tante avait elle-même composé et publié, sous le pseudonyme de Bagherra, une *Marche des Forces françaises de l'Intérieur* qui chantait la gloire des « petits soldats des FFI de France ». Amoureuse des militaires, cette femme énergique avait quelque chose de masculin, accentué par ses cheveux plus courts, depuis qu'elle avait renoncé aux chignons et mises en plis. Elle n'en revendiquait pas moins la distinction des genres et considérait la vie domestique comme une affaire d'épouses qui se devaient d'être aussi couturières et cuisinières.

Quand de Gaulle était mort, en novembre 1970, oncle Albert m'avait envoyé une longue lettre reprenant les termes d'un discours où il expliquait son engagement pendant la guerre. Elle était signée « Albert Georges, Jeandel dans la clandestinité, Français libre ». Par la suite, il était devenu représentant, pour les Vosges, de l'Association nationale pour la fidélité à la mémoire du général de Gaulle, présidée par Pierre Lefranc. Car il avait continué, après la Libération, à voir le Général comme un guide, plus encore après son retour au pouvoir en 1958. Ses souvenirs se ranimaient avec une intensité particulière lors du passage, au Moulin, de ses camarades de la Résistance, telle « Madame Madeleine » – une grande femme au corps sec et à la peau ridée, qui avait dirigé un groupe clandestin en Normandie. Torturée après son arrestation, elle avait tenté de se suicider en avalant les morceaux de verre d'une ampoule électrique. Mais elle avait survécu et fini la guerre à Ravensbrück. À la Libération, elle pesait trente-deux kilos. De passage dans les Vosges, elle était venue deviser avec son vieil ami, et la télévision avait débarqué pour un reportage.

J'étais à la fois horrifié, fasciné, bouleversé par ces récits de la déportation : l'appel de l'aube, les traitements barbares et tout ce que la tragédie humaine avait d'effroyable. Cet épisode encore proche se faisait plus précis lors des visites au camp du Struthof, perché sur une montagne au milieu des forêts. Les déportés y avaient subi des conditions particulièrement cruelles – comme le soulignaient quelques photos, une potence, des baraquements, des doubles grillages derrière lesquels on devinait les aboiements des chiens-loups, et cette affreuse table en émail réservée aux expériences médicales. Arpentant les allées entre les baraquements, je me donnais des frissons en m'imaginant ici, en plein hiver, vêtu de hardes sous la neige. Pendant que nous suivions la visite guidée, notre grand-oncle allait se recueillir près du monument de la déportation, en souvenir de ses camarades disparus et de Marie-Louise, sa première épouse. On n'en parlait jamais. C'était un sujet difficile pour Rosemonde qui avait rencontré Albert au moment où cette femme disparaissait. Mais le soir au

Moulin, au creux de mon lit, je m'imaginais moi-même héros de cette tragédie et seul rescapé des plus terribles catastrophes.

*

En classe de troisième, grâce à mon professeur de français Mlle Ouvry (une châtelaine obèse qui encourageait mes aspirations littéraires), j'avais découvert *Que ma joie demeure*, un roman de Jean Giono. Et cette lecture avait nourri mon amour de la vie paysanne. Désormais, je me joignais parfois aux familles qui, en juillet, se rassemblaient dans les prairies pour retourner et ramasser le foin au milieu des sauterelles et des papillons. Après l'avoir compressé dans d'énormes « cendriers » en toile de jute, puis entassé sur des charrettes, on le déversait dans les greniers. Puis, d'une poutre à l'autre, on sautait sur ce matelas moelleux qui, dans l'obscurité, conserverait longtemps sa saveur et sa fraîcheur. L'adolescence et ses penchants lyriques aiguisaient ma sensibilité fusionnelle avec la nature. Amoureux des tableaux de Monet et des poésies de Verlaine, je découvrais à travers eux la beauté du monde. J'avais laissé pousser mes cheveux, commencé à griffonner quelques pages, et j'emportais, pour les vacances, cette *Anthologie de la poésie française* d'André Gide offerte par mon père, dans la collection de la Pléiade. Quand il faisait beau, je grimpais dans les herbes derrière le Moulin où je lisais *La Bonne Chanson.* Quelquefois je glissais entre les feuilles de papier bible une de ces fougères de fenouil sauvage qui donnent leur parfum aux prairies d'altitude.

Tous les prétextes étaient bons pour retourner au Grand-Valtin. Les quelques semaines de vacances en famille où mes parents nous emmenaient à la découverte d'autres régions, comme l'Auvergne ou la Chartreuse, me semblaient superflues. Filant au Moulin pour les vacances d'hiver, je retrouvais la forêt où mes pieds s'enfonçaient profondément dans la neige. Écoutant la musique des ruisseaux gelés, je levais la tête vers la cime des sapins chargés de flocons sous le ciel bleu et ce spectacle me semblait féerique. Mais peut-être aussi avais-je l'idée que cette montagne et ses secrets, ces bruits et ces parfums, ce grand-oncle et cette grand-tante, leur histoire amoureuse et leur histoire guerrière, tout cela constituait la matière d'un livre futur qui transformerait des vies simples en vies extraordinaires.

Dans cet état d'esprit, je voyais d'un mauvais œil les premiers chantiers touristiques qui commençaient à rompre l'étendue des prairies. Beaucoup de paysans étaient morts ; les autres vieillissaient, mais les vaches se faisaient rares, et certains autochtones mettaient en vente des parcelles. En 1969, l'école du village avait fermé. Puis tout s'était accéléré à partir de 1970, quand de nouveaux vacanciers avaient planté quelques chalets suisses entourés de haies. Les promoteurs s'étaient mis de la partie et un lotissement touristique avait poussé sur le flanc sud, vendu sur catalogue pour son panorama exceptionnel. Seul au creux de la vallée, entouré de ses pâturages, le Moulin restait préservé de ces atteintes, mais je regrettais de voir peu à peu changer ce paysage où j'avais tant rêvé. Jeune citadin gagné par les émotions bucoliques dans le vent hippie qui soufflait encore, je voulais accomplir mon « retour à la nature » à l'heure où la campagne commençait à disparaître.

J'ignorais toutefois que Rosemonde et Albert, devant lesquels je déplorais ces changements, les avaient probablement encouragés. Mon point de vue de jeune baba cool urbain contrastait avec celui d'une génération qui applaudissait le développement économique de la France. Alors que le déclin de l'agriculture montagnarde était marqué par la disparition des bidons de lait au bord de la route, le tourisme apparaissait comme une perspective pour la contrée. Mon grand-oncle avait épaulé le maire pour trouver les financements et autorisations permettant la construction du téléski où affluaient désormais, chaque dimanche d'hiver, les habitants des villes voisines. Selon les termes du sous-préfet, il avait incité ses concitoyens à « retourner à leur profit le handicap de la neige hivernale ». Puis il avait usé de ses relations pour assouplir un plan d'occupation des sols qui limitait les constructions. Peut-être même Rosemonde et Albert avaient-ils trouvé dans cette évolution un intérêt plus direct : puisqu'elle leur permettrait, à leur tour, de vendre une partie de leurs terrains pour acquérir ces fameux points de retraite qui manquaient toujours après la fermeture du cabinet dentaire. Mon oncle, à peine remis d'une pénible sciatique, avait dû se faire opérer de la cataracte ; mais ses nouvelles lunettes à verres très épais ne rendaient guère plus visibles les images du téléviseur qui venait de faire son entrée au Moulin… et recevait le signal tordu d'antennes allemandes ou luxembourgeoises.

L'avenir de mon paradis semblant à chaque séjour plus fragile, je tâchais de l'oublier dans la forêt. Suivant un sentier que je connaissais depuis toujours, je marchais jusqu'à l'immense clairière de Belbriette : un lieu-dit de plusieurs dizaines d'hectares où des paysans avaient vécu au siècle précédent. Une belle prairie subsistait par endroits ; ailleurs la rivière formait une « feigne », zone humide infranchissable. Marchant jusqu'aux ruines des anciennes maisons, j'imaginais qu'un jour, ayant connu comme écrivain la gloire et la fortune, j'achèterais ce domaine pour y installer mon refuge : celui où je pourrais entretenir, loin du monde, le style de vie qui me convenait. J'y ferais construire une ferme permettant de vivre en autarcie, mais aussi une maison moderne ouverte sur la nature, et d'autres dépendances où j'accueillerais mes amis – sans parler de la femme que j'épouserais dans ce futur idéal. Tout était prévu.

8

Le loup de Belbriette

I : LA CLAIRIÈRE

Une légende vosgienne raconte qu'un homme difforme et rejeté de tous, mais secrètement amoureux d'une belle paysanne, s'était transformé en loup. Ennemi des humains autant que des autres loups, il croquait les méchants tout en protégeant sa bien-aimée. Il hantait les bois de Gérardmer, de Martimpré, et surtout ceux qui entourent Belbriette, cette clairière au creux des montagnes occupée autrefois par quelques fermes.

Denis, âgé de quinze ans, avait lu ce conte avant de découvrir, au cours d'une randonnée, cette immense prairie où les herbes fines ondulaient sous le vent. Ses parents possédaient une maison de vacances dans les environs de Gérardmer et ils avaient marché d'abord en famille jusqu'à l'étang de Belbriette : une pièce d'eau noire en pleine forêt où l'on voyait tourner d'énormes truites près de la retenue d'eau. Quelques jours après, revenant seul par là, il avait prolongé la balade d'un kilomètre avant de franchir, comme au théâtre, un rideau d'arbustes derrière lequel la clairière était apparue dans son immensité.

Des forêts s'élevaient tout autour et Denis avait levé la tête vers le sommet décharné qui surplombait ce domaine, à mille deux cents mètres d'altitude. Il avait franchi un ruisseau en sautant d'une pierre à l'autre, puis grimpé dans les champs où il s'était allongé près de murs en ruine. Après quoi, plus méthodiquement, il avait commencé à détailler la topographie des lieux. Tout au fond, le cours sinueux de la rivière se perdait dans des marécages. Plus loin encore, les branches mortes de quelques sapins momifiés se dressaient au milieu de l'eau. Puis son regard avait suivi une boucle pour revenir à la butte où il se tenait dans un bourdonnement d'insectes. Au cœur de la clairière, cette ancienne ferme occupait un emplacement idéal. On y distinguait encore les contours de l'étable, de la cuisine et du four à pain. À cet instant déjà, presque sans y penser, Denis commençait à établir ses plans. Il revint plusieurs fois muni d'une carte d'état-major, essayant divers chemins pour découvrir des angles variés. Alors, peu à peu, son ambition se précisa : « C'est là que je vivrai un jour, ici que j'inventerai le pays de mes rêves. »

Du haut de ses quinze ans, il aimait la nature vers laquelle le portaient des sentiments fusionnels. Puis, d'un séjour à l'autre, son goût pour les arts avait apporté de nouvelles nuances à son projet. Quand il eut dix-sept ans, sa future demeure prit l'aspect d'une maison d'artiste aux lignes pures et aux espaces clairs, fusionnant avec le paysage comme la Maison sur la cascade de Frank Lloyd Wright. Dans le même temps, son esprit pragmatique additionnait les sommes nécessaires pour acquérir les terrains. Il ferait alors construire cette demeure, ainsi que plusieurs autres destinées à ses proches, et une ferme qui leur permettrait de vivre en autarcie. Les chances d'y parvenir paraissaient minces, mais il y croyait.

Ayant passé son bac et commencé des études de lettres, Denis retournait à toutes les vacances dans cette clairière où son imagination esquissait sa vie future. Dans sa maison de verre, il se livrerait à de longues improvisations musicales, écrirait des poèmes et jetterait des traits de couleur sur des toiles. Plus loin dans la prairie se situerait l'antre de « l'amie », fille à la longue chevelure blonde vêtue de tuniques, se livrant au chant et à l'écriture. Ils auraient des enfants qui grandiraient parmi les chevreuils et les oiseaux. Un passionné d'élevage superviserait la ferme avec ses vaches, ses moutons, ses cochons et ses volailles courant au bord du chemin. Au-delà serait bâti le refuge des visiteurs, réservé à ceux qui voudraient passer ici quelques jours ou quelques mois d'une vie presque idéale.

*

Les choses ne s'étaient pas déroulées comme prévu.

À vingt-cinq ans pourtant, contre toute vraisemblance, Denis s'était presque trouvé en mesure d'accomplir son rêve car un succès imprévu avait transformé sa vie. Il n'avait rien calculé, mais juste enregistré une chanson pour s'amuser avec un copain guitariste. Ils se réunissaient pour faire de la musique et avaient posé deux micros dans une salle de bains dont la réverbération produisait un drôle d'effet. Sorti sous un tout petit label, le morceau avait connu un succès considérable, jusqu'au sommet du hit-parade en France et dans plusieurs pays.

Intitulée *Money Money*, cette chanson au texte cynique avait transformé, du jour au lendemain, Denis en personnage riche et célèbre.

Ce succès soulignait aussi les changements de sa personnalité. Comme beaucoup d'individus de sa génération, il était passé d'une adolescence baba cool caractérisée par les cheveux longs, les parfums de patchouli et les ferveurs néo-hippies… à un état d'esprit nouveau inspiré par le mouvement punk. Coiffé très court, il vantait désormais la « culture urbaine », fréquentait les boîtes à la mode, lisait des romanciers américains et avait une prédilection pour les musiques industrielles de Pere Ubu, un groupe de Cleveland. Son idéal d'adolescent ne s'était pas éteint pour autant. Dans un recoin de sa mémoire subsistait le rêve de la prairie où s'écoulerait une existence vouée aux arts, à l'amour et à la nature.

Peu après, il était retourné à Gérardmer où la presse locale l'avait célébré comme une vedette dont le succès rejaillissait sur son pays d'adoption. Puis un jour, affublé de son blouson de cuir et de ses lunettes noires, il avait roulé jusqu'à l'étang de Belbriette où il avait garé sa voiture. Marchant vers le rideau d'arbustes, il avait alors retrouvé, intact, le pays enchanté avec ses ruines au milieu des pâturages, ses arbres accrochés aux pentes rocheuses jusqu'au sommet de Balveurche. Le moment était peut-être venu de donner étoffe à son projet, sans doute un peu différent de celui dont il rêvait dix ans plus tôt.

Au cours des mois suivants, se renseignant auprès des communes et des notaires, il commença par identifier les principaux propriétaires : un groupement forestier qui, probablement, ne voudrait pas se débarrasser de ce domaine mais qui en garantissait l'intégrité. Il repéra ensuite, autour des trois fermes en ruine, plusieurs parcelles demeurées entre les mains de familles de paysans, et il se mit à la recherche de leurs héritiers. Il fallut les convaincre de vendre ces terres incultes à un prix raisonnable malgré la richesse qu'on lui prêtait désormais. Il sut faire preuve d'habileté dans la négociation et finit par acquérir deux hectares à l'emplacement le plus favorable autour des ruines de la ferme.

Une autre difficulté allait apparaître, car le domaine de Belbriette se trouvait dans une zone protégée où toute construction était interdite. Son statut de « célébrité » aida toutefois Denis à trouver une solution avec le soutien du maire : pas exactement celle qu'il envisageait à quinze ans, lorsqu'il rêvait de planter ici une belle maison aux lignes contemporaines… mais un compromis acceptable, puisqu'une réglementation lui permettait de bâtir sur les ruines de l'ancienne ferme, à condition de respecter le plan et les matériaux.

Ainsi avait pris forme cette bâtisse hybride que certains Vosgiens des environs qualifièrent bientôt de « maison du fou », tant ils comprenaient mal qu'on désire habiter une étendue sauvage, éloignée de tout, si froide que les rudes fermiers d'autrefois avaient préféré s'enfuir… Le chantier coûta plus cher que prévu, nécessitant d'aménager un chemin carrossable et un pont sur la rivière, assez solide pour soutenir des machines et des camions. Même avec les droits que lui avait apportés son disque, le jeune homme voyait fondre ses réserves pour la construction du premier bâtiment – quand il avait rêvé d'en édifier trois ou quatre. L'antre de la bien-aimée et le refuge des amis se résumèrent à des chambres et à une dépendance en bois qui ressemblait à une isba.

Quant à l'agriculture traditionnelle que Denis avait entrevue comme un élément constitutif, redonnant vie aux pâturages et assurant l'autarcie, elle fut abandonnée, faute de candidat fermier susceptible de s'associer à un tel projet. Excepté quelques individus peu fiables, nul aspirant cultivateur ne semblait désireux de s'installer en pleine forêt pour y vivre d'élevage. Denis avait imaginé que sa fortune à venir lui permettrait de subventionner cette activité artisanale pour son bon plaisir. Aujourd'hui l'idée de mettre tous ses moyens dans un tel projet lui paraissait exagérée. Le rockeur urbain décida donc de s'approvisionner en vivres au marché de Gérardmer.

L'inauguration se déroula le 10 juillet 1990 en présence des proches de Denis : amis d'enfance, musiciens, noctambules et figures du show-business. Les intimes logèrent dans la propriété, les autres dans les hôtels des environs. La presse locale se tint aux aguets pendant quelques jours. Des photographes se cachaient dans la prairie et Denis se contenta de les tenir aimablement à l'écart. On s'amusa beaucoup, on but, on mangea, on dansa pendant trois jours et plusieurs groupes se produisirent sur la scène, en pleine nature, abritée par une bâche en raison de la pluie qui tombait sans interruption. Les sonorités rock avaient toutefois ici quelque chose d'incongru. De même les recherches vestimentaires et les teints pâles des « branchés » paraissaient-ils anachroniques dans la lumière vive de la prairie.

La conséquence d'un tel décalage ne se fit pas attendre. Au cours des mois suivants Denis éprouva quelques difficultés à persuader ses amis de revenir. La plupart ne supportaient la nature que sous forme de plage avec restaurant ou de station de ski en vogue. Même ceux qui disaient adorer la campagne s'inquiétaient de savoir s'il allait « faire beau » – genre de question qu'une personne bien élevée ne pose pas plus dans les Vosges qu'en Bretagne. Quelques-uns vinrent quand même, s'affirmant amateurs de randonnée. Mais leurs luxueuses chaussures, acquises la veille au Vieux Campeur, ne suffisaient pas à les transformer en marcheurs. La plupart commençaient à se plaindre dès la première pente – certains poussant l'insolence jusqu'à se demander si l'on ne pourrait pas monter en voiture et se contenter de descendre à pied.

Denis, lui, sous son look « new wave », aimait vraiment cette montagne où il commençait à entrevoir qu'il devrait s'habituer à séjourner seul. L'idée ne lui faisait pas peur ; sauf parfois quand le ciel était noir et qu'il s'appuyait contre la baie vitrée pour regarder sa prairie battue par le vent jusqu'au point d'éprouver une légère angoisse. Au milieu de la nuit, quand la maison grinçait, il imaginait l'intrusion de sadiques décidés à le faire souffrir. Le lendemain, il combattait ces sombres pensées en se mettant au piano et en cherchant des idées pour son futur album ; mais la conception de musique urbaine dans la solitude des Hautes Vosges n'allait pas de soi.

Tout l'hiver, la maison demeura enfouie sous la neige et quasi inaccessible. Puis, aux premiers jours du printemps, Denis s'impatienta d'y retourner. Quelques semaines plus tôt il avait rencontré, chez des amis, un écrivain sympathique et bon vivant qui cherchait un lieu pour finir son prochain livre. Ils s'étaient revus pour prendre un verre ; et l'idée de partir ensemble avait séduit Denis qui invita son nouveau camarade à se poser là-bas quelques semaines. Comme dans un phalanstère, chacun travaillerait de son côté, puis on se retrouverait le soir pour dîner, bavarder ou regarder des films. Denis escomptait que cette présence le stimulerait pour finir ses nouvelles chansons avant de les enregistrer au début de l'été. Mise en place dans l'enthousiasme, l'organisation fonctionna d'abord impeccablement, entrecoupée par plusieurs navettes du musicien à Paris – l'écrivain préférant rester sur place.

Les premiers signes inquiétants apparurent quand, après une semaine à la capitale, Denis s'avisa que son hôte se comportait de plus en plus comme chez lui. Ses affaires envahissaient la maison. Un matin, le musicien en plein travail pria l'écrivain de parler moins fort au téléphone, mais celui-ci le repoussa d'un geste agacé, comme s'il s'agissait d'une conversation importante. Tout en laissant Denis se charger des courses et de la cuisine, il imposait ses choix pour savoir quelle vidéo on regarderait après le dîner. Des vêtements sales traînaient partout et Denis, furieux mais peu porté aux conflits, les mettait dans la machine. Il osa de timides remarques qui tombèrent à plat, puis les choses ne firent qu'empirer. Le complice de création se transformait en squatteur de luxe. Réfléchissant au moyen de remettre les choses en ordre, Denis conclut que le moment était venu de lui parler franchement.

Le soleil avait percé, ce matin-là, rendant à la nature vosgienne sa beauté radieuse. L'eau qui ruisselait dans les prés se transformait en un miroir au million de facettes. Sorti faire quelques pas devant la maison, Denis humait les parfums de la forêt quand, soudain, il aperçut une harde de cerfs. Il se figea un instant pour ne pas les effrayer ; puis, quand les animaux s'en retournèrent vers les bois, il regagna sa demeure, décidé à mettre toutes les questions sur la table.

Au même instant, un bruit de moteur le fit se retourner, et le musicien eut la surprise de voir apparaître deux jeeps chargées de passagers. Elles avaient passé la barrière puis franchirent le pont et s'arrêtèrent dans le pré à quelques mètres de chez lui. Éberlué, Denis vit alors descendre des individus plutôt jeunes, vêtus de façon « branchée », qui le dévisageaient en souriant. L'un d'entre eux dirigea vers lui son appareil photo, tandis qu'un autre qui semblait faire office de guide expliquait :

— Voici donc la maison de Denis D. que vous découvrez, ici, dans sa vie quotidienne…

L'homme le désignait du doigt puis s'écria :

— Bonjour Denis. C'est un privilège de vous rencontrer. Comme convenu, nous n'allons pas vous déranger. Nous sommes ici dans le cadre des « randonnées culturelles vosgiennes » – un circuit à thème qui comporte une étape devant cette maison perdue où vit un des chefs de file du rock urbain français !

Il avait articulé ces derniers mots tel un présentateur de spectacle et ses clients applaudirent avec des sourires admiratifs. Son comparse déchargeait l'autre voiture pour installer sur le pré des tables pliantes et tout l'attirail d'un pique-nique. S'adressant à Denis, le guide ajouta :

— On vous demandera juste une photo, tout à l'heure, comme convenu !

« Comme convenu ? » s'interrogea Denis. Mais l'autre était retourné vers la voiture pour sortir du coffre deux enceintes ; puis il lança *Money Money*, tandis que ses invités commençaient à danser sur la prairie. Sidéré par cette intrusion, le propriétaire se demandait que faire sans houspiller ses admirateurs. Il restait désemparé, quand son camarade écrivain apparut sur le seuil et, sans hésiter, se dirigea vers le groupe, serra la main du guide, puis commença à discuter avec les autres, tel le gérant du domaine. Denis comprit alors qu'il avait autorisé cette intrusion. Voulait-il se donner de l'importance ? Ou toucher un pourcentage ? Il trinquait avec les visiteurs et Denis préféra s'enfermer chez lui.

La solution se présenta de façon inattendue, quelques mois plus tard, alors qu'il avait quasiment abandonné son domaine au romancier. Un matin, il reçut une notification de l'ADE (Agence départementale de l'environnement) l'informant que, dans le cadre du nouveau PVDD (Programme vosgien de développement durable), l'ensemble de la clairière de Belbriette venait d'être classée ZNP (Zone nature protégée), afin d'assurer la quiétude des bêtes sauvages, et notamment des loups qui venaient de réapparaître dans la contrée. La construction n'était pas remise en cause puisque celle-ci respectait l'emplacement de l'ancienne ferme. En revanche, la possibilité d'habiter cette demeure se voyait compromise par cette nouvelle classification qui interdisait toute circulation automobile dans la clairière, et qui ordonnait la destruction de la ligne électrique. Chamboulé par cette ultime entrave à son rêve bucolique, le propriétaire se réconforta en y voyant au moins l'occasion d'expulser son fâcheux invité qui, effectivement, ne resta pas longtemps. Devant l'impossibilité de faire fonctionner les écrans, téléviseurs, chaînes hi-fi, congélateurs, et même simplement de s'éclairer, il déguerpit quelques semaines plus tard.

— Merci pour tout, conclut-il. Mais le climat, ici, est vraiment trop pourri. Je préfère un coin plus chaud !

D'abord soulagé, Denis mesura bientôt l'absurdité de la situation. Retournant sur place à la fin de l'automne, il s'avança comme au premier jour dans la merveilleuse clairière où les couleurs rouges des hêtres se mêlaient au vert des conifères. Tout en haut, le sommet de Balveurche était déjà recouvert de neige qui, bientôt, envelopperait la clairière. La maison se dressait au milieu du domaine, mais elle resterait désormais inaccessible la majeure partie de l'année – sauf dans la chaleur de l'été au prix d'une organisation complexe pour assurer le ravitaillement sans voiture. Le rêve d'adolescent s'achevait dans une impasse. Cette maison n'était même plus vendable. Il faudrait la garder pour rien.

Les circonstances de l'hiver suivant achevèrent de pousser Denis dans une nouvelle voie. La parution de son deuxième disque se solda par un échec retentissant, des critiques désobligeantes et des ventes très faibles. Les gains du premier succès commençaient à s'épuiser. Le musicien, à vingt-six ans, allait devoir se remettre au travail et trouver une nouvelle chance. L'heure n'était plus à rêvasser dans les montagnes. La maison sortit de ses pensées. La friche envahit peu à peu ce paradis d'enfance où il retournait seulement, une fois par an, pour ouvrir les fenêtres ou dormir à la belle étoile. Écoutant le bruit des ruisseaux et des sources, il se rappelait alors ses premiers émois dans cette prairie au milieu des forêts où le légendaire loup de Belbriette, à nouveau maître des lieux, bénéficiait désormais du statut d'espèce protégée.

9

Mort d'oncle Albert

La mort de mon grand-père, en août 1975, bouleversa l'ordre apparemment immuable de la famille. Elle fit même vaciller celui qui paraissait le plus solide : oncle Albert. Les deux frères Georges avaient grandi dans le monde d'avant 14 et connu la même enfance lorraine sans fortune. Tandis que l'aîné partait à l'aventure, Maurice avait entamé son brillant itinéraire. Après l'internat et son mariage avec la fille de René Coty, il s'était illustré comme médecin puis comme député gaulliste. De 1962 à 1974, il avait joué un rôle actif à l'Assemblée nationale avant de passer le relais à son suppléant Antoine Rufenacht, futur maire du Havre. Désormais il entendait se consacrer à des passions plus simples : le jardinage, la pêche à la truite près du château de Cany-Barville, l'écoute de Chopin et la lecture de Pascal. Tout semblait le promettre à une douce et longue vieillesse, mais il était mort en sortant du lit, terrassé par un infarctus à l'âge de soixante-quatorze ans.

Une disparition si rapide a ses avantages. Le choc n'en fut pas moins rude autour de lui, spécialement pour son frère qui adorait ce cadet de trois ans. Arrivé des Vosges pour l'enterrement, en présence de toutes les notabilités havraises, oncle Albert se tenait au premier rang avec Rosemonde. Ce jour-là, pour la première fois, je le vis perdu dans les ténèbres et comme ravagé. La force que j'admirais chez lui semblait avoir abandonné sa haute silhouette. Depuis quelques années déjà, son existence était rythmée par la disparition d'amis, comme son copain Edmond, incinéré au Père-Lachaise. Quelques mois plus tôt, m'adressant la copie d'un discours sur la Résistance, il avait ajouté à la fin de sa lettre : « J'ai appris hier à Commercy la mort d'un des deux élèves qui, il y a soixante ans, éveillaient tout le dortoir avec Ta-ta Tabernaculorum : Maurice Henry, vétérinaire à Ligny-en-Barrois. » La Faucheuse l'encerclait et son propre corps commençait à se dérober avec cette sciatique qui le harcelait en même temps que sa vue diminuait.

Je ne réduisis pas pour autant le rythme des séjours au Grand-Valtin. Je désirais même y retourner le plus souvent possible, été comme hiver, avec Jean-René mais également sans lui, car je ne me sentais nulle part aussi bien que là-bas. D'un voyage à l'autre, j'observais toutefois que mon grand-oncle restait plus longtemps dans sa chambre, au chaud et allongé. Pour se rendre au salon ou à la cuisine, il devait descendre l'escalier de la salle à manger qui demeurait glaciale une grande partie de l'année, et cette simple traversée devenait une épreuve. Âgé de seize ans, je commençais aussi à entrevoir, plus nettement, certains aspects concrets de la vie et la difficulté qu'avait Rosemonde à joindre les deux bouts. Je la voyais régler les factures, assise devant son secrétaire. Chez nous, au Havre, mon père assumait cette tâche selon la loi du patriarcat. Ici l'épouse se chargeait de tout et veillait sur ce vieux mari qui avait toujours manqué de revenus.

J'avais d'ailleurs, à ce sujet, ressenti une légère humiliation lors d'un séjour pour lequel mes parents m'avaient confié une enveloppe d'argent censée compenser les dépenses liées à ma présence. Enfant, je n'avais aucune idée de ces échanges qui, sans doute, se traitaient directement entre eux, c'est pourquoi ce détail m'avait troublé. Mais j'avais noté, surtout, la réaction de ma grand-tante qui avait fait grise mine devant le contenu de l'enveloppe, visiblement inférieur à ce qu'elle escomptait. Le pan économique de la vie se révélait, même si je me sentais ici chez moi. Je commençais en outre à m'inquiéter de savoir ce que deviendrait le Moulin, Rosemonde répétant avec une curieuse insistance que personne, dans la famille, ne souhaiterait le reprendre ou n'en aurait les moyens, vu les droits de succession. En attendant, elle venait d'aménager à l'étage un appartement qu'elle voulait mettre en location pendant les vacances.

Cette évolution eut d'heureuses conséquences en apportant au Moulin une bouffée d'air frais. Le développement touristique s'accélérait dans la région où les résidences secondaires se multipliaient. Rosemonde et Albert avaient ainsi fait de nouvelles rencontres : comme ce couple d'Allemands qui venait d'acquérir un chalet pour les week-ends. Tout en servant le whisky, le mari se montrait inépuisable sur tous les sujets ; sa femme, volubile et drôle, grillait cigarette sur cigarette. Longtemps réfractaire à tout ce qui venait d'outre-Rhin, l'ancien résistant s'était pris de sympathie pour eux, comme pour ce couple de Français rentrés du Gabon qui avaient fait construire une maison en lisière de la forêt. De même l'appartement installé sous le toit recueillit un franc succès et se partagea vite entre quelques habitués : une ancienne mannequin de chez Dior mariée avec un ingénieur ; et un pilote d'avion qui revenait chaque été avec sa femme et ses trois fils.

De plus en plus souvent, ces nouveaux familiers se joignaient à nous pour de grands repas devant la cheminée. Un parfum de fête se répandait dans la maison. L'épouse du pilote d'avion préparait un couscous. Oncle Albert apparaissait en traînant la jambe, mais il fredonnait encore *Ma pomme* et s'était remis à fumer, tout comme Rosemonde, après de longues années d'abstinence. Ce penchant contrecarrait les raisonnables principes familiaux édictés par Maurice Georges qui avait connu très tôt, comme oto-rhino-laryngologiste, les ravages de la cigarette et avait même publié, en 1956, une étude intitulée *L'Intoxication par le tabac*. Âgé de soixante-quinze ans, son frère ne voulait plus se priver des Camel, Lucky Strike et autres Chesterfield qui lui rappelaient le temps de la Libération.

Le succès de l'appartement allait également conduire Albert et Rosemonde à s'absenter au mois de juillet pour louer le Moulin tout entier à ses nouveaux habitués. Les parents de Jean-René qui souhaitaient partir en voyage proposèrent au couple vosgien de s'installer chez eux, au Havre. Passée sous leur contrôle, la maison de mes cousins allait devenir une joyeuse auberge dans laquelle oncle Albert, à son habitude, passait ses journées au lit à bouquiner. En fin de journée, le fils aîné qui faisait un stage de docker rentrait à la maison et entendait la voix éraillée du vieil homme :

— Olivier, prépare les kirs !

En août, Rosemonde et Albert regagnaient le Moulin et je les retrouvais pour finir l'été, mais aussi pour le nouvel an, aux vacances d'hiver ou à celles de Pâques. Un jour, pourtant, comme j'arrivais, un choc me pétrifia devant la maison où une pelleteuse avait attaqué une partie du terrain grimpant vers la forêt. À peine dissimulé par une rangée de sapins, un chantier sortait de terre et nous en étions responsables, Jean-René et moi.

Tout avait commencé deux ans plus tôt, en ce mois d'avril où les pentes vosgiennes se couvrent de millions de jonquilles qui attirent les promeneurs. Cet après-midi-là, comme nous allions promener Bobi, un chien abandonné recueilli au Moulin, nous avions rencontré dans les champs fleuris un homme coiffé d'une casquette et son épouse qui avaient demandé si l'on connaissait des terrains à vendre. Nous avions alors échangé avec mon cousin une œillade complice ; car notre grand-tante nous avait promis une récompense si on l'aidait à vendre une parcelle. Sans attendre, nous avions conduit ce couple jusqu'à la maison. Quelques mois plus tard, l'affaire était signée et nous encaissions notre billet… Nous l'avions presque oublié, mais il fallait maintenant payer en découvrant, à quelques mètres du Moulin, ce chantier qui donnerait jour à un pavillon de banlieue, habité par un couple méfiant qui allait aussitôt s'entourer de clôtures, contrairement aux habitudes de la région.

Le pourtour du Moulin demeurait heureusement assez vaste pour permettre de regarder ailleurs, et je pouvais toujours partir en montagne, muni d'un sac de toile où j'emportais mon *Anthologie de la poésie française* pour lire à voix haute Verlaine et Mallarmé. Les cheveux de plus en plus longs, je mettais sous mes oreilles un peu de patchouli dont le parfum oriental me semblait rimer avec la contre-culture. Un jour mon grand-oncle, railleur, m'avait rétorqué que c'était, dans sa jeunesse, « le parfum des putes ». Peu m'importait. Fervent de nature, de simplicité, de solitude et de méditation, j'avais décidé aux vacances suivantes de passer trois jours enfermé dans la grande pièce à faire du feu, jouer du piano, écouter des disques et noircir des pages de prose poétique. Selon les conventions établies avec Rosemonde, celle-ci me passerait les repas sur des plateaux sans rien dire. Cette mise en scène avait fait ricaner oncle Albert et Jean-René, mais tout le monde avait joué le jeu.

Nous allions également, avec mon cousin, nous faire un peu d'argent de poche à la Louisière, l'auberge gastronomique de Jeanne et Raoul. Occupé en cuisine, celui-ci avait besoin d'aide pour désherber les allées, ratisser les cailloux, servir des boissons en terrasse. Son épouse nous offrait des boissons tout en se lamentant sur ces affreux sapins qui l'entouraient et aggravaient sa nostalgie des grands boulevards. Les jours de relâche, quand la clientèle manquait, quelques hommes d'affaires rejoignaient le chef pour des « mâchons » improvisés qui nous faisaient saliver et dont on recueillait les restes dans la cuisine ! Mon seul désagrément en ces temps où je me grisais d'idées contestataires fut la violence avec laquelle Raoul me parla, un jour, de Jean-Paul Sartre dont je venais de lire *L'existentialisme est un humanisme.* « On aurait dû le fusiller », affirmait-il, rendant le philosophe coupable d'une vague de suicides dans la jeunesse. Quant aux gauchistes que je fréquentais (ayant toutefois décidé que j'étais plutôt « anarchiste »), je devinais que Raoul les aurait volontiers emprisonnés, alimentant les fantasmes de ma génération sur la répression policière qui menaçait la France, à l'image du Chili de Pinochet.

Ce sujet du fascisme fut à l'origine d'un pénible conflit avec oncle Albert. Je ne mesurais pas, alors, toute la différence entre un artisan de droite comme Raoul (qui ruminait contre de Gaulle, coupable de l'épuration et de l'abandon de l'Algérie) et un résistant comme mon oncle pour qui l'homme du 18 juin, puis de mai 1958, symbolisait l'indépendance nationale face aux empires soviétique et américain. Quant à moi, pressé de bazarder les frontières, le drapeau tricolore et tout ce qui rappelait le monde d'avant, je n'étais plus très loin de voir ce général disparu quelques années plus tôt comme un dictateur militaire. Un jour, comme le ton montait entre mon oncle et moi pour une bricole, le sujet avait bifurqué vers la politique et j'avais répliqué par provocation :

— De toute façon, de Gaulle était un fasciste !

Oncle Albert s'était redressé de sa stature branlante et avait tendu la main pour me frapper. Mais, alors qu'il avait toujours été plus fort que moi, il avait manqué son geste. Son bras était retombé maladroitement ; puis il m'avait agoni d'injures, tandis que je quittais la pièce en faisant de même. Comment son petit-neveu pouvait-il emprunter ces arguments ? Comprenant que j'exagérais, j'avais regretté ma phrase, plus encore les jours suivants alors qu'Albert, pour la première fois, refusait de faire la paix. Puis je m'étais épanché auprès de ma tante qui – tout en déplorant mes propos stupides – avait ajouté que mon grand-oncle m'appréciait beaucoup et que je serais fier de l'entendre parler de moi. Il me faudrait encore quelques années pour comprendre que cet homme m'avait appris, depuis l'enfance, à aimer un pays, son style et son histoire.

*

La musique, elle, me passionnait toujours davantage. Après avoir découvert Debussy et ses harmonies tellement neuves, je m'étais remis sérieusement au piano. Comme je devais participer à un concert près du Havre, Rosemonde avait suivi mon travail pour maîtriser six danses de Bartók et *La Cathédrale engloutie.* À la veille du récital, elle m'avait envoyé une lettre d'encouragement pleine de recommandations techniques notées sur des portées. Cette même année, j'avais persuadé mes parents de m'inscrire en faculté de musicologie, contrairement à ce qui était prévu depuis toujours (la médecine, comme mon grand-père), et ma grand-tante s'était montrée ravie. Mon entrée à l'université, en 1977, allait se traduire également par un allongement des vacances, la rentrée universitaire ne survenant qu'en octobre, ce qui me permit de passer tout le mois de septembre au Moulin.

Lors de ce séjour, oncle Albert ne quitta quasiment pas sa chambre, de plus en plus cloué par sa sciatique. Tout juste le voyait-on apparaître pour dîner, en traînant la patte et sans le moindre refrain de Maurice Chevalier. Après quoi il remontait se plonger dans ses lectures et ses mots croisés. Il avait soixante-dix-neuf ans, et nous espérions fêter bientôt son sacre d'octogénaire, âge encore imposant en ces années-là.

Le destin en décida autrement et frappa l'hiver suivant, en le faisant dégringoler dans les escaliers. Il en sortit sans fracture, mais rompu de fatigue et contraint de s'aliter complètement. Il n'en continuait pas moins à noter sur son carnet les chutes de neige quotidiennes dont le cumul atteignait 3,35 mètres le 7 février. Quelques jours plus tard, il fut touché par une mauvaise grippe et son état se détériora rapidement. Comme la fièvre ne retombait pas et qu'il tenait des propos incohérents, ma tante le fit transporter à l'hôpital de Gérardmer. Mais l'idée de se voir ainsi cloué lui était insupportable et il employa ses dernières forces pour arracher les perfusions. Puis la grippe s'aggrava et il mourut le 24 février à 23 h 15.

Nous avions suivi du Havre, par téléphone, l'évolution de son état de santé. Les derniers jours, un oncle médecin nous avait laissé peu d'espoir. Ainsi se produisit la première véritable perte de ma vie – bien plus douloureuse que celle de mon grand-père. Mon paradis se voilait de noir. Le soir même du décès, j'écrivis à ma grand-tante pour lui dire combien oncle Albert, avec sa rudesse, avait incarné à mes yeux le « savoir-vivre ». Puis je pris la route des Vosges avec mes parents.

Rosemonde, au Moulin, semblait solide. L'épouse d'Albert n'était pas du genre à s'abandonner. Toute sa vie, depuis 1942, s'était confondue avec son héros, mais la pudeur lui interdisait de montrer son chagrin. Chaque matin des lettres arrivaient, des camarades de la Résistance, évoquant la personnalité et les hauts faits d'oncle

Albert. Dans *La Liberté de l'Est*, son vieil ami André Mervelet rappelait comment « son sourire à la Voltaire accompagnait ses fines réflexions, ses remarques ironiques, sa conversation empreinte d'une philosophie lucide, ayant soin, pour ne pas blesser, d'adoucir une critique, toujours pertinente, par un bon mot, une plaisanterie ». Le jour des funérailles, à l'église de Saint-Stail, paroisse de Grandrupt, notre grand-tante nous demanda de marcher derrière le cercueil, Jean-René et moi, en tenant sur un coussin les médailles de la Résistance ; ce que nous fîmes, les larmes aux yeux, jusqu'à la tombe presque abandonnée des parents de Maurice et Albert. Je me rappelais les récits des enterrements de sa jeunesse, en ce même village où l'on buvait beaucoup et où tout s'achevait dans une sorte de fête. Un peu plus tard, à l'auberge voisine, les amis de Rosemonde venus pour les funérailles se laissèrent gagner, à leur tour, par cette prose de la vie mêlée aux souvenirs encore vibrants.

Il fallut repartir après quelques jours et laisser notre tante à ce qu'elle devait régler. Le Moulin ayant depuis peu le téléphone, je l'appelais régulièrement et nous échangions de longues lettres. Invoquant l'optimisme militant de son époux (« Tout s'arrange dans la vie », répétait-il, contre l'évidence même), Rosemonde s'était contrainte à « passer par trois fois devant l'hôpital » où il était mort, pour dominer son chagrin. J'avais prévu de retourner au Grand-Valtin à la fin de l'été. Elle m'accueillit rituellement à la gare de Saint-Dié, malgré cette absence criante d'oncle Albert dans la voiture. Puis la vie reprit son cours au Moulin où la présence du vieil homme semblait encore suspendue au-dessus du canapé, comme s'il alignait une dernière réussite. Quelques jours plus tard j'accompagnai ma tante au cimetière de Grandrupt, afin de poser sur la pierre tombale un insigne de la France libre.

La semaine suivante, elle parut saisie d'une frénésie d'excursions. Au volant de sa nouvelle voiture – une petite Peugeot 104 –, elle me demanda une liste d'endroits que j'aimerais revoir et la tournée commença. D'un jour à l'autre on visita le mont Sainte-Odile, le Donon et ses ruines romaines, le Haut-Koenigsbourg, les vieilles rues de Riquewihr et de Kaysersberg, les stations décrépies de Plombières et de Luxeuil-les-Bains. On arpenta la route des crêtes du col du Bonhomme au Grand Ballon, en passant par le Hohneck et le Markstein. Si j'avais envie de marcher dans les herbes, au-dessus des gouffres et des lacs, ma tante me déposait au bord du chemin et m'attendait le temps qu'il fallait. Puis elle reprenait le volant avec une curieuse détermination. Elle parlait sans fin et devenait presque agaçante. Rien, pourtant, ne pouvait éteindre cette ardeur qui se prolongea jusqu'à mi-septembre. Enfin, les derniers jours venus, elle leva le pied et me laissa goûter ce que je préférais : les prairies du Grand-Valtin, les escapades à Belbriette, la polyphonie des ruisseaux et des torrents que j'écoutais d'une façon nouvelle, porté par ma passion de la musique contemporaine : comme si cette rumeur de la forêt, rythmée par le bruit de mes pas, formait elle-même une polyphonie extraordinaire que je devrais écrire un jour pour traduire la richesse de mes enchantements.

Mais nous n'en avions pas fini car Rosemonde, comme si elle suivait les étapes d'une mise en scène, me déclara enfin qu'elle devait me parler. Quelques instants plus tard, dans le salon où chauffait déjà le poêle à l'approche de l'automne, elle m'annonça que le Moulin avait été vendu deux ans plus tôt, en viager, à ce pilote d'avion qui venait en vacances avec sa famille. C'était le seul moyen, dit-elle, de compenser la faible retraite d'Albert et d'assurer son propre avenir, vu leur différence d'âge. Ils avaient décidé de ne pas en parler à la famille, convaincus que nul ne reprendrait cette maison, et préférant nous éviter la peine de l'apprendre trop tôt.

Mais le contrat de viager comportait une autre clause : tenant compte des vingt ans d'écart entre mon grand-oncle et son épouse, il prévoyait que Rosemonde libérerait la propriété dès la mort d'Albert – ce qui lui garantirait une meilleure rente viagère. Elle allait donc s'en aller au printemps prochain et s'installer au Havre dans un appartement. Ces vacances au Moulin étaient les dernières, ou presque ; car elle espérait que je reviendrais à Pâques pour refermer ensemble ces pages de notre histoire.

Je venais d'avoir dix-huit ans, et ma vie prenait un rythme nouveau. Cette annonce marquait la fin de mes rêves enfantins. Sans autre choix que de m'y résoudre, je retournai au Moulin au printemps suivant. Rosemonde achevait les paquets et colis qui devaient partir par le camion de déménagement. Elle avait laissé sur place quelques bibelots pour les nouveaux propriétaires : la cloche de l'entrée, le poêle alsacien, la tête de sanglier dans l'escalier. Les nouveaux amis rencontrés ces dernières années promirent que je pourrais séjourner chez eux quand je voudrais. Enfin, au matin d'un jour clair, après le départ du transporteur, ma tante referma la porte et j'embarquai auprès d'elle dans la voiture. Bobi grimpa sur la banquette arrière. Ce chemin vers Le Havre que j'avais si souvent redescendu en sanglotant me sembla curieusement plus joli que jamais dans la lumière qui embrasait la forêt vosgienne. Côte à côte, à l'avant de la voiture, on s'efforçait de maintenir une bonne humeur plaquée sur notre tristesse. Dans un moment d'inattention Rosemonde échappa de justesse à un accident et creva deux pneus sur un trottoir de Raon-l'Étape, la ville de grès rose. Une heure plus tard, équipés de pneus neufs, on reprit la route, puis l'autoroute, pour parvenir en fin de journée au bord de la mer.

DEUXIÈME PARTIE

14 600 JOURS

1

La vie intermédiaire

Nombre d'épisodes de mon enfance demeurent présents et précis, quand ma vie d'adulte m'apparaît souvent plus floue. Je me suis fait cette observation en lisant et en écrivant : autant notre formation, notre adolescence, notre apprentissage englobent quantité d'expériences déterminantes auxquelles on peut revenir sans fin ; autant les longues décennies qui constituent le centre de notre vie ne font que dérouler nos actes selon une logique déjà fixée. Je le remarque aussi dans les autobiographies d'artistes que je lis pour préparer l'émission de radio où je les reçois chaque semaine : l'enfance, l'apprentissage, les premières tentatives, les premières galères, les premières rencontres, les premiers succès occupent des chapitres entiers, les plus riches en substance. Ils décrivent la naissance d'un être et l'éveil de sa sensibilité qui s'apparente encore à une pâte à modeler. Après quoi les aventures se suivent et se ressemblent, ponctuées par des anecdotes et par quelques hauts faits.

On pourrait m'opposer l'exemple de ces êtres dont la nature se révèle tardivement, à la faveur de circonstances exceptionnelles : ainsi mon grand-oncle Albert Georges dont la gloire renvoyait à ces quelques années – de 1940 à 1944 – où, déjà quadragénaire, il était entré dans la Résistance et avait combattu au péril de sa vie. La guerre lui avait permis de donner sa mesure. Cet épanouissement tardif le rapprochait de son héros, Charles de Gaulle, dont la personnalité s'était révélée au monde en juin 1940, à cinquante ans passés. Oncle Albert, toutefois, parlait rarement de cette période dont témoignaient, sur les murs, ces lettres de remerciement des autorités françaises, britanniques ou américaines ; et ce rebelle de 1940 était lui-même le prolongement de l'enfant lorrain turbulent dont se souvenaient quelques vieilles cousines. Plus volontiers que ses faits d'armes, il évoquait cette époque : le village de Grandrupt et ses maisons plantées le long de la route ; l'ancienne ferme du pré Bonjour où nous allions cueillir des framboises au milieu des ruines ; les repas de noces et d'enterrement. Comme la plupart des survivants de la Grande Guerre, il ne parlait jamais des tranchées où il avait combattu dès l'âge de dix-huit ans ; mais il se montrait plus disert pour nous raconter ses années de formation parisienne, la vie des carabins, les serveuses du quartier Latin où il passait ses nuits avant de rejoindre son logement rue Caulaincourt, sur cette butte qui ressemblait encore à une chanson d'Aristide Bruant.

Des années trente nous ne savions presque rien – sinon qu'il avait exercé son métier à Paris ; puis que son tempérament casse-cou avait repris le dessus, le conduisant en Martinique et en Afrique du Nord. Mais tout cela demeurait dans l'ombre et il avait fallu qu'éclate la Seconde Guerre pour le voir réapparaître dans une lumière plus vive. Après la Libération, sa longue vie d'adulte avait toutefois replongé dans une obscurité dont notre grand-tante, avec parcimonie, éclairait parfois quelques détails : leur appartement à Boulogne-Billancourt près des usines Renault où des milliers d'ouvriers affluaient le matin et refluaient le soir ; leurs premiers séjours d'amoureux dans les Vosges, à la fin des années quarante… Quinze années s'étaient encore écoulées avant nos premières vacances au Moulin, et de ce passé nous ne savions quasi rien. Je n'en ai pas retrouvé davantage de traces dans les rares papiers laissés par Rosemonde après sa mort.

À l'inverse d'une telle discrétion, j'ai accumulé les archives qui sont devenues l'un des embarras de ma vie. De livre en livre et de spectacles en émissions, ces documents remplissent des armoires entières où se mêlent correspondances, affiches, critiques, photos. Au début, je les collectais fièrement dans des press-books, puis j'ai fini par les entasser en grosses piles. Après quoi internet s'est mis de la partie, diminuant les quantités de papier au profit d'un immense flux numérique dont le contenu me surprend moi-même quand il fait ressurgir un épisode oublié. Ce n'est là toutefois que le miroir déformant d'une vie : portraits rédigés par des journalistes qui me connaissent peu ; photos posées, flatteuses ou ratées, qui ne me ressemblent guère. Car si, réellement, je prends le temps de réfléchir à cette longue période de ma vie qui commence à vingt ans et se poursuit jusqu'à maintenant ; si je songe à ces quarante années tellement actives, tellement productives, j'entrevois plutôt un tourbillon dans lequel se mêlent travaux quotidiens, déplacements, stratégies, amitiés, amours, questions de nourriture, d'habitation, d'argent : un ensemble à la fois plus abondant et plus monotone que les épisodes décisifs de mon enfance, de mon adolescence et de ma première jeunesse.

De ce cheminement surtout j'ai beaucoup oublié ; si bien que, parfois, lorsqu'une personne s'adresse à moi en évoquant nos rencontres, quelques années plus tôt, je demeure perplexe devant ses élans pleins de ferveur. De ce qu'elle raconte je ne me rappelle rien. Sa voix et ses traits me sont inconnus. Me confond-elle avec un autre ? Ma mémoire sélective a-t-elle rejeté cet épisode ? Parfois même, triant de vieilles lettres, je m'étonne du ton familier et quasi conjugal d'un être dont je n'ai conservé aucun souvenir, pas même son mystérieux prénom. Aurions-nous couché ensemble ? Je n'ai pas eu tellement d'aventures, mais je songe à la chanson d'Yvette Guilbert : « Quand je parle de mes amants, je ne sais pas pourquoi, je m'embrouille. » Le flou règne. Tout juste ai-je retenu de cette succession d'années quelques expériences racontées dans mes livres et recomposées dans mes romans. Pour autant ces pages ne traduisent pas concrètement l'activité, les désirs ou les sentiments qui ont occupé tant de jours avant de s'évaporer.

C'est pourquoi je voudrais, dans les pages qui viennent, tenter d'appréhender ce que fut réellement ma vie, de vingt ans à soixante ans, durant cette longue traversée qui a suivi mon apprentissage et précédé ma vieillesse. Il ne saurait être question de tout dire, de tout ordonner ; mais au moins de retrouver quelques fils, quelques détails, voire certaines obsessions qui redonnent chair à ces quarante années, à ces quatre cent quatre-vingts mois, à ces quatorze mille six cents jours au cours desquels le monde lui-même a beaucoup changé.

2

Problèmes de clés

Si j'examine ce passé enfoui et brumeux, il apparaît d'abord que ma principale activité durant ces quarante années – la seule qui revienne de façon permanente et moins reptilienne que de manger, dormir ou respirer – fut probablement la recherche de mes clés. Un compteur de pas, comme on en trouve sur les smartphones, pourrait dénombrer par millions ceux que j'ai accomplis, dans mes logements successifs, en quête de ce foutu trousseau que je croyais avoir posé là, sur cette table basse, et qu'un mauvais sort dérobait systématiquement à mon attention. Il me faudrait effectuer une immense addition pour évaluer la quantité de tiroirs vidés, de poches retournées et même de sacs-poubelle étalés sur le sol au cas où j'y aurais négligemment jeté mon précieux sésame. Une telle fouille de déchets, si lamentable qu'elle paraisse, devient en effet plausible après vingt ou trente minutes de vaines recherches, quand on a exploré les moindres recoins de l'appartement et que lesdites clés ne sont toujours pas réapparues.

Pis encore : j'aurais pu éviter ce fâcheux travers en installant près de la porte un crochet auquel j'aurais systématiquement suspendu le trousseau en rentrant chez moi. Curieusement, je ne m'y suis jamais résolu en quatre décennies, alors même que j'enfonçais dans les murs quantité de clous et de crochets X pour y suspendre des tableaux. J'ai bêtement conservé l'habitude de poser les clés n'importe où, le plus souvent dans le vestibule à un endroit logique, mais aussi, parfois, sous l'effet de la hâte et de la distraction, à des emplacements moins prévisibles : sur un meuble mais sous le journal posé en même temps, voire en des recoins plus extravagants comme à l'intérieur du réfrigérateur, pour peu que je sois allé ranger des provisions.

Les choses se sont encore aggravées après l'acquisition d'un second appartement, juste en face du principal, pour y installer mon bureau et la chambre de Jean-Sébastien. Cette séparation du palier assurait notre précieuse indépendance – lui chez lui, moi chez moi – et me donnait chaque matin l'impression d'aller au travail en passant d'un appartement à l'autre. Mais c'est là que mes affaires se sont encore compliquées, chaque appartement ayant sa propre serrure haute sécurité. Il est donc indispensable de conserver mes clés en passant de l'un à l'autre pour chercher un livre ou un dossier. Or il m'est arrivé de refermer trop vite la première porte et de m'aviser, au moment où elle claquait, que le trousseau était derrière, me laissant seul sur le palier entre deux serrures impossibles à déverrouiller.

Je me suis ainsi lancé dans quelques-unes des aventures les plus périlleuses de ma vie qui ne consistèrent pas à faire sauter des trains, à traverser la jungle, à gravir des montagnes, ni à combattre des ennemis armés jusqu'aux dents… mais à dresser dans la courette de l'immeuble une échelle trouvée dans la remise du gardien, à grimper en vacillant jusqu'au dernier échelon, puis à tendre la main vers le deuxième étage pour attraper le garde-corps d'une fenêtre, m'y accrocher comme un singe, me hisser sur le bord, casser le carreau, passer la main entre les éclats de verre et enfin accéder à l'appartement. Des voisins auront pu m'apercevoir également suspendu, côté rue, alors que je franchissais la rambarde séparant les balcons des deux appartements – ce qui à cette hauteur n'était pas extraordinairement dangereux, mais suffisamment pour me regarder, après la victoire, comme un héros.

Plus rarement j'ai dû recourir à un serrurier en composant un numéro trouvé à la hâte, puis patienter une heure sur le palier avant l'apparition de cet individu louche, fort de son expertise qui aboutissait toujours à la même conclusion : « L'affaire est grave, il va falloir démolir la serrure, puis la changer. » Ne me restait que le choix du nouveau modèle, toujours extraordinairement coûteux, agrémenté d'un vague papier censé permettre un remboursement des assurances. « La plupart des compagnies le prennent en compte », affirmait le serrurier-truand. Après quoi il détruisait l'ancienne serrure qu'il aurait pu réparer en changeant le barillet… Sauf que je n'y connaissais rien et n'avais qu'à m'incliner.

Pareilles mésaventures, je l'ai remarqué, surviennent le plus souvent au moment du départ en vacances ou lorsqu'on doit filer pour une affaire urgente. Sous la pression, on laisse l'artisan décider, ou on prie la gardienne de l'accueillir et de faire le nécessaire tandis qu'en bas le taxi attend pour filer à l'aéroport. Une cousine qui me connaît bien, pour avoir travaillé avec moi, est même parvenue à cette intéressante conclusion : selon elle, je perds toujours mes clés au moment précis où je suis surmené, comme pour m'imposer une épreuve supplémentaire. Il me faut ainsi, au milieu d'un enchaînement de rendez-vous, m'épuiser davantage à trouver le numéro du chauffeur de taxi sur la banquette duquel j'ai laissé mon trousseau par inadvertance (cette manie de vider mes poches à l'arrière de la voiture pour y mettre un peu d'ordre) ; puis le retrouver dans Paris pour récupérer mon bien.

Ce sont là quelques-unes des recherches obsédantes qui auront meublé ma vie et fait de moi – tel un indigène traquant son gibier dans la grande forêt – un chercheur d'objets en appartement. Et si les clés furent, à coup sûr, la première de ces proies, on peut y ajouter les téléphones portables (surtout ceux qu'on laisse bêtement en mode silence), les chaussettes orphelines évoquées plus haut, mais aussi les lunettes dont la traque frénétique allait s'ajouter à celle des trousseaux de clés pour rendre ma vie infernale.

C'est en effet vers quarante ans, au cœur de ces quatorze mille six cents jours, que j'allais subir les premières atteintes de la presbytie, se manifestant par la difficulté de lire sans un bon éclairage, puis progressant par étapes avec le brouillage des pages de l'annuaire, et enfin de tous les ouvrages imprimés transformés en accumulations de signes indéchiffrables. Pas de retour possible. Ces défaillances irréversibles annoncent notre déclin. C'est pour certains la perte des cheveux, ou de quelques dents, qui fait prendre conscience de cette marche vers la mort ; et l'affaiblissement de l'acuité visuelle, si banal qu'il paraisse, est d'autant plus éprouvant chez ceux qui, comme moi, n'ont jamais porté de lunettes enfants (au contraire des petits myopes qui bénéficient d'une divine compensation en voyant leur vue s'améliorer au fil des ans).

Non seulement j'ai pris conscience de ma décrépitude, mais j'ai découvert l'épreuve des lorgnons : d'abord ceux qu'on égare par manque d'habitude dans une voiture, dans un train, et qui finissent par vous coûter une fortune à force de les remplacer. Ces épisodes durèrent deux ou trois ans ; après quoi, lassé, ruiné, j'ai entrevu l'utilité du cordon à lunettes qui me permettait de les porter sans les perdre – quand bien même ce détail inesthétique me vieillissait de quelques années. Restaient ces moments de la vie où il fallait ôter ce cordon, le temps de dormir ou de prendre une douche : ce qui allait me conduire aux mêmes recherches désespérées que pour les clés. Je retournais en vain l'appartement ; et mon exploration se trouvait d'autant plus compliquée que, n'ayant plus mes lunettes sur le nez, il était plus difficile de les dénicher – surtout si je les avais laissées dans l'autre appartement où il me fallait accéder grâce au fameux trousseau dont la quête, elle-même, se voyait ralentie par l'absence de lunettes.

Je passe d'autres épisodes : quand par exemple je les ai retrouvées écrasées et déformées au bord du lit où je les avais laissées avant de m'endormir, au lieu de les poser sur la table de nuit ; et je songe avec nostalgie à cette magnifique paire toute neuve que je perdis au cours d'une promenade vosgienne dans la clairière de Belbriette. Le cordon avait dû s'accrocher à des branchages sans que je m'en aperçoive et je ne les ai jamais retrouvées. Les lunettes m'ont coûté cher. Elles ont mobilisé mon temps, mon énergie, mon budget. C'est pourquoi il m'a semblé nécessaire d'entamer l'évocation de mon existence adulte par ce trait significatif : un constant désir d'organisation ruiné par de continuels désordres.

*

Pour ce qui est de l'ordre, j'ai révélé très tôt une vocation de chef de bureau dont les premiers souvenirs me renvoient au Havre, dans ma chambre d'enfant. Cette année-là, je m'étais fait offrir pour Noël un secrétaire en plastique multicolore avec tiroirs sur lequel, aussitôt, j'avais disposé un sous-main (comme sur le bureau de mon père) et un téléphone factice qui me donnait l'impression d'être le maître du monde, régnant sur une administration imaginaire. Près de moi, ma sœur Nathalie tenait avec la même jubilation une boutique de marchande – succombant sans le savoir et avec délices à ce qu'on appellerait plus tard des « clichés sexistes ».

Faut-il voir dans cette passion précoce du bureau ma vocation d'écrivain qui se précisait ? J'allais en tout cas, tout au long de ma vie, prendre soin d'aménager des emplacements pour m'asseoir, consulter mes dossiers, ouvrir mes cahiers, taper sur une machine puis sur un clavier d'ordinateur. Même quand je séjourne chez des amis ou à l'hôtel, je commence par chercher une table, une chaise, un recoin en forme de bureau, puis j'en ôte les objets susceptibles de parasiter mon labeur : brochures touristiques et autres bibelots dont je n'ai que faire en regard de l'organisation de mon travail.

Si le bureau est mon principal lieu d'activité, son emplacement paraît d'autant plus important. J'aime qu'il donne sur l'extérieur et qu'on entrevoie, par la fenêtre, un joli coin de mer, de montagne, ou encore un fragment de paysage urbain. Lors d'un long séjour à New York, dans les années quatre-vingt-dix, j'avais disposé une simple planche sur des tréteaux face à un immeuble de briques rouges. De l'autre côté de la rue, derrière une baie vitrée, des sportifs couraient toute la journée sur des tapis. Au-dessus du bâtiment, un réservoir en bois, avec sa forme de grosse araignée à quatre pattes, brillait dans le soleil. Je n'avais même pas besoin de sortir : ce coin de fenêtre suffisait à me rappeler que je me trouvais à Manhattan.

À mon poste de travail, je me sens aussi radieux que M. Sulu aux commandes du vaisseau de *Star Trek*, assurant le fonctionnement de l'engin spatial parmi les étoiles de la galaxie. Classer des papiers en écoutant de la musique me procure une réelle volupté, et je ne suis pas moins heureux de compter mes recettes et mes dépenses. J'attribue encore cette influence à mon père qui avait lui-même un joli bureau dans lequel s'accumulaient documents et cahiers personnels. Il exerçait par ailleurs son métier au port autonome du Havre, dans le vaste building bleu acier dressé à l'entrée des docks où il avait longtemps dirigé le « service intérieur » – autrement dit toutes les affaires de logistique sur lesquelles il veillait, avec un sens rigoureux de l'organisation.

Ce goût de l'ordre se voyait toutefois largement contrebalancé par le tempérament de ma mère et sa conception approximative du rangement. Sous sa houlette, la cuisine et les placards ne suivaient aucune règle précise, sauf quand mon père se chargeait de tout réorganiser. Son sac à main était un fatras d'objets où seule la chance permettait de dénicher ce qu'elle y cherchait ; sans quoi il lui fallait tourner et retourner cette masse informe pour voir apparaître le porte-monnaie ou le tube de rouge à lèvres. Un même système approximatif caractérisait son secrétaire où s'entassaient souvenirs, cartes postales, cartes de visite et papiers divers selon une logique personnelle qui montrait vite ses limites. Je l'ai vue ainsi passer beaucoup de temps à chercher ses clés ou ses lunettes, avant de m'intéresser moi-même à la question. Tel était le « côté de ma mère », opposé au « côté de mon père » qui, lui, disposait méthodiquement les piles de draps en les classant par taille. J'allais donc, à mon tour, reproduire l'organisation de l'un et le désordre de l'autre, chacun l'emportant par vagues successives, voire simultanées. Il m'arrive ainsi, lorsque je pars en voyage, de tout organiser à la perfection pendant plusieurs heures… pour m'aviser au moment du départ que je ne trouve plus ce passeport ou ce papier indispensable préparé la veille, mais glissé entre-temps, sans même y penser, au milieu d'un dossier ou dans la veste qui vient de réintégrer le dressing.

*

Oncle Albert avait pour tout bureau une grande table de chêne presque nue devant laquelle il s'asseyait dans un fauteuil Louis XIII. Sortant du tiroir un stylo et un papier, il répondait de sa grosse écriture à la lettre d'un camarade de la Résistance, ou encore alignait de mystérieuses séries de chiffres censées lui apporter une victoire au tiercé. Mais son vrai refuge était le canapé sous la bibliothèque où il s'allongeait de côté puis étalait ses cartes pour ses réussites. Quant à ses lunettes (j'ai conservé la dernière paire), elles ressemblaient à la fin de sa vie à deux énormes loupes, épaisses comme des doubles vitrages, qui lui permettaient de faire encore ses mots croisés – à la différence de l'autre paire qui permettait de voir de loin et qu'il cherchait souvent alors que ma tante s'impatientait au volant de la voiture, prête à démarrer pour les courses.

Après sa mort et la vente du Moulin, mes séjours dans les Vosges se firent plus rares. En 1980, âgé de vingt ans, je menais à Paris une vie dissolue consistant à jouer du piano dans des spectacles, faire quelques séances de studio (j'avais même participé à l'enregistrement d'un tube intitulé *Paris Latino*), fréquenter des artistes et des voyous, consommer de l'alcool, du haschisch et de la cocaïne – cette même drogue que mon grand-oncle mentionnait dans ses souvenirs des années vingt, et qui connaissait un regain de faveur. Séduit par les pouvoirs qu'on lui prêtait, j'en tirais un plaisir physique, une énergie inépuisable et un sentiment de lucidité. J'en consommais pour aller danser dans les boîtes de nuit sur des musiques de Chic et de James Brown, mais aussi pour tenter d'écrire des pages sublimes que je griffonnais en fin de nuit dans mon appartement de Montparnasse. Après avoir sniffé une dernière ligne, j'avais le sentiment de saisir le sens profond de l'existence. Puis je me couchais tandis que la ville s'éveillait, et je finissais par m'endormir à l'aide d'un Rohypnol chapardé chez ma grand-mère. Malheureusement ces pages sublimes inspirées par la drogue, quand je les relisais à jeun, avaient perdu leur magie liée à l'état où je me trouvais en les écrivant.

Depuis mon installation dans la capitale, je redécouvrais aussi les rivages normands qui m'avaient paru si banals quand j'habitais Le Havre et n'avais de goût que pour les Vosges. Vus de Paris, ils se révélaient dans une lumière nouvelle. Je commençais à aimer ces bains de mer, ce vent frais, ces pâturages sur les falaises, ces villas Belle Époque aux décors de chalets suisses ou de palais chinois. Tout était prétexte pour me rendre à Étretat où mes cousins possédaient une propriété. Puis j'avais loué des appartements devant la mer où je passais des semaines à écrire. Sitôt arrivé, j'aménageais, face au rivage, mon bureau sur lequel je déployais mes dossiers. Chaque matin, je me mettais au travail et me consacrais aux jeux d'écriture que je voyais alors comme l'alpha et l'oméga de la littérature.

Quand la séance s'achevait et que l'heure du bain approchait, je posais mon stylo, enfilais un maillot et attrapais une serviette avant de me diriger vers la mer... Sauf que la clé du logement avait disparu sous les déplacements d'objets du matin. Il faisait beau dehors, j'étais pressé de retrouver mes amis sur les galets, mais le temps s'immobilisait, je tournais en rond sans rien trouver.

Cherchant partout, je me reprochais de ne pas poser toujours cette clé à la même place. Dix minutes plus tard, épuisé, je filais à la plage sans fermer la serrure. Pas question en revanche d'abandonner mon précieux manuscrit que j'emballais dans un sac en plastique pour l'emporter avec moi. Sortant sur le palier, je retrouvais alors la clé demeurée sur la porte.

Je tâchais également, au moins une fois par an, de retourner au Grand-Valtin où plusieurs amis de Rosemonde avaient proposé de me prêter leurs maisons de vacances. J'y passais des séjours pleins de nostalgie, retrouvant la forêt d'automne et ses hêtres flamboyants, puis la forêt d'hiver chargée de neige où l'on reconnaissait les traces de renards, de chevreuils et de sangliers. Mais avant toute chose, dès mon installation dans l'un de ces chalets provisoires, je commençais par organiser mon bureau près d'une fenêtre donnant sur la montagne avec sa ligne de crêtes et ses rochers ensoleillés.

Ces épisodes vosgiens avaient une vertu curative, tant ma vie parisienne virait à la catastrophe. Ma consommation de substances prohibées s'était accentuée autant que mes dettes. Je tentais de les combler par de petits trafics qui me mettaient dans des situations périlleuses. Mais il me fallait absorber des doses croissantes pour éprouver encore, tandis que le jour se levait, la sensation d'être un génie en écoutant un lied de Mahler ou un slow de Barry White. Il m'arrivait également de traîner dans les restaurants de noctambules encore nombreux près des anciennes Halles ou à Montparnasse. La nuit se prolongeait impasse de la Gaîté, au Marescot, un bistrot tenu par un Américain arrivé en 1945 et qui ne parlait toujours pas un mot de français. On y mangeait un plat à 5 heures du matin – payé par mon amie Christine, une Antillaise qui tenait la caisse d'un club de jazz et ne regardait pas à la dépense. Je me laissais entretenir tant il me semblait disposer d'un droit au luxe et à la paresse, entravé seulement par le manque de fortune.

Mes relations avec elle étaient d'autant plus détendues qu'aucune pulsion sexuelle ne troublait cette amitié. Il me suffisait de l'écouter raconter ses déboires avec ses amants ; et il en allait de même en compagnie de Zoé, ma nouvelle camarade avec laquelle j'avais monté un récital de chansons 1900. Vêtue de robes extravagantes sur la scène du théâtre de Ranelagh, elle avait entonné la valse lente *Fascination*, puis *Rose-Mousse* de Charles Lecocq (« J'aime à picorer des cerises dont je jette en l'air les noyaux... »), entre lesquels j'avais joué quelques morceaux minimalistes de ma composition. On se retrouvait le soir pour regarder, en vidéocassette, des films français des années trente et d'autres choses démodées qui nous rapprochaient. Parfois elle restait dormir chez moi si bien que ma mère, passant par hasard, nous avait trouvés l'un et l'autre en tenue légère, tels deux amants. J'avais compris au pli de sa bouche que cette idée lui déplaisait. Avec un peu plus de courage, je lui aurais expliqué qu'elle n'avait rien à craindre, que je ne couchais guère avec les filles. Rien n'assure que cette hypothèse lui eût mieux convenu.

Cette période s'acheva, comme il se devait, en catastrophe. Les spectacles auxquels je participais comme pianiste se firent plus rares ; mes droits au chômage s'épuisèrent et, quand mes dernières économies furent dépensées en cocaïne, je me retrouvai interdit bancaire. Ainsi commença ma période prolétarienne, au cours de laquelle je me fis engager comme manutentionnaire dans les sous-sols du BHV où je touchais chaque soir une enveloppe d'argent frais. Entre-temps j'avais quitté le douillet appartement de Montparnasse, prêté pour un an par ma grand-mère puis récupéré par ma sœur. Installé dans une chambre sordide à Pigalle, je rentrais chaque soir parmi les cris d'enfants et les odeurs de cuisine, plus agréables cependant que les puanteurs d'égout qui remontaient de la douche. La haute cour plongeante offrait un décor idéal pour se suicider. J'avais toutefois installé mon nouveau bureau devant cette fenêtre, face aux dizaines de fenêtres semblables ; puis j'avais posé les liasses de brouillons accumulés l'année précédente, au cours des séances d'écriture nocturnes, dont j'espérais pouvoir tirer quelque chose.

C'était le plus souvent des textes sophistiqués, fuyant le sens comme le récit. Je n'en possédais pas moins une étrange assurance quant à ma vocation et rien ne me semblait plus naturel que d'envoyer ces écrits à d'illustres aînés. Je m'adressai donc à Samuel Beckett, pour lequel j'avais alors une dévotion. Tentative heureuse car celui-ci, par sympathie ou par politesse, répondit et m'engagea à proposer quelques-unes de ces proses à la revue *Minuit*, des éditions du même nom – à laquelle lui-même donnait encore quelques fragments. Je rencontrai Mathieu Lindon, jeune directeur de la revue qui publia mon premier texte au printemps 1982. D'autres auraient dû suivre, mais la revue cessa de paraître le mois suivant.

J'ai évoqué dans plusieurs romans cette période agitée

de mon apprentissage. Mais si je reviens ici à ces épisodes, c'est surtout pour préciser – après les problèmes de clés et ceux de lunettes – avec quel soin maniaque je veillais alors sur le moindre de mes écrits, dans la crainte qu'un incendie ne détruise mon travail. Sortant de chez moi, je disposais mes manuscrits au-dessus de la réserve d'eau des toilettes qui me semblait être – tout bien calculé – l'endroit le mieux protégé de l'appartement. Puis je cherchais mes clés, difficiles à trouver dans ce studio encombré. Soudain, dans l'escalier, une angoisse me saisissait : avais-je éteint la plaque électrique et les robinets ? Avais-je correctement fermé la porte ? Je n'en étais plus certain, et je remontais une fois, puis deux, pour tout vérifier – ce qui faisait sourire mon ami musicien Jean-François Zygel. Fils de psychanalyste, il n'avait aucune peine à reconnaître cette manifestation de névrose obsessionnelle qui aurait dû me pousser vers le divan (il me racontait à ce propos comment le compositeur Anton Bruckner retournait les cendres d'un foyer éteint depuis des semaines, pour s'assurer que les braises ne couvaient pas encore). Je résistais mais le fait est qu'en cette période, dont les souvenirs ressurgissent par bribes, mon temps se partageait entre organisation et désorganisation.

Il convient d'ajouter à ces activités le tiers de mon existence consacré au sommeil, presque toujours avec une facilité et un plaisir qui n'ont fait que croître avec l'âge. Il me suffit en effet de me coucher pour m'endormir, le soir comme l'après-midi au cours des siestes que je multiplie, comme Churchill pendant la guerre (même au cœur du Blitz il enfilait son pyjama chaque jour après déjeuner). L'unique exception à ce sommeil facile se manifeste lorsque j'ai réellement besoin de dormir : la perspective d'un rendez-vous important est à l'origine de mes rares insomnies, comme si la machine névrotique se ranimait pour pourrir ma journée. À cette exception près, je dors huit heures au moins, faute de quoi je reste vaseux. Je suis le contraire de ces hommes d'action capables d'écrire un livre à l'aube, de conseiller un président le matin, de donner des cours l'après-midi et une conférence le soir.

Il faudrait aussi, pour caractériser cette vie, mentionner tout le temps passé à faire des courses, le plus souvent rive gauche au marché Maubert, quand ce n'est pas l'hiver à l'Intermarché de Gérardmer. Je pourrais revenir sur la lourdeur des sacs en plastique et l'utilisation du caddie qui améliora mon existence en mettant fin aux retours chargés, pesants pour les bras et cassants pour le dos. Au début, j'éprouvais une certaine gêne à me donner l'allure d'une ménagère sortant faire ses emplettes. Puis, toute honte bue, j'ai pris plaisir à tirer mon cabas, traverser le pont Notre-Dame (c'était avant l'incendie de la cathédrale), remonter la rue Lagrange vers mes boutiques préférées : Look Pressing, la charcuterie Maubert, et plus encore les commerçants du marché, fromagers, poissonniers, maraîchers… Avec eux je me livre à de plaisantes conversations plus agréables, dans leur brièveté, que celles des dîners en ville. Ma vraie vie se trouve ici, dans le choix des tomates et les considérations sur l'endive au jambon.

J'aurais pu évoquer également tout ce temps passé à m'impatienter dans les restaurants où le service est trop lent, si bien qu'il faut attirer l'attention du serveur en dressant le bras. Parfois même il faut élever la voix pour qu'il daigne apparaître en vous infligeant un péremptoire « bonjour ». Pour peu, il refuserait de vous servir si vous lui manquez de respect, ce qui nourrit mes analyses féroces sur la dégradation des mœurs – en comparaison de l'âge d'or où il suffisait d'entrer dans une brasserie pour se voir apporter la carte, puis l'entrée, le plat et le dessert. Ces cantines urbaines se sont transformées en gargotes pour touristes au personnel trop restreint. On prend votre commande en disant « pas de souci » au lieu d'« à votre service ». Et voilà qui m'indigne davantage que la faim dans le monde ; voilà pourquoi j'ai quasiment renoncé à ces établissements pour me limiter à la fréquentation d'une poignée de bonnes maisons où je suis suffisamment habitué pour qu'on s'occupe de moi sans sourciller. Attablé en face du bar du Petit Riche, dans ce décor parisien du XIXe siècle où se retrouvent journalistes, théâtreux et artisans du quartier, je devise avec le personnel, tandis que les verres se remplissent et que les plats chauds se succèdent à un bon rythme.

Je reviendrai plus loin sur cette impatience qui est un trait fâcheux de ma personnalité. Mais j'aurais pu évoquer, aussi, tout ce temps passé à cuisiner, manger, laver la vaisselle. À Paris je la fais encore à la main en écoutant les informations. J'aime cette activité concrète qui produit sur moi un effet relaxant, tout comme la pratique quotidienne du piano – encore que je tire un plaisir supérieur à maîtriser une Étude symphonique de Schumann qu'à récurer des restes de poisson dans une poêle. J'ai détesté, par contre, tous ces instants passés à balayer des éclats de verre sur le sol ou à tenter de déboucher la baignoire dont l'évacuation trop étroite m'a toujours posé des difficultés – malgré l'utilisation d'innombrables produits chimiques, sans oublier la bonne vieille ventouse qu'on agite frénétiquement avant de voir ressortir les déchets du jour. Quant à la recherche des chaussettes orphelines, elle ne faisait que s'ajouter au reste comme une image désolante de ma destinée. Tels furent les vrais sujets de ma vie et mes vrais combats ; ceux qui m'auront le plus occupé au fil des ans, laissant un temps réduit à ce qui passe pour l'essentiel : notre œuvre, nos rencontres, nos loisirs, nos passions.

3

Le goût des lieux

J'ai succombé très jeune aux amours contre nature. Celui des maisons, en particulier, m'a stimulé davantage que celui des humains. Pendant de longues années, une irrésistible sympathie m'a poussé vers ceux qui possédaient des villas de rêve ou des palais enchanteurs – surtout s'ils avaient la délicatesse de me laisser entendre que je leur ferais plaisir en séjournant chez eux. Je me faisais séducteur pour parvenir à mes fins : un séjour charmant, un lieu digne d'accueillir mon travail et mon repos, loin des embarras du monde. J'ai noué ainsi des relations durables, car je suis un hôte bien élevé, peu envahissant, passant son temps à travailler ou rêvasser devant la fenêtre en contemplant les arbres dans la nuit étoilée. On me voit seulement à l'heure des repas, heureux de mettre les pieds sous la table pour un moment gastronomique et social. Après quoi je disparais à nouveau, le temps de lire un peu et de m'assoupir, puis d'aller me promener dans la campagne environnante. C'est ainsi que j'ai accompli cette vie de châtelain à laquelle je me sentais destiné mais pour laquelle me manquait seulement le château.

Guidé dans ces pages par le souci de la vérité, je dois le reconnaître : j'ai aimé plus de lieux, de demeures, voire de villes entières, que de personnes en chair et en os. Ce penchant n'est pourtant pas une insulte à mes semblables car les maisons et les villes comptent parmi les plus belles créations de l'humanité, tandis que les relations personnelles apparaissent souvent limitées. Inversement, j'ai senti battre mon cœur de soupirant chaque fois que je débouchais à Manhattan par le tunnel de la 42e Rue, comme si je retrouvais un véritable amour ; tout comme j'ai pleuré dans le Grand Canal de Venise, sous le coup d'une émotion trop intense, ou sur mon balcon du Palais Jamaï en contemplant la médina de Fès, telle une image de la beauté pure.

Ce goût des lieux qui fut un fil conducteur de ma vie avait pris corps lors des vacances au Moulin. Il allait se fixer, bientôt, sur une autre demeure appartenant à la tante de mon père : une architecte amie des artistes, dont le mari avait fait fortune dans les affaires immobilières des « trente glorieuses ». Édifiée avenue Le-Nôtre, en bordure du parc de Sceaux, cette propriété s'inspirait de l'école moderne américaine avec ses volumes encastrés et ses amples verrières ouvertes sur la nature. Tableaux et tapisseries d'une abstraction radieuse donnaient un sentiment de sérénité. Loin du décor bourgeois à l'honneur dans ma famille, j'y découvrais un raffinement moderne dont tante Geneviève m'apparaissait comme la prêtresse – elle qui avait dessiné cette demeure, qui soutenait des peintres d'avant-garde et montrait une oreille attentive à mes élans poétiques.

Dès quatorze ou quinze ans, pressé de découvrir Paris,

je lui avais demandé de m'héberger et elle m'avait offert un merveilleux accueil. À présent j'étais moi-même parisien, plus fauché que jamais. Après ma période noctambule, puis ma vie de manutentionnaire dans les sous-sols du BHV, je glanais un peu d'argent comme professeur de piano, enseignant les rudiments techniques à des enfants de bonne famille et à des adultes en mal d'expériences artistiques. Dans les cours de danse j'accompagnais de jeunes ballerines et leurs exercices de « pliés », « dégagés » et « ronds de jambe en l'air » dont je profitais pour déchiffrer Delibes, Messager et autres compositeurs de ballets. Je me débrouillais, mais insuffisamment pour vivre et payer mon nouveau loyer : un petit appartement trouvé près de Montparnasse après avoir fui le quartier Pigalle. De temps à autre, rassemblant mes économies, j'achetais encore un gramme de coke et une bouteille de champagne, censés me stimuler pour passer la nuit à écrire ; car je croyais alors qu'on écrit mieux la nuit et j'éprouvais ce curieux besoin d'excitants... comme si je devais accomplir un effort extraordinaire pour me livrer à mon activité favorite.

Je n'avais guère le moral pourtant, cet hiver-là, quand m'était venue l'idée de rappeler tante Geneviève pour lui demander de m'héberger quelque temps dans sa maison déserte du parc de Sceaux, car elle passait l'hiver sur la Côte d'Azur. Elle m'avait aussitôt répondu : « Sois le bienvenu ! », et précisé dans un mot : « Aménage les meubles à ton idée pour être confortable. Toutes les solutions sont bonnes. Affectueusement. Geneviève. » J'avais ainsi mis à profit les brumes de février pour fuir la galère parisienne et goûter, à quelques kilomètres de la capitale, un farniente mieux adapté à mes aspirations. Assis près du feu de bois, seul dans cette belle demeure, je contemplais les arbres gelés ; puis j'accomplissais de longues promenades dans le domaine de la duchesse du Maine presque entièrement désert, sauf quelques corbeaux qui croassaient. Je regagnais la maison directement depuis le parc en franchissant une grille au fond du jardin, avant de m'asseoir devant le Pleyel pour jouer Satie, Debussy, Chopin et improviser quelques morceaux. Les peintures, tout autour, me subjuguaient par leurs formes et leurs couleurs. Cette maison était comme un personnage auquel j'allais consacrer un long texte d'une écriture sophistiquée que je prenais alors pour le nec plus ultra de la modernité. Comme d'autres écrivent sur une femme aimée, j'y évoquais cette « maison de verre » dans une langue jouant sur la ponctuation et la mise en page :

> De clarté conçue, de clarté construite. Lignes
> forces enchaînées. Jardin   maison   mélangés les.
> Tout petits escaliers d'une pièce à l'autre les.   Grandes
> baies vitrées   et partout d'une pièce à l'autre, les
> coussins   toujours sur le sol des coussins.

Je ne doutais pas alors que tous les plaisirs et beautés de la terre me fussent destinés. J'en aurais profité pleinement si le destin, mieux avisé, m'avait accordé cette vie de rentier qui aurait dû être la mienne. Je savais que cette pensée n'était pas raisonnable, mais rien ne pouvait éteindre mon désir de vivre comme un nabab – non que je crusse à la légitimité des privilèges, mais parce que l'idée d'en être privé quand d'autres en bénéficiaient me déplaisait. Il est possible d'ailleurs que ce désir ait produit l'effet contraire. Car, si j'ai toujours espéré les triomphes qui feraient de moi ce rentier, le vrai « grand succès » s'est toujours dérobé. J'ai dû travailler sans relâche pour m'assurer des revenus décents et satisfaire mon besoin de dépenser sans compter. Inversement, certains amis qui ont connu la fortune littéraire semblent l'avoir obtenue presque sans y penser, tandis que je courais derrière mon rêve d'inaccessible richesse.

À tout cela je songe au fil des promenades. Car c'est dans les jardins, les parcs, les bois, les prairies et les rues que mes idées vagabondent. Elles ont besoin de lieux, de mouvement, d'espace. Je le remarque aussi lors de mes séjours vosgiens où je travaille en marchant. La montée d'une forte pente, au milieu des roches et des bruyères, n'est guère favorable à la réflexion. Elle sollicite trop les muscles et la respiration, tout comme la descente rapide suppose une attention de tous les instants. J'adore en revanche ce moment après l'effort où, revenu dans le sous-bois, je longe la rivière d'un pas tranquille tandis que les pensées ressurgissent, s'organisent, s'éclairent. C'est pourquoi j'ai tant aimé aussi les balades sur la falaise cauchoise, le long du précipice où volaient les goélands surplombant la mer turquoise, tandis que j'avançais dans les hautes herbes où s'organisait peu à peu mon prochain roman.

*

Entre-temps, infidèle, j'avais délaissé Sceaux pour une maison de la côte normande. Et cette fois encore j'en étais follement amoureux. J'avais connu sa propriétaire au début de mes études de musicologie à l'université de Rouen où elle enseignait l'histoire musicale. Dès sa première apparition dans l'amphi, Élisabeth m'avait frappé par son allure loufoque. Vêtue de sortes de haillons, elle enchaînait dans son cours les digressions bizarres. De son côté, elle avait remarqué ma curiosité d'esprit, sensiblement plus développée que celle de la plupart des étudiants – particulièrement basse, il faut l'avouer. Nous avions sympathisé, puis j'avais rencontré son mari, Olivier, compositeur et professeur de piano. Leur vie se partageait entre leur appartement parisien, leur villa au bord de la mer et, à mi-parcours, cette ville de Rouen où ils enseignaient l'un et l'autre.

Nous avions gardé contact et je les avais revus dès mon installation à Paris. Comme je cultivais encore de vagues ambitions musicologiques, Élisabeth m'avait présenté à François Lesure, éminent spécialiste de Debussy. Je la retrouvais à la Bibliothèque nationale et nous déjeunions dans le quartier ou quelquefois chez elle, à Strasbourg-Saint-Denis, dans un ravissant appartement du temps de Balzac avec plafonds bas, portes dérobées et pièces pleines d'instruments de musique. Toujours drôle, elle me racontait les démêlés amoureux de son mari qui la trompait et sa façon de cacher ses lettres intimes sous le lit conjugal, comme pour être certain qu'Élisabeth les trouverait et donnerait son approbation. « C'est l'idéal des hommes, répétait-elle, furieuse : la maman et la putain. » Je lui avais montré mes premiers écrits qu'elle avait lus attentivement. Puis elle m'avait invité à venir passer un week-end en Normandie.

Elle m'attendait cet après-midi-là devant la gare de Fécamp, vêtue d'un imperméable froissé. Vingt minutes plus tard, j'avais découvert cette magnifique propriété entourée de pins maritimes : une villa balnéaire de la fin du XIXe siècle dont le bâtiment central, en briques et silex, s'était enrichi au fil des générations : ailes, terrasses, étages supplémentaires ornés de balcons, mansardes et boiseries. Dressée sur la falaise à cent mètres d'altitude, la propriété se prolongeait dans un parc qui descendait vers la mer, tenant à l'écart les autres villas et donnant l'impression d'être seul face à l'océan.

À l'intérieur, c'était un ravissement de lambris, de tableaux de famille, d'aquarelles de Max Jacob, de livres et, surtout, d'instruments présents dans toutes les pièces : trois grands pianos, un Érard, un Pleyel, un Bösendorfer ; un orgue à tuyaux dans l'atelier de musique ; mais aussi un clavecin, un studio d'enregistrement et des murs entiers de partitions ranimant le souvenir d'opéras oubliés. L'après-midi, tandis qu'Olivier improvisait dans son atelier, on se retrouvait avec Élisabeth dans le salon donnant sur la mer pour déchiffrer, à quatre mains, des *Polonaises* de Schubert ou des sonatines de Diabelli. J'adorais notre façon de converser musicalement, mes contre-chants répondant à ses chants et le rythme de la basse épousant les inflexions de la mélodie. D'une année à l'autre, je retournai souvent à la villa Saint-Jean. Puis, enfin, Élisabeth mit à ma disposition, à l'étage supérieur, deux pièces qui me permettraient, quand je le voudrais, de venir écrire et goûter l'air de la mer. C'est ainsi, par la volonté de cette femme, que je m'étais senti, une fois encore, chez les autres comme chez moi.

Le matin je travaillais face au paysage qui semblait une copie des falaises peintes par Monet à Pourville. Élisabeth, en dessous, se livrait à ses travaux personnels, puis appelait ses filles à Boston et à Rio. Elle partait à vélo faire des courses au village et s'arrêtait en chemin pour parler aux gens qu'elle rencontrait et qu'elle faisait rire en suivant sa logique aux développements imprévus. Sa langue mêlait manières bourgeoises et mots vulgaires comme « je le chie » ou « je l'encule ». À midi précis on se retrouvait dans la cuisine pour un expresso préparé par son mari. Un plat brûlait dans le four. Élisabeth s'énervait, sortait en claquant la porte puis revenait, souriante, allumait une Gauloise et racontait une autre histoire.

L'après-midi s'écoulait au même rythme ponctué par les siestes, lectures, promenades, bains de mer, jardinage et bavardage. Un chapeau sur la tête, Élisabeth arrosait les fleurs, arrachait la mauvaise herbe, taillait les buissons, grimpait sur une échelle ; puis elle s'en allait tricoter des pulls dans la cabane du tennis. Quelquefois nous partions à un vide-greniers du pays de Caux. Elle connaissait les villages nichés dans les vallées, les châteaux derrière les forêts. On revenait avec un baromètre kitsch et deux romans à l'eau de rose. J'avais ma petite cuisine, perchée sous le toit, mais nous dînions souvent ensemble avant de regarder un film sur le magnétoscope. Après quoi, grimpant dans mon nid, je prolongeais la journée en fumant du haschisch et en écoutant de la musique. Durant une heure ou deux encore, j'écrivais, réfléchissais, prenais des notes. Des correspondances mystérieuses me semblaient relier les accords frémissants de *La Nativité* d'Olivier Messiaen et cette ligne de la falaise se détachant sur la mer dans l'obscurité. Plus bas dans la maison, au milieu de la nuit, Olivier jouait de l'orgue tandis qu'Élisabeth, au salon, entonnait des nocturnes de Chopin.

Je l'ai vue pour la dernière fois au vernissage d'un de ses amis, dans une galerie proche des Tuileries. Elle était lointaine, ce jour-là, selon son rythme cyclothymique faisant alterner euphorie et profonde dépression. Impossible alors de lui remonter le moral malgré de longues et mornes conversations. Il fallait attendre que ça passe. Le lendemain, elle avait pris le train pour retourner à Saint-Pierre-en-Port. À la gare d'Yvetot, elle avait récupéré sa voiture et, toujours sous le coup de la mélancolie, elle avait traversé la route nationale au mauvais moment. Déchiquetée par un autre véhicule, elle s'était retrouvée à l'hôpital dans un profond coma. Elle mourut quelques jours plus tard et je m'effondrai en larmes. Le chagrin de la mort est toujours mystérieux. La disparition d'êtres très proches m'a laissé parfois curieusement indifférent, mais j'ai pleuré cette amie attentive comme jamais.

Je ne cessai pas pour autant de me rendre à Saint-Pierre où sa famille souhaitait que je garde mon appartement sous les toits. J'y retournai même beaucoup au cours des années suivantes, quittant Paris dès que possible pour aller travailler, jouer du piano, arpenter l'estran au pied des falaises dans la lumière vive de l'hiver, m'enchanter des rochers, des trous d'eau et de leurs créatures. J'y fréquentais les commerçants, les sœurs d'Élisabeth qui demeuraient aux environs, la société des villas qui appartenaient à des familles parisiennes dans la plupart de ces stations normandes. J'y ai même reçu quelques amis comme l'écrivain new-yorkais

Bruce Benderson qui adorait ce tennis abandonné couvert d'herbes folles et sa cabane où on lisait à l'abri du vent ; ou comme Michel Houellebecq venu passer quelques jours en robe de chambre, moins intéressé par les hautes falaises que par la basse-cour où on allait ensemble observer les poules, les moutons et les dindons… Jamais toutefois cette maison n'a retrouvé cette vie que lui ajoutait la présence d'Élisabeth, quand on s'asseyait devant le Pleyel pour entonner à quatre mains cette pièce de Schubert intitulée « Notre amitié est invariable ».

*

Durant ces mêmes années entre Paris et Normandie, une nouvelle rencontre allait élargir mon horizon vers le sud et ajouter à ma collection amoureuse une maison où j'allais couler des jours heureux durant trente ans. Balthazar Clémenti, un ami de virées nocturnes, m'ouvrit cette porte en me présentant son parrain, Jean Lafont, au cours d'un déjeuner dans une brasserie proche de la salle Drouot. Ce personnage grand, droit, massif, impassible, qui suivait à Paris les ventes d'objets rares, n'exprimait ses sentiments que par de légers plissements du visage qu'on aurait dit mi-européen, mi-asiatique. Il habitait le reste du temps un mas en pleine Camargue et venait de prendre la direction des arènes de Nîmes pour y monter des opéras. Il avait aimé mon premier roman que Balthazar lui avait faire lire et, sachant que j'étais un peu « musicologue », il me proposait de participer à la rédaction des programmes. Il m'invita pour l'occasion à séjourner chez lui.

Je fis ainsi mes débuts au mas des Hourtès où j'allais découvrir la langueur méridionale parmi les survivants d'un ancien Paris mondain qui défilaient ici, accueillis par l'énigmatique maître des lieux. Car Jean Lafont ne parlait presque jamais sauf pour dire « bonjour », « bonsoir », et surtout « à table » deux fois par jour. Il s'était fait connaître par son élevage de taureaux, le meilleur pour les courses camarguaises. Mais il était aussi, dans les années cinquante, l'amant officiel de la vicomtesse Marie-Laure de Noailles, une des femmes les plus riches et les plus extravagantes de Paris. Dans son immense hôtel de la place des États-Unis, elle recevait au bras de ce manadier de Camargue si peu loquace, entretenant sa réputation de personnage étrange, réputé par ailleurs homosexuel. Depuis la mort de la vicomtesse, il vivait dans la propriété qu'elle avait acquise pour lui au milieu des pâturages, entre Vauvert et Aigues-Mortes.

Dès mon arrivée, j'avais adoré les murs de livres anciens et le jardin d'hiver donnant sur les prés. Des meubles de style végétal offerts par le sculpteur César s'y mêlaient aux vraies plantations sous une lampe à pétales de style Art nouveau. Les jours suivants, j'avais suivi une course folle de réceptions, cocktails avec des divas et dîners mondains prolongés dans des nuits à la Churascaïa – la boîte fondée par Jean Lafont en 1965. Présent sur place, le noctambule américain Jimmy Douglas affirmait que ce club avait été le plus amusant au monde, bien avant le Palace et les Bains Douches, par son mélange de jet-setteurs et de paysans qui jouaient ensemble des parodies de *Carmen*.

La période noctambule de Jean n'avait toutefois duré qu'un temps. Il se consacrait désormais aux productions lyriques, arpentait l'Europe à la recherche de chanteurs, accumulait les disques de Verdi, Bellini, Donizetti, dévorait les meilleurs ouvrages anglais ou italiens sur la question, et se vouait corps et âme aux productions qu'il présentait l'été aux arènes de Nîmes. J'aurais pu croire que cet homme avait toujours vécu pour l'art lyrique. Il me fallut plusieurs séjours pour comprendre qu'entre la période noctambule et la période opéra s'étaient succédé la période ski nautique et celles de la corrida, des rallyes automobiles, de l'art troubadour, des pendules en coquillages. Et il me fallut quelques années encore pour entrevoir cette capacité qu'il avait de passer d'une étape à l'autre de sa vie ; quitte à bazarder plus tard ces disques d'opéras devenus trop envahissants en regard de nouvelles curiosités.

Conquis par ce lieu qui entrait dans ma vie, je pris l'habitude d'aller au Cailar plusieurs fois par an ; d'autant plus que j'étais toujours bienvenu et n'avais qu'à choisir ma chambre, entre celle « de Marie-Laure » (ornée de jolis tableaux surréalistes de la vicomtesse) et l'autre dans laquelle des photos de Man Ray la montraient dans des robes extraordinaires. Ne conduisant pas, j'accompagnais Jean dans ses sorties – ce qui avait un côté angoissant tant il roulait nerveusement, collant à la voiture précédente comme dans une course automobile avant de doubler d'un puissant coup d'accélérateur. Cette impatience qui bouillonnait en lui contrastait avec son allure imperturbable. Comme j'hésitais toujours à le vouvoyer ou le tutoyer, je m'efforçais d'utiliser des phrases sans pronom, mais il ne faisait rien pour m'éclairer.

Je préférais toutefois rester aux Hourtès où je passais

mes journées à travailler, bouquiner, puis feuilleter les scrap-books qui conservaient les souvenirs de la jet-set venue ici découvrir la Camargue dans le sillage d'Antonio Ordóñez ou de Jackie Kennedy. La maison elle-même illustrait les passions successives de Jean : l'Art nouveau dans la cuisine où la table et le buffet Majorelle faisaient face à la cheminée où grillaient les côtelettes ; l'Art déco dans le salon où Jean avait rassemblé sous une lanterne cubiste des fauteuils élégants ou bizarres, acquis en un temps où ils étaient passés de mode. Les souvenirs de Camargue occupaient l'escalier. L'art néo-gothique triomphait dans la suite de Jean, cet antre du clair-obscur où s'accumulaient peintures, dessins et toute une forêt de pendules remontant au règne de Charles X. Quelque temps après la Perestroïka, quantité de tableaux réalistes socialistes envahirent la chambre de Marie-Laure : Lénine jouant avec des enfants veillait sur moi dans cette pièce où je dormais, bercé par le mugissement des taureaux et le chant des grenouilles de la nuit camarguaise.

L'hiver, je pris goût aux somptueux couchers de soleil qui incendiaient les prés. On déjeunait sous les branches nues des platanes que Jean refusait de tailler pour ne pas les « mutiler ». Des taureaux passaient derrière la clôture et le maître de maison pouvait devenir presque bavard le temps du repas, suivi du café et de la vodka. Il affirmait avec une mauvaise foi assumée qu'il ne faisait jamais trop chaud (même l'été par trente-cinq degrés), qu'il n'y avait pas de moustiques (même lorsqu'on était dévoré), ou que l'eau du robinet était parfaitement limpide (quoique fortement teintée par la terre de Camargue). L'après-midi, je prenais le chemin du « moulin », une dépendance où vivait Angelo Ponce de Leon, vieil artiste espagnol extravagant et drôle qui peignait des faux Klee et fabriquait des objets surréalistes : comme cette paire de chaussures à pois chiches que j'ai conservée. Une trop forte dose de méchanceté l'avait éloigné de Jean qui, cependant, continuait à l'héberger et à prendre de ses nouvelles.

Dans sa volonté de mettre en scène une vie délectable, Jean Lafont m'est apparu comme un modèle auquel je pense souvent. J'adorais sa façon de tout organiser sans rien dire, comme s'il convenait de mettre ses visiteurs à l'abri des contraintes. Ainsi compensait-il la distance, et même l'indifférence profonde qui se dégageait de sa personnalité, par une attention concrète de tous les instants. Il se lançait parfois dans des combats étranges, comme ceux qu'il mena, plusieurs nuits consécutives, alors que les jeunes du pays se réunissaient trop bruyamment près de l'enclos des taureaux, avec sono et musique de danse. Pour les chasser, Jean avait disposé d'énormes enceintes dans son jardin en direction des importuns ; puis il avait lancé l'offensive à 2 heures du matin en diffusant à toute force l'ouverture de *La Force du destin* de Verdi, persuadé de les faire fuir. Mais Verdi n'avait pas la puissance de Lady Gaga.

Enfin le moment est venu où, approchant quatre-vingt-dix ans, il a cessé de se rendre à Paris. Sa vie s'est repliée sur les Hourtès et caractérisée, plus que jamais, par une volonté tenace. Car Jean n'avait aucune hâte de mourir. Il voulait continuer, quitte à affronter les épreuves qui lui étaient infligées, opération du dos et maux de toute sorte auxquels il opposait son organisation méthodique :

l'installation d'un fauteuil monte-escalier, les promenades régulières au jardin où il m'expliquait l'intérêt de tel arbuste chinois. Mais, surtout, presque jusqu'au bout, midi et soir, il descendrait dans la cuisine, une heure avant le repas, puis crierait à ceux de la maison : « À table ! »

Les derniers temps, Jean avait trouvé une ultime passion : les mots croisés pour lesquels il regagnait son bureau en peignoir, au milieu de la nuit. Rien ne l'intéressait désormais davantage. Dans un bref aveu de mélancolie, il avait aussi choisi cette phrase en exergue de son portrait publié par un calendrier camarguais : « Dire qu'il va falloir quitter tout cela ! » Et moi-même, à chaque séjour, j'entrevoyais la fin de ces rituels qui rythmaient ma vie depuis trente ans. L'été suivant, pourtant, Jean était toujours là, un peu plus fatigué, mais toujours acharné… jusqu'à cet hiver 2017 où il a réellement quitté tout cela. Ainsi se sont achevées les « années Jean », si présentes dans ma mémoire avec leurs silences, leurs raffinements et cette volonté farouche de transformer la vie en délectable artifice.

4

Paris – New York

J'ai publié des centaines d'articles sur la musique dans *Le Monde de la musique*, puis *Diapason* et *Classica* – où je tiens toujours une chronique. J'ai abordé les sujets les plus divers dans le magazine *Marianne* auquel je contribue depuis le numéro 1. J'ai rédigé des portraits dans *Elle* où la consigne était d'être « peps », et des faits divers dans *Détective* où primait la mise en scène sanguinolente. J'ai écrit dans *Paris Match* et dans *Révolution*, dans *La Vie catholique* et dans *Playboy*, dans *Le Figaro littéraire* et dans *Panthère*, journal bas de gamme où je gribouillais des textes érotiques pour accompagner des photos de femmes nues.

J'ai connu le temps où ces articles étaient mal payés parce que je débutais et que j'écrivais n'importe où, y compris dans des journaux en faillite ; puis le temps où cette activité m'a assuré un certain confort car j'étais mieux connu et sollicité par des titres prospères, soutenus par la bonne santé du marché publicitaire. J'ai connu la chute de ce métier, parallèle à l'essor d'internet, entraînant la disparition des magazines et la baisse continuelle des rémunérations – dont j'eus moins à pâtir, du fait de ma relative notoriété, que la jeune génération de journalistes réduits au statut d'« intellectuels précaires ». À ces articles innombrables il faudrait ajouter les textes rédigés pour des pochettes de disque ou des programmes de concert qui ne furent pas moins nombreux… Pourtant de cette masse énorme d'encre et de papier je ne retiens pas grand-chose, tant la prose journalistique est le plus souvent formatée, soumise au style d'une publication qui détermine le contexte, l'esprit, le ton.

Je n'ai jamais eu en outre le sentiment d'être un vrai « journaliste » s'appliquant à relayer, enquêter, révéler. Mes meilleurs articles sont des chroniques personnelles. Je suis un militant plus qu'un informateur et, si j'ai écrit dans la presse pour gagner ma vie, j'ai tâché d'en profiter pour faire connaître les œuvres que j'aimais, diffuser mes idées et mener certains combats qui allaient culminer dans les années quatre-vingt-dix.

*

La parution de mon premier roman, *Sommeil perdu*, m'avait donné mes galons d'écrivain. L'accueil modeste qu'il avait reçu, en 1985, soulignait aussi la relativité de cette étape. Les jeux et enjeux du milieu littéraire se révélaient plus complexes que je ne l'avais imaginé. Le chemin que je croyais achevé commençait tout juste à s'ouvrir. Quelques mois plus tard, le refus de mon deuxième manuscrit avait achevé de doucher mes espoirs. La publication d'un premier livre eut toutefois pour effet de faciliter mes débuts dans la presse. La musique occupait alors dans ma vie une place considérable et j'aimais plus que tout transmettre mes découvertes. Ce trait de caractère s'était manifesté dès mon adolescence quand je tentais d'attirer l'attention de mes copains sur tel ou tel passage sublime d'un disque de Led Zeppelin ou de Stockhausen. Il s'était confirmé au fil des ans par un constant besoin de partager mes enthousiasmes. L'activité de journaliste musical semblait donc indiquée pour transformer cette ferveur en gagne-pain. Je débutai au *Monde de la musique*, magazine spécialisé où je commençai, selon la règle, par rédiger des critiques de disques. Les comparaisons d'interprétations, toutefois, ne m'intéressaient guère. Seules les œuvres me passionnaient, et d'abord celles qui avaient changé ma vie depuis l'âge de quinze ans quand je découvrais Debussy, Ravel, Stravinski, Roussel, Milhaud, Messiaen, en même temps que James Brown, Chic, Steve Reich et les pygmées Aka.

Fasciné par la musique moderne, je souhaitais aussi pointer certaines impostures : et notamment cette avant-garde officielle établie en France autour de Pierre Boulez. Je m'étais d'abord passionné pour ce compositeur avec toute l'adhésion généreuse de la jeunesse… avant de m'avouer que ses œuvres me faisaient périr d'ennui, tout comme celles de ses disciples. Régnant sur un centre de « recherche musicale » financé par les deniers publics, il délivrait chaque année quelques fragments de partitions dans des concerts-conférences stimulants pour l'esprit mais pauvres pour les oreilles. Ses succès de chef d'orchestre et son tempérament de gourou l'avaient toutefois transformé en demi-dieu, adulé par les snobs et comblé de tous les honneurs. Quant à moi, découragé par une musique si contraire au foisonnement inventif de Stravinski, Bartók ou Varèse (dont il se réclamait pourtant), j'étais plus choqué encore par le sectarisme de Boulez qui présentait son courant comme le seul authentiquement moderne et qualifiait d'« ignobles dégénérés » ceux qui refusaient de suivre la même voie.

La violence du personnage et son statut de révolutionnaire couronné le désignaient comme une cible et nous allions lancer l'offensive avec mon camarade Jean-François Zygel, rencontré quelques années avant lors d'un stage de musique à Aix-en-Provence. Jeune prodige achevant de hautes études au Conservatoire, Jean-François avait connu la même évolution que moi, se passionnant pour la « musique contemporaine » avant d'éprouver certains doutes. Nous passions des heures à partager nos impressions et nos analyses – le téléphone permettant ces longs et confortables bavardages aujourd'hui interdits par la médiocrité des réseaux numériques. Nous rassemblions des citations éclairantes comme celle-ci, de Stravinski : « Nos élites d'avant-garde, vouées à une perpétuelle surenchère, attendent et exigent de la musique qu'elle satisfasse leur goût des cacophonies absurdes… Tout compte fait, le snob n'est lui-même qu'une espèce de pompier, un pompier d'avant-garde. »

Peu après mon entrée au *Monde de la musique*, je profitai d'une critique de disque (l'intégrale des sonates pour piano de Boulez) pour dénoncer l'extraordinaire monotonie de ces compositions systématiquement présentées comme des chefs-d'œuvre. Mon article fit grincer les dents du directeur mais parut quand même. Les mois suivants, d'autres textes et tribunes publiés en alternance avec Jean-François allaient attirer l'attention. Contrairement aux ennemis de la modernité, nous nous présentions comme les pourfendeurs d'un nouvel académisme. Un de mes textes parut dans *Libération* grâce à la bienveillance du critique de cinéma Serge Daney. Quelques jours plus tard, le critique musical du journal m'adressait une violente réponse intitulée *Bien dégagé sur les oreilles* – en référence à une bande dessinée de Cabu, évoquant des nazillons aux crânes rasés. Les termes du débat étaient posés : tandis que nous prétendions dénoncer une pseudo-modernité devenue académique, nos adversaires nous désignaient comme des conservateurs, et pourquoi pas des fascistes. Rien ne semblait plus simple que d'invoquer cette imagerie de la fin du XIXe siècle opposant l'audace à la réaction. Le milieu de la musique contemporaine tenait là sa meilleure arme pour clore le débat.

La rencontre d'Yves Petit de Voize, directeur du magazine *Diapason*, allait nous donner de nouvelles armes. Je sympathisai immédiatement avec ce mélomane drôle et agité que je retrouvais, à la Brasserie de l'Isle Saint-Louis, pour parler de ce mensuel musical auquel il désirait donner un sang neuf. Les « baroqueux » y avaient carte blanche et il nous offrait une même liberté pour parler de musique moderne et défendre ce que nous aimions ; notamment cette « autre » musique contemporaine qui se développait depuis les années soixante-dix et que j'avais découverte avec enthousiasme : celle des États-Unis incarnée par Philip Glass et son opéra *Einstein on the Beach*, Steve Reich et sa *Music for 18 Musicians*, Terry Riley, John Adams ; ou encore celle d'Europe de l'Est illustrée par Alfred Schnittke, Arvo Pärt ou Henryk Górecki. Ces compositeurs n'avaient guère droit de cité en France, tant leurs partis pris musicaux – attachés à la tonalité et à la pulsation rythmique – contredisaient ceux de l'avant-garde officielle, toujours plus solidement installée dans les institutions musicales, radio, orchestres et opéras.

Un dossier concocté par Jean-François et intitulé *Musique contemporaine : le grand tournant* fit beaucoup de bruit. De mon côté, après ces attaques dirigées contre « l'académisme d'avant-garde », je tenais à remettre en lumière la foisonnante école française de la fin du XIXe siècle et du début du XXe siècle que le bon goût contemporain dédaignait. Quand l'heure était à Wagner, Mahler et Bruckner, je recommandais Offenbach, Saint-Saëns, Lalo, Chabrier, Fauré, Schmitt, Ibert et Milhaud. Pour la fête annuelle de *Diapason*, Yves me proposa même d'organiser, à l'Opéra-Comique, un concert d'opérettes et d'opéras oubliés en présence du Tout-Paris musical.

Le compositeur Olivier Messiaen était présent ce soir-là avec sa femme, Yvonne Loriod, pour recevoir un « Diapason d'or ». Il était pour moi le génie vivant de la musique depuis que j'avais découvert, à quinze ans, son cycle de *La Nativité*, composé en 1935 et enregistré par le compositeur à l'orgue de la Trinité. Rien ne m'envoûtait comme ces rythmes aux durées infinies et ces accords voluptueux. Après guerre, Boulez avait fréquenté sa classe et lui avait beaucoup emprunté, tout en lui reprochant d'écrire de la « musique de bordel ». Pendant quelques années, Messiaen, intimidé, s'était rapproché de l'avant-garde radicale… Puis il avait recouvré son langage enchanteur, admiré du Japon aux États-Unis, où une montagne porte son nom. Après la soirée de *Diapa-*

son, l'illustre compositeur était sorti par le grand escalier de la place Boieldieu avec ses lunettes rondes et son éternelle chemise de couleur au col ouvert. Le visage éclairé par un sourire, il nous avait alors dit son bonheur d'avoir entendu quelques pages de *Lakmé*, l'opéra-comique de Léo Delibes qu'il avait toujours aimé. Et je m'étais réjoui que ce dieu de la modernité accorde sa bénédiction à un musicien dont le seul nom faisait ricaner les tenants du « bon goût ».

*

Mon amour des lieux demeurait fervent en ces années où les activités journalistiques m'invitaient à voyager davantage. Le petit pouvoir d'écrire et de juger se traduisait par quantité d'invitations dans les opéras et les festivals – modeste compensation pour le rentier que j'aurais dû être, déambulant par plaisir entre Venise et la côte amalfitaine. Du moins pouvais-je accéder aux meilleures places, tous frais payés, et à quelques déjeuners dans des restaurants étoilés où me conviaient des attachées de presse qui devinaient mon point faible.

Mon amour des villes, surtout, allait atteindre une intensité nouvelle avec la découverte de New York, où je me rendis pour la première fois en 1991 au cours d'un voyage de presse. L'Orchestre symphonique français, dirigé par Laurent Petitgirard, m'avait invité à le suivre au Lincoln Center où il donnait un concert de musique française. J'avais commencé par refuser – d'abord parce que l'idée d'embarquer pour un long vol m'est toujours désagréable ; ensuite parce que je nourrissais sur les États-

Unis quantité de préjugés aussi répandus en France que l'américanisme béat. Téléphonant à Jean-François, invité lui aussi, j'alignais des considérations gauchistes sur l'horreur américaine, l'inculture, l'industrie du divertissement. Autant de prétextes pour rester chez moi ; car rien, en réalité, n'était plus new-yorkais que mon goût pour les transes de James Brown, les compositions de Steve Reich ou les romans de Tom Wolfe : cette Amérique que j'aimais, comme un salutaire contre-modèle à l'avant-gardisme français, aux mornes écritures du Nouveau Roman et aux errements sonores de la musique atonale.

J'acceptai donc l'invitation et débarquai à Newark un jour de février. Quand notre autobus eut franchi les vieux ponts métalliques et les marais sinistres du New Jersey, j'aperçus la *skyline* aux mille couleurs et un déclic se produisit. Une heure plus tard, dans un hôtel de la 57e Rue ouest, j'éprouvai un choc supplémentaire en découvrant, derrière la baie vitrée de ma chambre, les centaines de tours aux milliers de fenêtres qui s'illuminaient et s'éteignaient à la nuit tombante. Plus tard encore, sortant de l'hôtel avec Jean-François, puis descendant Broadway, j'éprouvai une véritable ivresse en dressant la tête dans ces rues verticales qui combinaient l'élan de l'urbanisme moderne et le bouillonnement de la vie concrète. Autant que les gratte-ciel, j'aimais ces trottoirs chargés de passants, ces fumées de chauffage qui jaillissaient du sol, ces vitrines de luxe et ces bazars de quartier. C'était un coup de foudre. J'étais amoureux. Dès le lendemain je changeai mon billet d'avion pour rester davantage et me gaver de la beauté new-yorkaise.

Suivirent dix années d'intense passion. Après ce premier séjour je n'eus plus qu'une idée : retourner à New York aussi souvent que possible. Devenu familier des vols transatlantiques, j'aimais ces avions à moitié vides où l'on pouvait encore s'allonger dans toute la largeur d'une banquette, et j'adorais ce temps suspendu entre deux continents. Pour passer le temps, j'écrivais quelques pages d'un prochain livre (le mouvement des avions, comme celui des trains, m'a toujours inspiré) ; mais, surtout, j'attendais ces émouvantes retrouvailles qui suivraient le passage du pont ou du tunnel de Manhattan, et la première odeur de café sur les trottoirs. Parmi ces rues et ces avenues j'allais bientôt goûter les splendeurs de l'architecture, les jeux du ciel et de la pierre, les dialogues des ponts et des fleuves, de la végétation et de l'océan.

Je retournai plusieurs fois dans cet hôtel de la 57e Rue dont j'adorais la piscine posée sur le toit au milieu d'une mer de buildings bientôt familiers : le joli dôme vert coiffant les soixante-quinze étages du City Pire, la pointe métallique du Chrysler Building transperçant les nuages. Puis, au fil des voyages, je commençai à recourir aux services d'une agence pour louer des studios à Greenwich Village. Poursuivant l'exploration sur un mode systématique, il m'arrivait, le matin, de remonter entièrement une avenue jusqu'au nord de l'île, traversant les quartiers les plus divers pendant plusieurs heures, humant les parfums de hot-dogs, faisant halte dans des squares au milieu des tours, me régalant de découvrir des marchands de tout et de rien sous des murs encore noirs et laborieux. Ce chaos urbain me semblait avoir déserté Paris depuis la fin des Halles, le ravalement des façades et la gentrification des arrondissements centraux. L'évolution était pourtant la même, comme me le ferait comprendre Bruce Benderson, devenu en quelques séjours mon indispensable ami new-yorkais.

Frédéric Taddeï, jeune journaliste qui avait soutenu dans *Actuel* mes débuts de romancier, m'avait donné son numéro, persuadé que nous allions nous entendre. Bruce habitait alors un New York passablement dangereux : celui d'Alphabet City, repaire de dealers et de drogués. Un jeu de mots évoquait la progression dans ce quartier commençant par l'avenue A (*Anything goes*) suivie par l'avenue B (*Be careful*). Bruce, lui, demeurait entre l'avenue C (*Crime*) et l'avenue D (*Death*). Passionné par la bohème parisienne et grand lecteur de Huysmans, il déplorait le nettoyage progressif de Manhattan et la disparition de sa faune urbaine – phénomène qui allait s'accélérer avec l'élection du maire Rudolph Giuliani. Le quartier de la prostitution, sur la VIIIe Avenue, serait bientôt racheté par la compagnie Disney et transformé en zone accueillante pour le tourisme familial. L'interdiction de fumer se multipliait partout, attisant les regrets d'Ursule Molinaro, vieille amie de Bruce qui n'imaginait pas qu'une telle prohibition fût concevable en Europe – cependant qu'ici déjà, sur les terrasses, les redoutables antifumeurs commençaient à toussoter dès qu'une cigarette s'allumait au loin.

Il restait toutefois suffisamment de lieux troubles où mon camarade m'entraînait de sa silhouette ronde et de sa démarche balancée, un peu canaille. Il aimait, quant à lui, mes grands gestes de mains très « catholiques ». Cette question des comportements physiques nous intéressait et nous distrayait lorsqu'on s'asseyait sur un banc pour observer les passants et deviner leur origine d'après leur façon de marcher. À rebours des utopies mondialisées, nous aimions ces contrastes de peuples et de classes sociales. Dans les bouges de Times Square, des employés de bureau homosexuels venaient à la rencontre de voyous noirs ou portoricains. Les mauvais garçons dansaient vêtus d'un string. Les clients accrochaient des dollars en échange de caresses – tandis que d'autres racailles, portant des dents en or, jouaient autour d'un billard en attendant les clients.

Rien, toutefois, ne me grisait autant que les paysages urbains qui me procuraient une réelle excitation. Venu d'abord par l'aéroport de Newark, j'arrivais désormais plus souvent par JFK et j'attendais impatiemment cet instant où l'autoroute, avant de plonger dans le tunnel de la 42e Rue, surplombe toute la face orientale de l'île, la plus spectaculaire au-dessus d'East River, avec ses tours multicolores de verre et d'acier dressées dans le désordre tel un massif montagneux. Je me dirigeais ensuite vers ce petit jardin à l'extrémité sud-est de Central Park, où je m'asseyais sur un banc devant l'étang aux canards. De ce coin tranquille, il suffisait de lever la tête pour découvrir une immense muraille de buildings dominée par des gratte-ciel de différentes époques. Cela tenait à la fois du château médiéval et du décor de *Metropolis.* Mais j'aimais aussi, à la pointe de l'île, la douceur de Battery Park où l'océan ressemblait à un lac suisse et où j'imaginais l'arrivée des migrants, génération après génération. Ayant repris mes forces au comptoir d'un *diner*, j'arpentais les musées où triomphait l'art européen – spécialement au premier étage du MoMA qui semblait une ode au Paris d'avant guerre ; mais aussi au Metropolitan Museum, dans cette salle où figurait le merveilleux *Jardin à Sainte-Adresse* de Claude Monet. Il avait été peint à l'endroit précis où j'avais vu le jour, face à cette mer où, dans mon enfance, les sirènes des paquebots annonçaient leur départ pour New York. De l'autre côté de l'océan, cette grande toile vous saisissait par sa lumière et son vent frais, tissant d'étranges correspondances entre les deux rives de l'Atlantique.

Ma visite favorite était toutefois celle du Muséum d'histoire naturelle où je demeurais en extase devant les dioramas représentant les animaux des cinq continents dans des décors reconstitués de forêt ou de savane. De riches mécènes avaient financé ces installations féeriques à l'aube du XXᵉ siècle. Au milieu des végétaux et des minéraux, des groupes de félins ou des nichées d'oiseaux étaient naturalisés sur fond de vastes étendues d'Afrique ou d'Océanie. Le monde apparaissait infini, sauvage, préservé des destructions humaines. Claude Lévi-Strauss avait noté la magie de ces installations dans *Le Regard éloigné* où il s'enthousiasmait pour la « virtuosité stupéfiante » de peintures qu'il désigne comme des ancêtres de l'hyperréalisme. J'y passais des journées entières, attirant mes amis, tel Michel Houellebecq de passage à New York pour la première fois. Connaissant la ville comme ma poche, je l'avais entraîné en promenade et nous nous étions figés devant l'énorme gorille prêt à bondir derrière la vitre au milieu de la jungle congolaise.

Au gré de mes promenades j'aimais faire des haltes dans ce que j'appelais les « bars d'altitude » : ces cafés haut perchés qui révèlent autant de points de vue sur la richesse du massif new-yorkais. Le plus beau surplombait le Rockefeller Center et sa patinoire, où plane encore le souvenir magique du New York des années trente. Ici, au Rainbow Room (soixante-cinquième étage du RCA Building), les salons Art déco offraient un panorama complet de Manhattan, au nord vers l'immensité végétale de Central Park, au sud vers la pointe de l'île et l'océan. Quelques centaines de tours Montparnasse se serraient à nos pieds. New York scintillait entre Hudson River et East River où les ponts illuminés jetaient leurs arabesques. Plus enfoui dans la ville, le Pen Top Bar (vingt-troisième étage de l'hôtel Peninsula) était un refuge de moyenne altitude dont la terrasse surplombait la Ve Avenue dans toute sa longueur. Comme dans les premières images du *Cinquième Élément*, on planait entre les tours pleines de bureaux, d'ateliers et d'appartements suspendus au milieu du ciel.

Certains de mes proches demeuraient insensibles à cette beauté. Ils ne concevaient celle-ci que sous la forme d'une harmonie délicate tissée par les siècles et jalonnée de monuments comme à Paris, Venise, Prague ou Saint-Pétersbourg. Ils ne comprenaient pas la splendeur de Manhattan, mélange de géométrie parfaite (le quadrillage des rues et des avenues) et de poussée anarchique mêlant toutes les tailles et tous les styles. Ils ne saisissaient pas l'étrangeté de ces clochers gothiques ou de ces façades Renaissance perchés au sommet d'une tour de cinquante étages ; ni la puissance de ce mélange d'architecture futuriste et d'épiceries de quartier, de musées somptueux et de marchands de sandwichs – sans oublier le zoo de Central Park où demeuraient l'ours polaire, la loutre et l'otarie au cœur des agitations urbaines.

Quant à moi j'allais poursuivre, pendant dix ans, une incessante navette entre Paris et New York où je me sentais désormais à la maison – et même mieux grâce au sentiment de renaître dans un monde allégé de mes habitudes. Le décor du XIXe siècle français me rappelait à tout instant le poids de l'Histoire. À Manhattan, je me laissais emporter par le bouillonnement de l'époque. Au printemps 1995, j'y passai trois mois d'affilée, puis commençai à songer que je pourrais m'installer là-bas. Plusieurs handicaps ralentissaient toutefois mon élan : comme ma paresse à parler anglais (quand j'avais à New York tant d'amis francophones pour m'épargner cet effort et me faire croire encore au rayonnement du français) ; mais aussi la capacité de gagner de l'argent, désormais acquise en France quand il me faudrait, ici, repartir de zéro. Ce déracinement même était pourtant la clé de mon bonheur. À trente ans passés, chaque aventure retrouvait ainsi la saveur d'une expérience de jeune homme.

Quelques années plus tard, le drame du 11-Septembre m'atteignit au plus profond. Le malheur qui s'abattait sur les New-Yorkais m'apparut comme un acte frappant la beauté, la vitalité, le foisonnement, et tout ce que cette ville représentait comme œuvre éblouissante de la civilisation. Après cet événement mes voyages se firent plus rares. New York n'en est pas moins resté l'un des amours de ma vie ; si bien que la moindre image des rues de Manhattan éveille aussitôt une profonde nostalgie et ranime le désir de partir là-bas.

*

Lors de mes premiers séjours sur la 57e Rue, je contemplais depuis ma chambre le jeu des lumières sur les buildings en écoutant *Music in Twelve Parts* de Philip Glass. Le côté géométrique de cette musique fondée sur la répétition d'un même motif, soumis à de très légères variations, faisait écho à la féerie nocturne mêlant géométrie et hasard. J'avais moi-même composé dans cet esprit quelques pièces pour piano créées par Jean-François lors d'un concert « Paris – New York ». Cette dimension musicale comptait beaucoup dans mes séjours outre-Atlantique et me conduisait à farfouiller dans les boutiques de disques où je cherchais les enregistrements rares de James Brown ; puis à me laisser entraîner par un agent littéraire fou de jazz dans un club de Harlem, avant de héler, dans la nuit de la 125e Rue, un taxi clandestin susceptible de me reconduire en bas de la ville.

Un jour j'avais fini par sonner chez Phil Glass qui habitait East Village, quartier mythique à mes yeux pour avoir accueilli les premières expériences de « musique répétitive ». Grâce à la recommandation d'un ami, le compositeur m'avait accueilli gentiment, l'air dans la lune ; il m'avait parlé de Jean Cocteau qu'il adorait, de ses études à Paris auprès de Nadia Boulanger et de cette francophilie qui l'avait inspiré jusqu'à la création en France de son opéra *Einstein on the Beach.* De ce spectacle l'intelligentsia parisienne n'avait pourtant retenu que la mise en scène de Bob Wilson, tout en montrant son dédain pour une musique trop éloignée des canons de l'avant-garde française.

Quant à moi, rien ne m'enchantait comme ces correspondances artistiques. C'est pourquoi je m'étais également rendu chez Ned Rorem, un des jeunes New-Yorkais qui brillaient encore dans les salons parisiens au lendemain de la Seconde Guerre mondiale. Écrivain presque autant que compositeur, il parlait un français parfait et avait bien connu Marie-Laure de Noailles et Jean Lafont. Mais, surtout, il me rappelait ce temps oublié où la musique américaine s'inspirait de Ravel, Ibert, Milhaud et Poulenc. Tout cela s'était vu balayé, dans les années soixante, par Boulez et ses proches qui ne juraient que par Schönberg et l'école de Vienne. J'avais fait la même constatation, durant un séjour à Tanger, en bavardant avec le romancier et compositeur Paul Bowles, autre figure new-yorkaise éprise de modernité parisienne. Il m'avait dit son étonnement d'avoir reçu, quelques jours plus tôt, une journaliste française qui voulait absolument le faire parler de l'influence exercée sur lui par le dodécaphonisme… quand Bowles ne jurait que par Erik Satie !

Enfin, obtenant un rendez-vous avec Steve Reich, j'étais entré dans son atelier de Broadway avec la crainte et le respect qu'on accorde aux plus grands compositeurs. À sa manière sérieuse et analytique, il m'avait expliqué lui aussi l'influence sur sa musique de Debussy, Satie, ou même Charles Koechlin – une des figures les plus originales de la musique moderne. J'avais alors éprouvé un sentiment joyeux à l'idée que l'histoire commencée à Paris, à l'aube des temps modernes, se poursuivait à New York, tout comme le *Jardin à Sainte-Adresse* de Claude Monet avait franchi l'Atlantique pour se retrouver au Metropolitan Museum. Tout plein de ces considérations, je n'avais plus qu'à prolonger la nuit dans un club à la mode de Meet Market, où les corps se trémoussaient sur des rythmes motoriques, pas si éloignés de ceux qui résonnaient à Paris du temps de Stravinski, Roussel, Prokofiev et Honegger.

Le lendemain après-midi, encore enivré par les vapeurs d'une nuit arrosée et enfumée, je prenais le métro en direction de Central Park où je m'enfonçais à l'ombre de l'hôtel Plaza. D'une pagode chinoise à un jardin à la française, je parvenais enfin au ravissant *lake* dont la partie nord, entourée d'arbres, avait un charme paisible et champêtre. Les rives escarpées, couvertes de conifères, rappelaient un coin de montagne et je m'allongeais dans un abri au bord de l'eau où je finissais par m'endormir. Quand je rouvrais l'œil, un peu plus tard, j'avais l'impression d'être au bord d'un lac vosgien dont le souvenir se rappelait soudain, vibrant et teinté de nostalgie. Mais à quoi bon la nostalgie puisque j'avais tout, ici, à New York. Il me suffisait de relever la tête pour entrevoir, au-dessus des arbres, les arêtes découpées du Dakota Building et cette ligne d'immeubles jaunes, ocre et blancs qui veillaient sur la quiétude du parc. Quantité de larcins et de crimes s'y produisaient, disait-on. J'y trouvais quant à moi l'équilibre parfait entre mes aspirations urbaines et mes sentiments bucoliques. J'y planais entre le passé, le présent et l'avenir du monde.

5

Vieux guides, vieux amis

Les centenaires m'attirent. Mes invités, à la radio, ont souvent quatre-vingts ans passés. Parfois leur mémoire s'étiole et ils en savent moins que leurs biographes. Ils racontent de façon incertaine des histoires relatées plus précisément dans des livres... Mais ces livres n'offrent que des informations sur des pages ; tandis que la présence, les mots, les voix, le ton, la façon qu'ont ces protagonistes de souligner tel ou tel point ravivent quelque chose de plus secret. C'est pourquoi je prise les rencontres avec de vieilles personnes qui n'ont pas toujours été si glorieuses en leur temps, mais qui ont connu d'assez près le monde révolu pour lui apporter un éclairage. Plus encore en ces années où je me rebellais contre une avant-garde pressée de révolutionner la musique à renfort de doctrines scientifiques et progressistes, je voulais entendre ceux qui avaient suivi des voies différentes et s'étaient vus relégués dans les poubelles de l'Histoire.

Jean Hubeau habitait un vieil immeuble du XVe arrondissement, avenue du Général-Beuret. J'aimais ce nom qui laissait imaginer un militaire ivre. Mais il n'en était rien et quand je sonnais suivait un long silence ; puis la porte s'entrouvrait et je voyais apparaître le visage lunaire de Jean, chuchotant plus qu'il ne parlait pour m'inviter à le suivre d'un pas lent. Son logis, autant que je m'en souvienne, demeurait le plus souvent dans la pénombre et j'avais juste le temps d'apercevoir, assise dans un fauteuil, son épouse, Gisèle Hubeau, qui ne disait jamais rien. Un peu gêné, je la saluais : « Bonjour madame Hubeau. » Elle répondait à peine et regardait fixement devant elle comme si elle avait subi un profond traumatisme. Sa bouche entrouverte laissait entrevoir une dentition incomplète qu'elle n'avait jamais fait réparer. Jean, lui, remontait le couloir dans son costume jusqu'au salon où nous échangions quelques mots et où je le questionnais sur les éminents musiciens qu'il avait connus : tel son maître adoré, Paul Dukas, dont les Français ignorent aujourd'hui le nom, même si chacun a entendu son *Apprenti sorcier* popularisé par Walt Disney.

Hubeau connaissait mieux que quiconque l'école musicale du début du XXe siècle. Il en transmettait les trésors dans sa classe de musique de chambre au Conservatoire de Paris et j'avais droit, pour ma part, à son enseignement amical près du piano où il s'asseyait. Sachant ma passion pour cette époque, il m'apprenait à mieux la connaître. Une sonate du compositeur breton Guy Ropartz, mort centenaire en 1955, était posée sur le pupitre et il m'expliquait : « Le début est parfait, écoutez cette belle idée (il me la jouait avec ferveur), mais ensuite, c'est trop long, comme un tunnel : c'est le mauvais côté de l'influence de César Franck ! » (pour me le prouver, il tournait devant moi les pages, l'air excédé).

Je lui dois surtout de m'avoir révélé l'art de Gabriel

Fauré que je comprenais si mal, hormis quelques pages charmeuses. Pour le reste, cette musique me paraissait trop classique de forme et trop bizarre d'harmonie. Jean Hubeau m'avait alors expliqué ces secrets de fabrication qui nous font aimer une œuvre : « Chez Fauré, voyez-vous, il n'y a jamais de silences. Et regardez ces intervalles d'octaves et de secondes qui l'obsèdent » (il me jouait le prélude de l'opéra *Pénélope* dont les dernières notes, inlassablement, tournent autour de ces deux intervalles). Fauré devint ainsi l'un de mes compositeurs de prédilection pour son contrepoint fiévreux, modulant inlassablement les mêmes brefs motifs ; et je rédigeai le livret d'une intégrale de sa musique pour piano enregistré par le même Jean Hubeau chez Erato.

La critique musicale dédaignait alors ce pianiste, jugé besogneux et pas assez virtuose en comparaison des jeunes prodiges qui sortaient du Conservatoire. Je m'avise aujourd'hui, en réécoutant ses disques, combien ce jugement était faux et combien Hubeau, dans les œuvres de Fauré qu'il a enregistrées (piano et musique de chambre), donne la lecture la plus vraie, la plus parlante. Mais je lui dois aussi l'amour d'autres maîtres comme Gabriel Pierné ou Louis Vierne et son bouleversant quintette : une œuvre découverte dans cet appartement où, pour le reste, tout se passait dans l'ombre et à pas feutrés tandis que Gisèle, amorphe, attendait que nous ayons fini pour aller dîner. Leur fille s'était fait connaître en jouant entièrement nue dans un spectacle d'avant-garde ; et ce tableau de famille mêlant un vieux couple parisien et une comédienne scandaleuse rendait plus curieuse encore la figure d'un artiste qui avait semblé promis aux plus hautes destinées.

Entré à neuf ans au Conservatoire de Paris, Hubeau faisait figure d'enfant prodige. Adolescent, il avait obtenu son premier prix de piano et signé des partitions remarquées dans les années trente. Mais son cheminement s'était vu doublement perturbé par l'Histoire. Sous l'Occupation, il avait bénéficié comme d'autres jeunes artistes de commandes officielles, avant de se voir reprocher, à demi-mot, une supposée complaisance avec le régime de Vichy. Probablement ce rêveur n'avait-il songé qu'à faire de la musique. Mais son élan créateur avait subi un second choc avec l'apparition, dans les années cinquante, de cette avant-garde méprisante pour le genre de musique qu'il composait. Boulez proclamait alors du haut de ses vingt-cinq ans : « Tout musicien qui n'a pas ressenti la nécessité du langage dodécaphonique est INUTILE. » Les snobs se pâmaient. Dépourvu de la force de caractère nécessaire, et peinant à faire entendre sa musique, soudain dépassée, Hubeau avait cessé de composer pour se consacrer au piano et à l'enseignement au Conservatoire.

Quand il avait fini de m'initier aux secrets de l'école française, il relevait la tête vers moi sous ses épaisses lunettes, l'air interrogatif, afin de s'assurer que j'avais compris. Pour l'heure, après ce moment au piano, il était temps de retrouver sa femme et de nous diriger vers la brasserie du quartier où ils avaient leurs habitudes. On y mangeait des huîtres dans un décor populaire. On parlait de musique, mais aussi de mes premiers romans que Jean avait lus. Durant le dîner, son épouse ne prononçait toujours pas un mot mais regardait devant elle, mi-ahurie, mi-absente ; puis j'attrapais un taxi tandis qu'ils rentraient à pied dans les rues du quartier Vaugirard. Je les revois encore, quelques années plus tard, assis sur une banquette dans le hall de la salle Molière, à Lyon, après un concert que j'avais organisé. Tels deux vieillards ébahis, ils attendaient un taxi pour la gare. Gisèle, ce jour-là, était allée chez le coiffeur qui lui avait collé les cheveux en macarons sur ses oreilles, à la mode des années quarante. Engoncé dans sa gabardine, une serviette pleine de partitions sur les genoux, Jean Hubeau venait de jouer le *Trio* de Fauré et la *Sonate libre* de Florent Schmitt – deux œuvres qu'on ne donnait jamais mais dont il portait le témoignage, à l'aube du XXIe siècle, tel le survivant d'une histoire engloutie.

*

C'est Jean Hubeau qui me suggéra de rencontrer Manuel Rosenthal, un autre rescapé de l'ancien monde musical. Il demeurait rive gauche, lui aussi, dans le quartier de pavillons qui s'étend sous la place d'Italie, donnant l'impression d'être déjà en banlieue. Âgé de quatre-vingt-dix ans, il habitait une de ces maisons avec sa seconde épouse Claudine, aussi chaleureuse que Mme Hubeau était absente.

La mère de Manuel avait traversé l'Europe à pied pour fuir les pogroms. Né à Paris en 1904, il avait grandi dans le quartier du Marais puis gagné sa vie comme violoniste de cinéma. Ses talents, pourtant, l'avaient conduit à étudier plus sérieusement la musique, puis à solliciter Maurice Ravel dont il était devenu l'un des rares élèves. À vingt ans, il voyait régulièrement l'illustre compositeur dans son antre de Montfort-l'Amaury et il en conservait un souvenir très vif – comme ce jour où, après avoir engueulé son apprenti, Ravel avait couru sous la pluie pour le réconforter. De ce maître, il tenait sa conception de la modernité : chic, insolente et distanciée, foisonnante de rythmes et de couleurs. Ces qualités lui avaient valu un succès mondial dès 1938 avec *Gaîté parisienne*, une fantaisie sur des thèmes d'Offenbach créée par les Ballets russes et parfois reprise de nos jours. Il avait également composé *La Poule noire*, une opérette loufoque créée à l'Exposition universelle de 1937.

Pendant la guerre, Manuel avait dû se cacher comme résistant et comme juif. À la Libération, il avait pris la direction de l'Orchestre national où s'était affirmé son art de chef et de découvreur. Loin de rabâcher les mêmes symphonies et concertos romantiques, il s'était attaché à faire connaître les plus rares fleurons et il évoquait avec enthousiasme *Le Juif polonais* de Camille Erlanger, *La Forêt bleue* de Louis Aubert et nombre d'opéras russes méconnus. Il avait également assuré d'innombrables créations. Quelque temps après notre rencontre, chargé de la programmation d'un festival, je lui avais proposé de reprendre la baguette pour un gala d'opérettes. On s'était retrouvés autour du piano pour choisir quelques pages de ces compositeurs qu'il connaissait si bien : Léo Delibes, Emmanuel Chabrier, André Messager, Louis Beydts… Le soir venu, il avait dirigé l'Orchestre national de France avec une flamme extraordinaire malgré les projecteurs de France Télévision qui brûlaient ses yeux.

Nous nous retrouvions souvent pour dîner rue du Moulin-des-Prés où j'aimais entendre Manuel parler dans son français construit et articulé, que d'aucuns auraient jugé précieux mais qui soulignait le souci de se faire comprendre. Le parler d'avant guerre était prodigieusement varié, très différent de l'élocution terne et précipitée d'aujourd'hui. N'importe quel vieux film nous le rappelle avec sa palette de timbres : des grommellements de Michel Simon à la voix d'oseille d'Arletty, en passant par le cor anglais de Sacha Guitry. Ainsi s'exprimait Manuel Rosenthal, faisant revivre pour moi quantité de personnages. Mais, tout en l'écoutant, je m'inquiétais de voir les bras de Claudine qui apportait les plats en tremblant. Ils arrivaient pourtant jusqu'aux assiettes et je songeais, tristement, à la fatale dégradation d'une vie miraculeusement prolongée. Manuel mourut en 2003, âgé de quatre-vingt-dix-neuf ans ; puis je perdis le contact avec son épouse, supposant qu'elle l'avait rapidement suivi. C'est tout récemment que son fils m'a appris sa disparition en 2016, à l'âge de cent quatre ans !

*

Quelques années plus tôt, par l'intermédiaire de Jean Lafont, j'avais rencontré l'écrivain Marcel Schneider dont la vie, comme la mienne, oscillait entre musique et littérature. Nos relations avaient mal commencé lors d'un déjeuner à l'hôtel du Cheval blanc, face aux arènes de Nîmes où était programmé *Le Corsaire* – opéra de Verdi pour lequel Jean nous avait demandé, à l'un et l'autre, des textes de présentation. Me retrouvant auprès de ce vieux monsieur à la tête d'oiseau, j'avais soudain dénigré, avec ma jeune arrogance, je ne sais quel écrivain que je n'avais pas lu. Ami de cet auteur, Marcel Schneider était devenu écarlate et furieux avant de me rabrouer. J'avais alors montré une humilité proportionnelle à mon arrogance pour transformer la fâcherie en sympathie.

Auteur de romans d'inspiration fantastique et de livres de souvenirs, Marcel avait facilement l'air pincé. Il disait « j'ai le sang porté à la tête » – impression que donnait effectivement son faciès de gallinacé virant au rouge lorsqu'une situation l'agaçait, ce qui arrivait souvent. Nous nous étions rapprochés au cours des années suivantes où j'allais régulièrement le voir dans son appartement, proche de la place des Vosges, pour de longues conversations arrosées de whisky et parfois – plus rarement – prolongées par un dîner dans un restaurant du quartier. Selon Marcel, en effet, l'alcool nourrissait suffisamment pour qu'on puisse choisir, selon les soirs, de manger *ou* de boire.

Son appartement demeurait plongé dans une lumière artificielle, volets clos, éclairages choisis sur certains objets. Beaucoup faisaient référence à la Turquie de Mustafa Kemal qui le passionnait ; d'autres aux créatures fantastiques du romantisme allemand ; mais j'aimais surtout les toiles des peintres de sa génération qui avaient été ses amis : Gustave Singier et Alfred Manessier, deux maîtres de la « non-figuration » d'après guerre dont les jeux de formes et de couleurs, inspirés par la nature, me semblaient si poétiques. Ils étaient passés de mode dans les années soixante-dix et les milieux spécialisés avaient commencé à dédaigner ces artistes que tous admiraient dix ans plus tôt – quand on pouvait voir Manessier à la Biennale de Venise ou au MoMA de New York.

Campé dans ce décor, à demi allongé sur une méridienne, Marcel me racontait sa vie dont il a rendu compte dans son cycle *L'Éternité fragile*. Il y évoque sa découverte du ballet moderne en 1929 avec *Le Fils prodigue* de Prokofiev, chorégraphie de Balanchine et décors de Rouault. Étudiant à la Sorbonne, il avait fondé, avec son ami le compositeur Jacques Chailley, le groupe des « Théophiliens » qui voulaient recréer les miracles du Moyen Âge. Invité par Marie-Laure de Noailles, il avait fréquenté, place des États-Unis, cet hôtel où Max Ernst côtoyait Goya et où les compressions de César répondaient aux rocailles du XVIIIe siècle. Il s'était lié à des compositeurs comme Poulenc, Jolivet ou Sauguet, eux-mêmes épris de poésie, de peinture et de théâtre. Devenu critique musical et chorégraphique, il avait tenu sa chronique dans *Combat* et suivi le chemin des festivals, d'Aix-en-Provence à Venise en passant par Bayreuth et Salzbourg. On lui devait un essai sur Wagner, illustré par de merveilleux tableaux allemands du XIXe siècle : châteaux perchés sur des rochers, pénombre de la forêt primitive, cortèges d'oiseaux enchantés dans le ciel. Sous la plume de Schneider, l'opéra wagnérien redevenait cette féerie négligée par la plupart des metteurs en scène modernes.

De même, dans son appartement, on quittait la vie quotidienne, pour entrer dans un lieu imaginaire. On ne savait pas forcément, dès la première fois, ce que signifiait telle gravure montrant une cérémonie chez les Turcs, ou telle vanité accrochée au mur. Mais la lecture des livres de Marcel donnait un sens à chaque détail. On s'avisait alors que cet homme, comme les poètes qu'il aimait, avait suivi le chemin de sa fantaisie ; ce qui ne l'empêchait pas, avec une soudaine grivoiserie, de me raconter les avances que lui aurait faites, quelques jours plus tôt, un livreur auquel il avait préféré résister ! Son véritable amour, toutefois, s'était fixé sur un soldat allemand mort à la fin de la guerre. Pendant des années, il était retourné sur sa tombe pour disperser sa semence dans un rituel amoureux et païen ! Je l'écoutais, éberlué, puis, à moitié ivre, je le quittais à 9 heures du soir en promettant de revenir le mois suivant.

*

La Seconde Guerre mondiale demeurait la référence obligée de toute cette génération. Enfant, j'en avais connu la face héroïque avec Albert et Rosemonde. J'en découvrais à présent la complexité, souvent difficile à réduire à une simple opposition entre le camp du bien et celui du mal. Pourtant des juges sévères, nés bien après la guerre, se montraient toujours prompts à désigner comme « collaborateurs » ceux qui avaient simplement exercé leur métier sous l'Occupation. J'allais le mesurer plus encore auprès de Jean Françaix, un des compositeurs les plus doués de sa génération sur lequel planait encore, cinquante ans plus tard, l'accusation vague et insidieuse de s'être *mal conduit*.

Je l'avais rencontré pour la première fois à l'occasion de ses quatre-vingts ans, afin de lui rendre hommage dans la revue *Diapason*. Ce projet m'était apparu comme une évidence, vu le rayonnement de sa musique depuis les années trente. Or, curieusement, j'avais été le seul journaliste français à fêter l'anniversaire d'un artiste dédaigné par son pays – lui qui habitait au cœur de Paris un appartement donnant sur l'église Saint-Nicolas-des-Champs. Ses œuvres avaient été dirigées par les plus illustres chefs comme Pierre Monteux, Herbert von Karajan, André Cluytens, Hermann Scherchen, Georges Prêtre, Antal Doráti. Il demeurait un des compositeurs français les plus joués au monde, notamment en Allemagne où les éditions Schott avaient publié son catalogue. Pourtant son nom restait étrangement absent des institutions : orchestres subventionnés, opéras, festivals et autres saisons de concerts. Comme il l'avait souligné en souriant, lors de notre rencontre : « Je suis un exilé de l'intérieur, ravitaillé par l'étranger. » Puis il m'avait montré une vidéo du tout jeune violoncelliste Henri Demarquette jouant ses brillantes variations pour violoncelle.

Je l'avais revu aux soirées données dans l'hôtel particulier de Winnaretta Singer, princesse de Polignac, célèbre mécène de la Belle Époque et des Années folles. À la fin de sa vie, cette illustre milliardaire avait parrainé les débuts de Françaix en lui commandant un opéra-comique, *Le Diable boiteux*, créé en 1938. Après sa mort, l'hôtel s'était transformé en fondation et le compositeur, devenu vieux, continuait à présenter les concerts avec esprit. Je revois au pied de la scène sa grande silhouette mince, arrondie par le ventre des vieux messieurs, son visage allongé, ses lunettes épaisses et son smoking. J'entends surtout les textes brefs – un feuillet, ni plus ni moins – qu'il lisait d'une voix rythmée, monocorde et légèrement éraillée, mais pleine d'ironie et d'amour fervent de ses maîtres et complices, de Schubert à Chabrier. Quelques années plus tard j'allais lui succéder et présenter à mon tour ces concerts en m'efforçant de relayer cet héritage.

Françaix ressemblait à ces artisans musiciens qui, partout en France depuis le XIXe siècle, avaient exercé leur métier dans les paroisses et les écoles de musique. Fils du directeur du conservatoire du Mans, il aimait se décrire comme un artiste d'instinct suivant les modèles classiques. Comme il le déclarait : « Je me réfère volontiers à cette idée de Mozart : que toute musique, même celle qui exprime des sentiments dramatiques, soit agréable à entendre. » Ce discours ne l'empêchait pas d'être un enfant de la modernité, lui qui avait reçu les encouragements de Ravel avant de devenir un proche de la famille Stravinski. Comme Rosenthal, il avait fait ses débuts aux Ballets russes de Monte-Carlo ; puis il s'était lié à Poulenc et avait orchestré son *Histoire de Babar, le petit éléphant*. En 1939, Charles Munch avait créé son extraordinaire *Apocalypse selon saint Jean*. Il avait également travaillé avec Sacha Guitry qui lui avait confié la musique de *Si Versailles m'était conté* en déclarant : « Impossible n'est pas de Françaix. » Mais on aurait tort de s'en tenir à la vision d'un artiste facile, tant ses concertos, ses sonates, ses suites de danses comportent d'étonnants trésors, pleins d'invention et d'audace.

C'est seulement dans les années soixante qu'allait se produire un renversement et qu'on commencerait à qualifier sa musique de « rétrograde », tout comme celle de ses aînés Francis Poulenc, Jacques Ibert, Arthur Honegger, Bohuslav Martinů, Alexandre Tansman... Obsessionnellement tournée vers l'avant-garde viennoise, la nouvelle génération se déchaînait alors contre une certaine « qualité française », également dénigrée par la Nouvelle Vague au cinéma. La modernité parisienne, aux rythmes insolents et aux couleurs vives, se voyait soudain jugée « conservatrice » et « néoclassique » par une jeunesse pressée de faire table rase. Jean Françaix, dans cette lutte, avait subi plus que les autres le mépris de l'avant-garde montante. Parce qu'il était encore en pleine activité, qu'il était un des plus doués et qu'il rappelait, jusque par son nom, une forme de tradition française.

En Angleterre, aux États-Unis, et plus encore outre-Rhin, le monde musical appréciait cette singularité. En France, pourtant, finissait toujours par apparaître cette accusation plus ou moins avouée selon laquelle il aurait été trop joué sous l'Occupation. De fait, ce jeune musicien ne s'était pas retiré pendant ces années sombres où la plupart des artistes continuaient à faire de la musique, du théâtre, de la peinture et de la littérature. À tort, sans doute, il avait participé à un groupe officiel de compositeurs parrainé par le nouveau régime pour défendre leur métier. Dès le début du conflit, il avait toutefois rompu avec son éditeur allemand au détriment de ses propres intérêts. Le simple mot de « collaboration » reste cependant une arme facile employée à tort et à travers. On l'a vu en 2015 après la mort de l'illustre compositeur Henri Dutilleux, quand la Ville de Paris refusa de poser une plaque sur son immeuble, sous prétexte que celui-ci avait obtenu, en 1942, une commande des autorités vichystes pour la musique d'un documentaire ! Il fallut un tollé du milieu musical pour contraindre la mairie à faire volte-face devant une accusation absurde visant un résistant notoire.

Françaix, lui, continue à payer. Ces dernières années encore, le responsable d'une grande institution musicale parisienne affirmait qu'il ne programmerait jamais sa musique du fait de son « comportement » sous l'Occupation. À quel titre parlait cet expert en comportements ? Il est probable, dans le cas de Françaix, que la faute politique supposée se conjugue à la faute esthétique de légèreté.

*

Tel était l'air du temps dans cette seconde moitié du XXe siècle, aussi peu propice à la fantaisie et au divertissement que le début du siècle leur avait été favorable. En France, pays des modes, l'heure était à l'avant-gardisme autoproclamé, radical et destructeur qui a relégué dans l'ombre toute une génération. Du moins Jean Françaix avait-il connu, partout dans le monde, suffisamment de succès pour qu'il fût impossible de l'effacer complètement. Ce ne fut pas le cas d'artistes plus jeunes, à l'instar de Jean-Michel Damase que j'allais voir dans son appartement du boulevard Malesherbes. Né en 1928, fils de la célèbre harpiste Micheline Kahn (qui avait créé l'*Introduction et Allegro* de Ravel), celui-ci conservait pour sa mère un attachement si fort qu'il vivait depuis sa mort dans un appartement plein de harpes, telle une étrange forêt. Il y consommait beaucoup de whisky et remplissait continuellement mon verre que je vidais en l'écoutant, passionné par cette nouvelle rencontre.

Enfant prodige, Damase avait impressionné Colette en composant des mélodies sur ses poèmes, puis il avait obtenu à dix-neuf ans le prix de Rome, récompense suprême des apprentis compositeurs. Il s'était tourné vers l'opéra avec la complicité de Jean Anouilh – dont les œuvres, elles aussi, ont disparu des théâtres publics, simplement parce qu'il était de droite et qu'il écrivait de vraies pièces. La comédie lyrique *Colombe*, de Damase et Anouilh, avait pourtant fait sensation à l'opéra de Bordeaux en 1961 ; tout comme le délicieux *Madame de*, d'après Louise de Vilmorin. Damase avait également composé des ballets comme la fameuse *Croqueuse de diamants* pour Zizi Jeanmaire et Roland Petit, sur un texte de Raymond Queneau, en un temps où la musique savante et le music-hall avaient encore mille choses à se dire. Puis le nom du compositeur avait disparu sous les vagues de musique sérielle. Francis Poulenc, un de ses modèles, lui avait donné le coup de pied de l'âne, en affirmant préférer les expériences de Boulez aux « suiveurs comme Damase » : lâcheté d'un grand artiste prêt à cracher sur un talentueux disciple pour se faire apprécier de jeunes loups qui méprisaient sa musique.

L'obsession du changement était la plus forte. En ces années cinquante-soixante, la vitalité se trouvait du côté des avant-gardistes, forts de leur ambition, de leur hargne, de leur volonté de détruire en invoquant certains dogmes historiques et scientifiques. La passion de la nouveauté semblait les désigner comme seuls représentants autorisés de l'Histoire dont ils ne cessaient de se réclamer. Seules quelques immenses figures comme le Russe Chostakovitch ou l'Anglais Britten avaient assez d'envergure pour résister à cette pression ; mais nul, en France, ne semblait opposer une alternative enthousiasmante aux fureurs révolutionnaires. Du moins la résistance fut-elle incarnée par un vrai combattant que j'allais connaître intimement dans les dix dernières années de sa vie.

Quand je passais le chercher dans le vaste appartement du quai Conti où il demeurait comme secrétaire perpétuel de l'Académie des beaux-arts, je n'avais jamais l'impression d'aller chez un notable, mais plutôt de retrouver un copain. Marcel Landowski avait un demi-siècle de plus que moi, ce qui ne l'empêchait pas de m'appeler « mon petit vieux » – alors qu'il était également plus petit. Après avoir lu un de mes textes sur la musique contemporaine, il m'avait contacté puis m'avait proposé de l'aider dans les fonctions qu'il cumulait depuis qu'André Malraux, ministre de la Culture, l'avait désigné en 1966 comme organisateur de la musique de France. Pierre Boulez, soutenu par le Tout-Paris, rêvait alors d'imposer ses vues. Ivre de rage, il était parti en Allemagne, tandis que sa cour mettait en scène le pseudo-exil d'un génie rejeté par son pays.

Landowski, lui, avait grandi dans une famille d'artistes illustrée par son père, sculpteur du christ du Corcovado, mais aussi son ancêtre le violoniste Henri Vieuxtemps. Marcel avait opté pour la composition, puis s'était lié d'amitié avec son aîné Arthur Honegger, tandis que Pierre Monteux dirigeait ses premières œuvres. Celles-ci ne manquaient pas de force et on peut réécouter sa première symphonie *Jean de la peur*, son concerto pour ondes Martenot ou son opéra *Le Rire de Nils Halérius*. Après sa nomination à la Direction de la musique, il avait toutefois quasiment renoncé à composer pour se tourner vers l'action publique.

Il avait encouragé le développement des conservatoires, des orchestres et des opéras en déshérence depuis la fin de la guerre. Trente ans plus tard, les musiciens d'orchestre et tout le prolétariat musical lui vouaient encore une sincère admiration pour les moyens qu'il avait mis en œuvre au service de cet art – en mobilisant les élus locaux et en les persuadant de développer leurs institutions. S'élevant contre les dogmes de la nouvelle avant-garde, il avait cherché à protéger la diversité des esthétiques. Puis, à la demande de Jacques Chirac, il avait développé la politique culturelle de la Ville de Paris. Titres et décorations semblaient l'amuser… jusqu'au rang de chancelier de l'Institut de France et de grand-croix de la Légion d'honneur. Il avait cependant la délicatesse de me traiter comme un camarade et me priait de le tutoyer. Je passais régulièrement le chercher pour des dîners improvisés dans des bistrots de Saint-Germain-des-Prés où nous faisions le point sur nos affaires ; et je le retrouvais quelquefois, le dimanche, dans sa maison de campagne de l'Oise.

Ensemble nous avions mis au point un dispositif destiné à faire connaître les multiples courants de la création en incitant les orchestres à créer des œuvres nouvelles. Marcel m'avait transmis sa foi dans le rôle de la puissance publique et, poussé par lui, j'étais moi-même devenu un organisateur de la vie musicale. Mais je garde surtout le souvenir d'un homme joyeux et malicieux. Quelques mois avant sa mort, j'étais allé le voir dans sa propriété de Cotignac, perchée sur une montagne du Var au milieu des vignes. Il m'avait conduit dans la cabane où il travaillait et où nous avions esquissé de nouveaux projets qui n'aboutiraient pas. Quelques mois plus tard, un cancer du poumon allait l'emporter, âgé de quatre-vingt-quatre ans, à l'Hôtel-Dieu, tout près de chez moi. Je le revois, inconscient, un masque à oxygène sur le visage ; et je pense à lui chaque fois que je passe devant ce portail, quai de Corse, par où sortaient les poubelles et les convois funéraires.

*

Ces artistes oubliés, moins grands peut-être qu'ils ne l'avaient rêvé, mais souvent meilleurs qu'on ne le dit, je les retrouve le soir dans mes machines à musique. J'ouvre une bière fraîche et choisis les morceaux qui m'accompagneront jusqu'à minuit passé. Je classe des papiers, je réponds aux courriels. Par moments, saisi par une soudaine angoisse, j'appréhende ce jour où tout va basculer sous les coups de la maladie et de la souffrance. Il me faudrait d'ailleurs, parmi ces 14 600 jours, compter le nombre d'heures, de nuits, de semaines, passées à m'inquiéter de ma santé et des épreuves physiques à venir. Je n'en connais encore que la version dentaire sous anesthésie ; ce qui me laisse entrevoir avec terreur un mal plus général et plus incurable. Pour l'heure, je suis vaillant, écoutant le joyeux finale du *Concerto pour piano* de Jean Françaix ou ses géniales *Danses exotiques* de 1957. À moins que je ne ressorte le *Trio* de Fauré, joué au piano par Jean Hubeau avec ses complices Raymond Gallois-Montbrun et André Navarra – ou le sublime *Horizon chimérique* du même Fauré : un disque introuvable de

1946, chanté par Gérard Souzay et accompagné par Jean-Michel Damase.

Des soirées parisiennes aux nuits vosgiennes, ces moments rythment ma vie. Je réécoute sans fin l'*Octet* de Steve Reich (spécialement cette entrée des pianos à 7'12''), puis j'entrouvre la fenêtre pour voir les étoiles auxquelles répond, pour la millième fois, l'enchantement de *Daphnis et Chloé*. En voyage, je ne manque jamais d'emporter dans mes valises *Le Baiser de la fée* de Stravinski dirigé par Markevitch, la *Troisième Symphonie* de Roussel ou les concertos d'Alexandre Tansman, autre compositeur parisien du milieu du XXe siècle. Polonais de naissance, Français par choix, glorieux dans les années trente, il fut balayé comme les autres sous les crachats de l'avant-garde des années cinquante, mais il a sa place dans mon trésor personnel où il côtoie les trios d'Erroll Garner (dont la main droite semble voler au-dessus de la main gauche qui galope), les fièvres de James Brown (ces enregistrements de *Body Heat* et *Get Up Offa That Thing*, dans lesquels les lignes de chœurs, basse, guitares et cuivres se répondent jusqu'à la transe), les slows langoureux de Barry White et leurs orchestrations géniales (surtout celles des années soixante-dix, avec le concours du directeur artistique Gene Page) ; ou encore les nappes de cordes de Jean-Michel Defaye dans un poème de Verlaine chanté par Ferré (*Il patinait merveilleusement*) ; et le jeu des trompettes bouchées dans *Comme un garçon*, enregistré à Londres par Sylvie Vartan dans des arrangements d'Arthur Greenslade.

Un été, à Étretat, j'ai séjourné à la Guillette, la villa construite par Guy de Maupassant après ses premiers succès. Elle appartenait désormais à Janine Vieuxtemps, professeur au Conservatoire de Paris et lointaine cousine de Marcel Landowski. Elle avait lu mes livres et je la voyais à la plage où elle aimait parler d'art ou de psychanalyse. Elle m'avait alors proposé de passer quelques jours chez elle, dans une chambre donnant juste au-dessus de la « caloge » : cette barque aménagée en appartement pour le domestique de l'écrivain et demeurée intacte depuis sa mort. Quand la nuit tombait, j'ouvrais la fenêtre et m'asseyais devant le petit bureau que je m'étais aménagé. J'imaginais alors, assis à la même place, cet auteur que j'adorais pour son regard, son style sans esbroufe, sa vérité crue et son humour noir. Puis, fidèle à mon habitude des heures tardives, je posais un casque sur mes oreilles avant de choisir une musique et de partir en voyage.

La Nativité d'Olivier Messiaen reste ma compagne favorite avec son temps suspendu, ses accords féeriques, et ses silences extraordinaires. Il me semble alors qu'une beauté inexplicable vient illuminer notre pauvre destin. Mais l'aventure se prolonge aussi sur les sentiers alpins et sur les glaciers de la *Symphonie alpestre* de Richard Strauss, où les amples vagues de cordes divisées me soulèvent jusqu'à l'extase. Et je conclus simplement, dans la nuit profonde, par la mélodie bien rythmée à trois temps d'une valse swing entonnée à l'accordéon par Gus Viseur, ou Tony Murena. Tel est mon bonheur le plus sûr et le plus nécessaire, celui qui donne sens à tout le reste : me laisser emporter par la beauté des lignes sonores, bondir de joie sur mon fauteuil en éprouvant ces émois rythmiques ou en contemplant ces effets d'orchestre d'où je tire un plaisir à la fois physique et mental : un plaisir qui donne de la profondeur au temps et qui teinte de couleurs la banalité de la vie.

6

Sexe et divagations

J'ai d'excellentes amies, quelques-unes très proches ; mais je n'ai guère souvenir d'avoir été attiré sexuellement par une femme. J'ignore pourquoi. C'est ainsi et, quitte à choquer mes contemporains, il m'a toujours semblé, sur ce point, me situer hors de la norme. Je n'en tire ni fierté, ni honte, ni souffrance. Je suis toutefois persuadé, contrairement à la doctrine de notre époque, que ce léger décalage n'est pas simplement un « genre » comme un autre.

Il m'est bien arrivé, entre vingt et trente ans, de connaître quelques aventures féminines ; mais ce fut le plus souvent à leur initiative et comme un défi que je m'imposais, un effort intéressant pour ce qu'il m'enseignait de la différence des sexes, mais qui ne répondait à aucun désir impérieux. De telles expériences se sont faites ensuite plus rares, puis inexistantes, cependant que mes pulsions se polarisaient sur les hommes.

Malgré ce caractère affirmé de mes penchants, j'ai horreur des gens qui dans une généreuse ouverture d'esprit trouvent sympathique de me désigner d'emblée comme « un homosexuel ». Il ne me semble pas très juste, en effet, de définir l'essentiel d'une personnalité par cette orientation qui n'est pas, selon moi, la matrice de notre être, mais un des aspects de son organisation. Notre époque aime appréhender l'humain par ce biais, comme en témoigne l'incessante activité psychologique des médias, de la littérature, du cinéma, où tant de protagonistes éprouvent le besoin de placer leur sexualité au centre de tout. Je ne suis pas d'accord ; mais puisque je suis écrivain, romancier, et décidé à éclairer ce que fut ma vie durant ces 14 600 jours, il me semble intéressant d'apporter sur la question quelques précisions qui me situent aux antipodes de la supposée « communauté LGBTQIA+ ».

Je le proclame donc sans détour : l'hétérosexualité, à mon avis, constitue bel et bien la norme, et l'homosexualité un écart, quoi que dise une propagande désireuse d'entretenir la fiction d'une équivalence entre tout et son contraire. Ce décalage est assez fréquent pour n'être, heureusement, plus répréhensible dans une société évoluée. Il s'impose à des individus qui ne l'ont pas cherché et qui, toute leur vie, s'en accommoderont avec plus ou moins de succès. Quantité d'autres désordres touchent d'ailleurs, plus largement, la sexualité humaine. L'hétérosexualité a ses propres fantaisies. Elle demeure cependant plus « normale », parce que plus instinctive et largement majoritaire. Pour ces raisons, un jeune homosexuel sera toujours porté à s'interroger sur les raisons qui ont fait de lui un « minoritaire » – tandis qu'un hétérosexuel échappe à ce genre de question. On aura beau s'acharner à gommer les stéréotypes, à modifier les lois et à pénaliser le langage, l'homosexualité restera perçue par le plus grand nombre comme une « différence » susceptible de nourrir chez certains l'inquiétude, voire la méfiance ; ce qui conduit l'homosexuel à se percevoir lui-même comme un peu différent des autres.

Voilà une donnée que certains acceptent en assumant ce qu'ils sont. Voilà ce que d'autres combattent rageusement d'une façon qui a changé avec le temps. Hier ils refusaient leur sexualité qu'ils s'efforçaient d'endiguer en menant des doubles vies ou en entrant dans les ordres. Aujourd'hui, ils dénoncent partout une persécution qui, à mesure qu'elle diminue, serait de plus en plus responsable de leur incurable malheur. Ils échafaudent la fiction d'une nature sans genre, se marient, fondent des familles calquées sur les familles naturelles quitte à recourir à d'extravagantes procédures de procréation. Ils dénoncent tout ce qui, dans la société, risquerait de leur rappeler qu'ils sont minoritaires et donc différents des autres. Mais ce vain combat ne parvient qu'à aiguiser encore leur souffrance et le sentiment d'être victimes de cette force insupportable qui a pour nom la réalité.

J'ai ainsi l'impression que le « lobby gay », comme on le désigne parfois, avec ses groupuscules militants, regroupe des personnalités foncièrement *honteuses.* Ceux qui autrefois se dissimulaient s'évertuent, désormais, à nier leur différence par une revendication sociale toujours insuffisante pour les apaiser. C'est pourquoi ils mettent une telle ardeur à débusquer de nouvelles discriminations, de plus en plus minuscules, censées empoisonner leur vie, ce jusque dans les recoins les plus improbables du monde sportif, de l'armée ou de la police… – autant de sphères issues du vieil ordre hétérosexuel, mais au sein desquelles celui-ci devrait être éradiqué comme s'il s'agissait d'un combat de première urgence. Quant à moi, je me réjouis que l'homosexualité n'ait plus à se masquer – jusque dans ces campagnes où je vois des « couples de même sexe » vivre très librement parmi les autres. J'approuve cette évolution et déplore qu'une minorité de la population, soumise à un ordre religieux archaïque, adopte parfois encore des comportements « homophobes ». Mais je trouve absurde de vouloir faire de ce léger décalage une norme – comme le prétend une poignée de pseudo-scientifiques lesbiennes des universités nord-américaines, imitées par des militants des quatre coins du monde qui s'appuient sur la figure du transsexuel pour établir un modèle universel !

Leur combat emblématique aura été celui du « mariage pour tous » : cette imitation de l'ordre hétérosexuel qui autorise *enfin* les gays costumés à s'embrasser sur les perrons des mairies avant de jouer au papa et à la maman. C'est le triomphe du kitsch, l'apothéose des stéréotypes du couple et de la famille que l'homosexualité militante des années soixante-dix combattait avec raison, malgré un discours gauchiste parfois bébête, en prônant l'amour libre et en dénigrant le modèle familial. Les homosexuels auraient pu se satisfaire de certains droits liés à la vie commune, tout en évitant une inutile confrontation avec les tenants du mariage traditionnel. Ils ont préféré humilier ces derniers en s'appropriant leurs conventions, comme pour nier leur différence après l'avoir longtemps revendiquée – et au lieu de simplement l'accepter.

Le concept même de *gay*, importé des États-Unis, s'est en effet d'abord caractérisé par l'extension d'une pratique sexuelle aux dimensions d'un *style de vie* incluant des modes vestimentaires, des goûts musicaux ou cinématographiques, la fréquentation de lieux et de quartiers réservés. Ce style communautaire pouvait même apparaître comme un des instruments diffusant partout les mœurs nord-américaines. Ce point me frappait dans les années quatre-vingt-dix quand je découvrais, au fil des voyages, combien les supposés « lieux de drague » et de rencontre ressemblaient toujours à des places avancées de la mondialisation par la langue qu'on y parlait, la musique qu'on y écoutait, les références qu'on y invoquait, ou cette façon de désigner la Russie comme le sanctuaire de toutes les barbaries, sous prétexte que la Gay Pride n'y avait pas pignon sur rue. Aujourd'hui, toutefois, alors que le mariage hétérosexuel est devenu si fragile dans une société où l'on divorce à tour de bras et où les familles se délitent, la culture gay prétend faire du vieux modèle familial son nouveau marqueur.

Les militants radicaux-honteux vont également plus loin en regroupant toutes les pratiques non hétérosexuelles au sein d'une sorte de parti dont l'acronyme ne cesse de s'étendre. Ils ont beau affirmer que toutes les orientations sont équivalentes, ils ont inventé cette communauté de bras cassés et autres freaks de la libido. L'homosexuel se voit ainsi prié de rejoindre une entité plus vaste provisoirement qualifiée de LGBTQIA+ (« lesbiennes, gays, bisexuels, transsexuels, queers, intersexuels, asexuels et autres »), censée former un groupe social cohérent, soudé par des revendications communes… quand bien même nombre de gays se fichent de se marier comme d'avoir des enfants et ne se sentent aucun point commun avec les lesbiennes, les trans ou les intersexuels. Mais c'est le principe des groupes militants que d'interpeller, comme s'ils portaient réellement des revendications collectives.

À cette conception, je préfère donc la mienne, selon laquelle l'orientation sexuelle est un aspect de la personnalité qui se développe irrésistiblement et dont il faut s'accommoder. Une partie de ma vie fut ainsi fondée sur la recherche d'actes précis – la question de l'amour ne me préoccupant guère durant ces quêtes passant par des bars, des lieux obscurs ou des rencontres plus inattendues. J'étais cependant frappé par la cruauté qui régnait dans ces lieux où chacun n'était qu'un objet de l'imagerie des autres, devant répondre à certains stéréotypes pour obtenir satisfaction (quand certains hétérosexuels imaginent, à tort, le monde gay comme un vaste lupanar ouvert et tolérant). Une libido assez faible limita heureusement ces frasques et m'épargna le sida. J'éprouvais également de passagers besoins de tendresse et succombai à d'autres clichés dans le bras de jeunes gens plus ou moins prostitués avec lesquels je m'imaginais vivre des amitiés amoureuses. Il m'arriva d'entraîner en vacances un camarade musulman qui maudissait l'alcool, l'Amérique et les gays – mais qui buvait des bières, portait des Nike et couchait avec moi. Ces pulsions qui m'animaient éveillaient des questions sur le caractère de l'homosexualité, et je me demandais parfois si celle-ci ne serait pas, par nature, une construction de l'esprit, un fantasme visant à atteindre, entre personnes du même sexe, un degré de naturel quasiment inaccessible.

*

Dans un livre de 1998 intitulé *Sexe et Solitude*, mon ami Bruce Benderson montrait comment la sexualité, dans toutes ses variantes, commençait à se replier sur les écrans d'ordinateur qui offraient à chacun une fantasmagorie ouverte et peu dangereuse. Ce texte faisait suite à son observation des transformations de Manhattan où il avait assisté à la fermeture des lieux de mauvaise vie. Autour de la VIIIe Avenue, la prostitution commençait à faire place à l'hôtellerie familiale sous la houlette de la Disney Company. Toutes les formes sulfureuses de sexualité semblaient condamnées à quitter l'espace public pour rejoindre le monde virtuel et contribuer à son développement.

Vingt ans après, le phénomène n'a fait que s'amplifier pour des raisons qui ne tiennent pas seulement à l'offre extraordinaire d'images fournies par internet, mais encore au côté peu risqué de cette consommation en regard de pratiques devenues périlleuses. Après des siècles de couples arrangés, d'amants et de maîtresses qui assuraient l'équilibre de la sexualité, la double vie n'est plus si simple en notre époque supposément libérale. Croyant se débarrasser de l'hypocrisie bourgeoise, elle a fait du moindre écart une affaire d'avocats ; puis le soupçon de harcèlement a transformé la séduction en un jeu dangereux. À quoi s'ajoute, pour beaucoup d'homosexuels, la difficulté de trouver satisfaction dans ces « lieux de drague » aussi impitoyables que sordides.

Sur internet au contraire et sur les millions de sites

disponibles, tout paraît simple, harmonieux, facile et joyeux. Le paradis sexuel n'est plus inaccessible mais passe par une offre abondante dans laquelle aucune catégorie n'est oubliée. Que vous aimiez les durs ou les doux, les vieux ou les jeunes, les animaux ou les hommes, tout est à votre disposition sans danger – sous réserve de ne pas franchir certaines lignes rouges. Certains sites entretiennent néanmoins la confusion. Leurs soi-disant majeurs ont l'air de mineurs. Un esprit suspicieux s'inquiéterait que toutes ces données personnelles, enregistrées sur les serveurs, finissent par se transformer en preuves à charge, au gré des intérêts et des politiques du jour. Les faits n'en sont pas moins là : le sexe en ligne paraît globalement plus facile et moins dangereux que le rapport sexuel concret ; il est seul en mesure de répondre à cette maladie masculine répandue qui consiste avec l'âge à en vouloir toujours davantage, sans subir pour autant une foule d'ennuis.

Mon vieil ami Marcel Schneider me racontait qu'un de ses proches, octogénaire, éminent historien, passait ses journées à « se branler » en regardant des photos sur internet. C'était désolant mais c'était plus fort que lui. Du moins évitait-il, en agissant de la sorte, certains égarements de la sexualité que notre époque assimile facilement à des conduites criminelles. J'y songeais l'autre jour en découvrant, dans *Vosges Matin*, comment le peloton de gendarmerie de montagne s'était mobilisé, au lac de Longemer, pour surprendre un pauvre type suspecté de s'être masturbé dans les toilettes publiques proches du lac. On ne s'était pas contenté de le traiter de gros dégueulasse ou de laisser faire (dans ma jeunesse, au

Moulin, un vieil obsédé se promenait dans les environs, bite à l'air, ce qui n'était pas très ragoûtant mais nous faisait rire). Désormais tout avait changé. Dix gendarmes étaient intervenus pour arrêter cet homme, le mettre en garde à vue et le dénoncer dans la presse locale comme un dangereux pervers sous ce titre dérisoire : « Il se masturbait aux abords du lac de Longemer ».

Un tel fait divers plaide pour le sexe en ligne. Et je ne déteste pas moi-même ces exhibitions dans lesquelles s'ajustent des corps parfaits, comme si rien n'était plus simple et plus plaisant. On finit par s'attacher à certains protagonistes qu'on a plaisir à retrouver d'un film à l'autre et dont on attend les nouvelles aventures. Je m'étonne seulement de voir certains magazines branchés aborder comme un simple divertissement moderne cette industrie du fantasme, quand il n'est pas toujours si glorieux de vendre sa propre barbaque, ni de tenir sa notoriété d'actes répétitifs où seuls le scénario, le décor et les partenaires varient. Les vedettes finissent souvent mal. Les ardents jouvenceaux prennent l'allure de vieilles putes fardées. Après la gloire de leurs membres ne reste que l'ordinaire de la vie. Je m'en voudrais toutefois de jeter l'opprobre sur une pratique tellement répandue, qui apporte tant de plaisir à tant de consommateurs en simplifiant leur existence.

*

En 1995, dans *Gaieté parisienne*, je brossais un tableau satirique du milieu gay parisien. Le héros, trentenaire, s'éprenait d'un étudiant en économie et s'aventurait avec lui dans le microcosme homosexuel, les lieux de rencontre et les cercles militants où il se sentait pour le moins décalé. Ce livre avait produit des réactions contrastées : certains activistes gays s'indignant de me voir tourner en dérision un style de vie si fièrement conquis ; cependant qu'une partie du même milieu avait trouvé le roman amusant et l'avait recommandé dans ses magazines spécialisés.

Sa parution fut l'occasion de rencontrer Bernard Minoret, personnage très parisien qui avait longtemps incarné, dans la société mondaine, une forme d'homosexualité assumée. Je l'avais croisé quelques années plus tôt quand Jean Lafont m'avait prié de lui rapporter un livre. Les deux hommes s'étaient côtoyés chez Marie-Laure de Noailles, et demeuraient amis sans se voir... Mais sans doute étais-je passé trop tôt, muni du précieux volume : Bernard, mal réveillé, s'était contenté d'apparaître en robe de chambre dans le hall de l'immeuble, rue de l'Université. Son regard s'était dirigé vers le livre sans s'arrêter sur moi. L'échange avait duré quelques instants ; et c'est seulement dix ans plus tard, ayant lu *Gaieté parisienne*, qu'il avait cherché à me rencontrer.

Né en 1928, fils unique d'une famille bourgeoise parisienne, il avait pris conscience très tôt de ses penchants et refusé d'en faire un secret. À vingt ans il avait vécu avec James Lord, un Américain passionné d'art, connu pour ses travaux sur Picasso et Giacometti. Leur fréquentation des milieux snobs où les mœurs étaient plus libres simplifiait les choses. Bernard avait en outre l'avantage d'être un rentier heureux, ses principales occupations consistant à lire, voir des expositions, aller au théâtre et organiser de longs apéritifs où on bavardait en buvant du champagne. C'est ainsi que je m'étais rendu chez lui une première fois, puis que nous étions rapidement devenus amis. Aucun sujet n'était tabou. La soirée se prolongeait par un dîner en compagnie de l'élégante Hélène Rochas, du boulevardier Jean-Pierre Gredy, de Leslie Caron et de quelques proches : Jacques, Claude, Geneviève, Carlos, Michael… On se téléphonait le lendemain matin pour les commentaires.

Bernard était curieux des autres, drôle et très cultivé. Il servait d'encyclopédie vivante et d'arbitre du goût à nombre d'artistes et d'écrivains qui lui faisaient relire leurs manuscrits, tant pour bénéficier de ses connaissances que de sa sensibilité et de son instinct. Il était capable, alors, de passer des heures à vérifier un détail et donnait aux autres tout le travail qu'il ne consacrait guère à ses propres œuvres.

Grand, massif, le crâne lisse comme un œuf, toujours costumé et cravaté, il se vantait aussi, à soixante-quinze ans, de draguer et d'être dragué. De mon côté je n'éprouvais aucune attirance pour un homme plus âgé que moi, mais nous parlions librement de sexualité. Aimant les détails crus, il brûlait soudain, au milieu d'un apéritif, de savoir si les homos se « bouffaient le cul » aujourd'hui plus ou moins qu'hier. Mais il croyait également à une forme de « supériorité » homosexuelle qu'il avait proclamée par défi en un temps où cette particularité demeurait honteuse. Il vantait la qualité du « goût homo », supposément plus raffiné que celui des mâles hétéros qu'il jugeait vulgaires, et je refusais de le suivre sur ce point, même si mes propres goûts pouvaient passer précisément pour « homosexuels » : telle cette passion de l'opérette et des musiques démodées. Les œuvres que j'aimais possédaient pourtant, me semblait-il, une valeur absolue que n'importe qui serait susceptible de reconnaître. L'idée que l'amour d'Offenbach, le goût subtil ou la curiosité du passé soient l'effet d'une pulsion sexuelle minoritaire me semblait humiliante et j'opposais à Bernard de vivants contre-exemples hétérosexuels : comme David Rochline, ami si raffiné qui s'était bâti une sorte de palais enchanté où il recevait sur une fausse place provençale, et servait le thé sous un ciel étoilé en parlant de films en noir et blanc ou de chanteuses de music-hall.

Nous nous accordions en revanche, avec Bernard, pour pointer les ridicules de la société « gay » avec ses débardeurs et ses crânes rasés, son drapeau arc-en-ciel, sa déprimante Gay Pride qui réduit l'imagerie homosexuelle à une caricature en slip, et enfin son aspiration au mariage et à la famille. À tout cela Bernard opposait une conception libre de l'existence fondée sur la religion du plaisir. Cet idéal devait toutefois révéler ses limites. Car lorsque Bernard, à quatre-vingts ans passés, cessa de pouvoir vivre selon ses douces habitudes ; et quand des affections physiques lui interdirent de sortir à sa guise et le clouèrent au lit, perclus de douleurs, il s'effondra devant l'épreuve, refusant le combat et la maladie auxquels sa vie l'avait si peu préparé, puis il se laissa glisser vers la mort.

Entre-temps, ma propre existence avait changé avec la rencontre de Jean-Sébastien qui avait fait évoluer mon point de vue sur l'amour. Car si l'histoire, une fois encore, avait commencé comme un fantasme devant ce jeune homme de vingt ans, elle allait prendre un ton passionnel puis se prolonger dans un sentiment tout différent : ce besoin d'être auprès de la personne qu'on aime et de vivre ensemble.

7

Littérature

Le 8 novembre 2000, un grand dîner était organisé après la remise du prix de Flore, rendez-vous parisien de la littérature branchée. Comme chaque année, la soirée avait commencé, dans le célèbre café de Saint-Germain-des-Prés, par un cocktail où une foule excitée de jeunes gens modernes se rassemblaient pour boire du champagne et découvrir le nom du lauréat. La fête se poursuivait entre *happy few* à la Closerie des Lilas, la brasserie de Montparnasse où j'étais arrivé parmi les premiers en même temps que Michel Houellebecq, écrivain-phare du roman français depuis le triomphe, deux ans plus tôt, de ses *Particules élémentaires.*

Contents de nous retrouver, nous nous étions installés à une petite table à l'entrée de la salle à manger, rejoints par Jean-Jacques Schuhl qui venait d'obtenir le prix Goncourt pour *Ingrid Caven* et s'était spontanément assis avec nous. Notre présence commune sous les yeux du Tout-Paris littéraire me mettait en valeur. Moins illustre que mes voisins, j'étais ici leur ami et leur égal, quand bien même j'éprouvais parfois une impression contraire.

Il me semblait en effet que j'avais, comme écrivain, quelques difficultés à me faire prendre au sérieux.

Les choses avaient mal commencé dès mon premier roman, *Sommeil perdu*, qui n'avait connu aucun succès, en 1985, malgré quelques critiques élogieuses, comme celle de Jérôme Garcin grâce à qui le livre était paru chez Grasset. J'avais perçu, en revanche, le regard sceptique porté sur ma personne par certains lecteurs. Quand il me semblait accomplir un immense bond en avant, des voix s'évertuaient à me faire régresser. Dans un salon de province, une grosse fille avait soulevé mon roman du bout des doigts avec un dégoût manifeste ; puis elle avait feuilleté quelques pages avant de le reposer de travers sur la pile. Soudain, me fixant de ses yeux mauvais, elle avait demandé : « Pourquoi ils t'ont publié ? » Cette attitude dédaigneuse se trouvait peut-être aggravée par le fait que l'éditeur, cherchant une idée pour me lancer, avait cru bon de rappeler sur la couverture ma qualité de descendant du président Coty – ce qui n'avait pas grand intérêt mais pouvait donner l'impression que je bénéficiais d'un piston réservé aux classes supérieures.

Je n'en faisais pourtant guère partie en ces années très désargentées où j'avais d'abord poussé des chariots dans les sous-sols du Bazar de l'Hôtel de Ville, avant de gagner ma vie en pianotant dans les cours de danse. Mais sans doute étais-je aussi responsable de cette situation, tant je m'étais montré pressé de publier ; si bien que ce premier roman, paru l'année de mes vingt-cinq ans, était très imparfait. Des recherches d'écriture qui se voulaient encore modernes s'y mêlaient au désir imprécis de parler du monde qui m'entourait. N'ayant ni la radicalité des tenants de *l'écriture* expérimentale, ni le brio des nouveaux « hussards » qui entraient en littérature en racontant des histoires avec une aisance persifleuse, je me situais « ailleurs », selon la formule du ministre de l'époque Michel Jobert. Les maladresses du livre en masquaient les qualités… Ce qui ne m'empêcherait pas, au cours des années suivantes, de montrer la même impatience. Je changeai ainsi d'éditeur dès mon second livre, *Les Vaches*, qui suscita une attention plus faible encore par son sujet. Puis j'atterris pour mon troisième roman dans la collection L'Infini dirigée par Philippe Sollers qui me faisait entrer dans le saint des saints de l'édition française : chez Gallimard.

Le succès pourtant se faisait toujours attendre, alors même que mon propos commençait à se préciser : avec *L'Amoureux malgré lui* en 1989 (dont le jeune héros est harcelé sexuellement par les femmes) ; puis avec *Tout doit disparaître* en 1992 (dans lequel je racontais la dérive d'un journaliste des journaux culturels à la presse porno, en passant par un reportage dans un parc de loisirs). Le feuilletoniste du *Monde*, dans une critique assassine, avait comparé ce morne tableau de la France contemporaine avec le roman d'un autre écrivain de mon âge, paru aux Éditions de Minuit, qui l'avait impressionné par ses trouvailles raffinées. La drôlerie que je croyais avoir mise dans mon livre lui avait totalement échappé. L'opposition se précisait entre une prose du quotidien, dénigrée comme plus ou moins journalistique, et une littérature fondée sur la sophistication du style. Seuls quelques chroniqueurs encore inconnus – Frédéric Taddeï dans *Actuel*, Jérôme Leroy dans *Le Quotidien de Paris*, Frédéric Beigbeder dans

Le Figaroscope – m'évitèrent un échec total. Mais, une nouvelle fois, j'avais raté mon coup et, déprimé, j'allai me réfugier à New York pour un long séjour. De retour à Paris, je trouvai dans ma boîte aux lettres deux cartes postales qui allaient me remonter le moral. Sur la première qui représentait un tableau de Fernand Léger, Milan Kundera disait avoir « beaucoup beaucoup » aimé mon roman. L'autre, signée de Guy Debord, montrait ce mur sur lequel il avait inscrit dans les années cinquante : « Ne travaillez jamais. » Je leur avais envoyé *Tout doit disparaître* sans imaginer qu'ils prendraient le temps de le lire.

À l'évidence, pourtant, quelque chose compliquait mes relations avec le monde journalistico-littéraire ; ce qui n'allait pas s'arranger avec mes livres suivants : *Requiem pour une avant-garde* (un essai sur la musique contemporaine) et *Gaieté parisienne* (une satire du microcosme gay). Mieux remarqués que les précédents, ils suscitèrent de violentes attaques issues du milieu musical (où les bouleziens décrétèrent que j'étais un « fasciste »), puis d'une poignée de militants gays indignés. Je m'attirai certes de nouvelles sympathies, comme celle de Claude Lévi-Strauss, et aussi d'une partie de la droite heureuse de ces outrages à la modernité ; mais je montrais un réel talent à susciter l'antipathie d'une certaine gauche. En 1999 un article de la revue *Technikart* me désignait comme « l'homme le plus détesté de Paris » après la parution de mon roman *Les Malentendus* (dans lequel une bourgeoise BCBG s'éprend d'un immigré clandestin, tandis que son fiancé, militant antiraciste, éprouve une peur croissante des racailles). J'aurais d'ailleurs bien voulu être détesté à ce point pour en tirer une véritable reconnaissance, mais ce n'était même pas le cas : tout juste m'avait-on collé l'étiquette de « réactionnaire » et qualifiait-on mes romans de « caricaturaux ».

Cette mauvaise réputation contrastait pourtant avec la sympathie que je suscitais facilement. Un soir, lors d'un autre cocktail littéraire, la responsable des pages culturelles de *Paris Match*, qui refusait d'évoquer mes livres dans son magazine, était tombée sur moi, le sourire étonné :

— C'est vous ? Je vous imaginais avec le crâne rasé ! Vous avez l'air sympa.

Après quelques minutes de conversation, faisant amende honorable sur ses préjugés, elle m'avait sollicité pour écrire dans son journal. D'un livre à l'autre, toutefois, je courais toujours après la reconnaissance littéraire. Me manquait, à l'évidence, cette « carte » parisienne qui, telle une bonne fée, vous prodigue d'emblée un accueil favorable. J'avais pourtant le sentiment, depuis quelques années, de contribuer au changement de cap du roman français. Deux ans après *Tout doit disparaître*, le succès d'*Extension du domaine de la lutte* de Michel Houellebecq m'avait comblé de joie : d'abord par sa lecture (cette découverte si rare et délectable d'un texte dont on aurait aimé écrire chaque ligne) ; ensuite par l'impression qu'une certaine attitude nous rapprochait : une même volonté de sortir des ateliers d'écriture pour parler du monde contemporain. Les pontes du goût littéraire ne l'avaient pas vu venir : les uns dénigrant son supposé « manque de style » (je pensais exactement le contraire), les autres persiflant son côté sombre et morbide sans en percevoir le comique. Tous se raccrocheraient bientôt au train Houellebecq comme si, en passant à côté de son triomphe, ils craignaient de passer à côté de l'Histoire. Ma proximité amicale et littéraire avec Michel ne modifiait pas toutefois le regard qu'on portait sur moi.

Ma cote allait remonter à la faveur d'autres événements. En 1997, d'abord, Milan Kundera écrivit dans *Le Nouvel Observateur* un article louangeur sur mon livre *Drôle de temps*. Puis, en 2001, Marcel Schneider, président de l'illustre prix Médicis, allait intriguer habilement pour couronner mon roman *Le Voyage en France*, quitte à susciter la colère d'une partie du jury. Trois membres quittèrent le déjeuner en signe de protestation, indignés qu'on pût attribuer un grand prix à un écrivain futile. Plus cordial, Alain Robbe-Grillet, qui avait voté contre moi, resta sur place tout en m'expliquant que mon livre était passéiste… sous-entendu qu'il s'éloignait de la voie ouverte par lui cinquante ans plus tôt. Du jour au lendemain je me retrouvai à la une, transformé en personnalité « qui monte », selon le baromètre des magazines. Mes ventes passèrent de quelques milliers à plusieurs dizaines de milliers d'exemplaires. Pourtant, de malentendu en malentendu, ce prix Médicis qui ne couronnait pas mon meilleur livre était encore insuffisant.

Peut-être y avait-il en effet, dans mes romans, un autre défaut qui expliquait ma peine à me faire prendre au sérieux : à savoir précisément ce manque de sérieux qui m'avait toujours fait aimer Molière, Alphonse Allais, Offenbach et les dessins de Sempé, sans oublier les films de Monicelli, Risi, Comencini et leurs « nouveaux monstres ». Loin des confessions troubles et des monologues sophistiqués qui passaient pour le nec plus ultra de la littérature moderne, j'aimais l'idée du « divertissement » alliée à une forme de regard social distancié. Je m'efforçais même d'écrire une langue claire, toujours plus éloignée des sophistications de cette prose poétique où j'avais vu, d'abord, le chemin de toute modernité. Les jeunes critiques diplômés en lettres modernes croyaient, eux, dur comme fer à ce dogme provisoire selon lequel chaque auteur n'a d'autre mission que d'inventer sa propre *écriture*. Il me semblait au contraire que la véritable audace, après un siècle d'expérimentations, serait peut-être de retrouver une langue commune.

Pour ces diverses raisons, certains journaux et magazines qui façonnent le bon goût, prescripteur en librairie, ne m'ont jamais accordé une seule ligne – fût-ce pour me dénigrer. Cette ignorance fut heureusement compensée par la fidélité du *Figaro* et parfois de journaux « de gauche » comme *Le Nouvel Observateur*, *Libération* ou *L'Humanité*. Je n'en ai pas moins éprouvé ce sentiment d'une petite malédiction se répétant roman après roman, comme s'ils passaient toujours à côté du concours de circonstances favorable et du *vrai succès* que ma prose aurait pu recueillir. Je courais après ces chiffres de vente qui, seuls, me permettraient de ralentir le rythme frénétique de mes activités lucratives – comme cette association musicale lancée de concert avec Marcel Landowski, puis avec le chef d'orchestre Jean-Claude Casadesus. Si toutefois le best-seller se faisait attendre, je rassemblais désormais un public assez nombreux et fidèle pour pouvoir publier, être lu, traduit et repris en poche – ce qui n'était déjà pas si mal !

*

Les amitiés compensaient les difficultés. Peu après la parution de *Sommeil perdu*, j'avais fait connaissance de Jean-Pierre George qui allait devenir le plus joyeux et le plus attentif des compagnons. Il avait beaucoup fréquenté Guy Debord dans les années soixante et appliquait, à sa façon, le fameux précepte « ne travaillez jamais ». Passé par diverses aventures entre les journaux et les tréteaux, il avait le don de transfigurer chaque moment de l'existence en y ajoutant mise en scène et fantaisie. Son regard confiant autant que bienveillant m'a soigné de toutes les peines jusqu'à sa mort à l'île du Levant en septembre 2020.

J'avais également sympathisé lors d'un salon du livre avec Morgan Sportès, un écrivain plus âgé que moi, déjà auteur de plusieurs ouvrages. L'attention qu'il avait portée à mon premier roman m'avait flatté ; puis nous avions continué à nous voir et il m'avait présenté le très fantasque Jean-Edern Hallier, sur le point de relancer son journal pamphlétaire *L'Idiot international*. J'avais alors rejoint cette bande où la droite se mêlait aux communistes pour mieux attaquer les socialistes au pouvoir. Cette position n'allait pas améliorer ma respectabilité mais elle m'assura, pendant plusieurs années, une joyeuse camaraderie au rythme des apéritifs à la Closerie des Lilas, des week-ends à l'hôtel Normandy et des soirées données par Jean-Edern en son appartement, place des Vosges, où des lolitas de banlieue faisaient du gringue aux académiciens français et aux pontes de la CGT.

Début 1997, je retrouvai Morgan devant la dépouille de ce grand loufoque dont j'admirais les talents d'humoriste déjanté.

J'allais surtout rencontrer Jean-Jacques Sempé que j'admirais depuis l'enfance comme « Sempé ». Encore lycéen, je feuilletais avec délectation *Tout se complique* et *Sauve qui peut.* Quand les romans supposés d'avant-garde me semblaient si vides, son œil avait tout vu de notre époque et d'abord son comique involontaire. Sachant mon admiration, un ami commun m'avait invité à un dîner avec lui et j'avais vu apparaître ce merveilleux artiste sous les traits d'un homme encore jeune, élégant, avec qui j'aurais aimé sympathiser… Mais un autre convive avait parlé pendant tout le repas, si bien que nous avions seulement échangé quelques mots. Je lui avais alors envoyé mon roman *Gaieté parisienne* et il s'était amusé de ce tableau du « gay Paris » ; puis je m'étais rendu dans son atelier, place Saint-Sulpice, où j'avais découvert ses immenses dessins, si riches en détails et si poétiques. Notre amitié naissante se nourrissait également de chansons de Ray Ventura et de Paul Misraki que je diffusais le samedi matin dans « Étonnez-moi Benoît », ma nouvelle émission sur France Musique. Puis Sempé allait dessiner les couvertures de mes livres de poche. Mais j'aimais aussi ces moments, sur les pistes enneigées, où il filait skis parallèles avec une élégance des années soixante… avant de nous retrouver au Café de la mairie du VIe arrondissement où ce provincial semblait si parisien.

D'autres amitiés s'étaient nouées autour de la revue *L'Atelier du roman*, créée en 1993 par Lakis Proguidis, un Grec passionné de littérature. J'y participai dès le premier numéro et me rapprochai de l'écrivain Philippe Muray qui, lui-même, venait de claquer la porte des milieux d'avant-garde, tout en amorçant une époustouflante critique des mœurs contemporaines. Je le retrouvais aux soirées de la revue où j'attirai Houellebecq et Sempé. Le lendemain à déjeuner, Milan Kundera m'accordait son attention amicale. Quand j'étais déprimé, il me disait de sa voix douce : « Alors c'est que tu commences à être raisonnable. » L'été, parfois, je le rejoignais avec son épouse Vera dans leur appartement du Touquet où je passais quelques jours ponctués de promenades. Nous marchions tous trois en bavardant, les pieds dans l'eau, lui de sa grande taille à peine courbée par l'âge, elle jolie, rieuse, rapide et attentive. Les mouettes plongeaient puis semblaient jaillir des vagues à côté de nous. On aurait dit un dessin de Sempé.

*

Après avoir écrit plusieurs tableaux comiques de la France contemporaine, je me suis lancé dans quelques fictions aux engrenages kafkaïens. Ce fut d'abord *Service clientèle*, roman bref et obsessionnel où le narrateur, qui a perdu son téléphone portable, s'efforce durant tout le récit d'entrer en contact avec son opérateur. Ce « roman bref » fut bien accueilli et je trouvai un matin, dans ma boîte aux lettres, un contrat pour plusieurs livres, assorti d'une grosse avance. Telle était une des méthodes chères à Claude Durand, le patron des éditions Fayard, célèbre éditeur de Soljenitsyne et traducteur de García Márquez. Il me voulait dans sa maison… malgré mon attachement à celle qui avait édité presque tous mes livres. Un accord amical avec Antoine Gallimard me permit alors de publier tantôt chez l'un, tantôt chez l'autre. Mais ce nouveau contrat allait aussi faire de moi, durant les années suivantes, un auteur très actif, censé finir un roman chaque année. Cette façon de travailler encourageait mes défauts ; elle constituait aussi un stimulant, à quarante ans passés, alors que grandissait mon plaisir d'écrire, loin des tortures qu'avaient exigées mes premiers livres.

J'improvisai ainsi en quelques semaines *La Petite Fille et la Cigarette* au rythme d'un chapitre quotidien, alternant avec des bains de mer à Étretat. Houellebecq m'avait suggéré un jour : « Tu devrais essayer l'anticipation » ; puis j'avais eu cette idée : un condamné à mort exige sa dernière cigarette dans un pénitencier devenu non-fumeurs. Je voulais en faire une nouvelle. « Non, un roman », m'avait répondu Kundera. Ce livre allait me combler avec vingt traductions, des États-Unis à la Chine en passant par la Russie, l'Espagne ou l'Italie. Sans être un best-seller, il eut beaucoup d'écho et se vit même plagié par Shia LaBeouf, star disjonctée de Hollywood qui recopia mon texte agrémenté de dessins ! Un petit scandale suivit dans la presse américaine. En République tchèque, *La Petite Fille* fut adapté et joué dans toutes les villes du pays. Accompagnant la tournée pendant quelques jours, je découvris des salles pleines d'un public jeune et plutôt contestataire, qui semblait me voir comme un insolent persifleur de l'ordre dominant – à rebours de mon étiquette française de romancier « de droite ».

Je ne m'amusai pas moins à écrire *Le Retour du Général* où de Gaulle, âgé de cent vingt ans, reprend en main la France contemporaine. Mais la pression amicale de Claude Durand n'eut pas que des effets positifs, et deux textes achevés trop vite – *Chemins de fer* et *La Cité heureuse* – sont pleins de défauts. Au même moment, je retrouvai Gallimard pour amorcer une série de « romans autobiographiques » auxquels je songeais depuis mes débuts et qui soudain s'imposaient. Le premier, *Les Pieds dans l'eau*, évoque l'histoire des Parisiens en vacances à Étretat et celle de ma famille rejetant son aïeul René Coty au nom d'une fascination pour la vie ordinaire. C'est le tableau d'une époque et de ses transformations dont ma propre histoire est avant tout le miroir. Il parle des bains de mer, des mœurs bourgeoises, des villas balnéaires et de la société française dans la seconde moitié du XXe siècle. Il figura sur les listes de tous les grands prix littéraires… sans en obtenir aucun. Dans le même sillage, *L'Été 76* a pour toile de fond la ville du Havre, l'adolescence, la découverte enthousiaste de l'art moderne et les premiers sentiments amoureux. Il reçut lui aussi un chaleureux accueil, même si le qualificatif de « roman » faisait l'objet d'incessantes discussions. Pour les uns, comme mon regretté ami Dominique Noguez, celui-ci se confondait avec la fiction. J'estimais, comme d'autres, que l'évolution du genre autorisait à employer ce terme pour divers objets littéraires comportant une part d'imagination, mais pouvant jouer sur différents registres, y compris les souvenirs, l'histoire ou encore l'essai.

J'ai ainsi travaillé avec un bonheur croissant, quand bien même je courais toujours après le fameux « grand succès » et aussi, sans doute, comme la plupart des artistes, après un rêve de « postérité ». Mais j'entends soudain qu'on ricane autour de moi pour oser formuler cette prétention ridicule. Les ricaneurs en rêvent pourtant comme les autres : la plupart des écrivains, peintres, musiciens, savants, songent à cette trace qu'ils pourront laisser, à l'image de ceux des siècles passés. Il s'agit certes d'une ambition peu réaliste et il ne restera rien de la plupart d'entre nous, sauf des noms oubliés sur des tombes abandonnées. Nous communions dans le culte de la littérature, de la transmission, de l'Histoire ; mais, dans les temps à venir, les notions mêmes d'Histoire et de littérature risquent de se voir balayées par le vent nouveau… Ce qui n'empêche pas de se rêver en Baudelaire ou en Flaubert, avant de se résoudre à un destin plus modeste : celui d'écrivain secondaire dont quelques lecteurs redécouvriront les volumes avec curiosité.

Porté par ces idées d'autrefois, je m'efforce d'organiser l'accumulation de livres publiés au fil des ans. C'est ainsi que j'en suis venu à concevoir, dans un comble de vanité, le recueil d'œuvres choisies qui résumera le meilleur de mon travail durant ces 14 600 jours. Il sera publié après ma mort, ou peut-être beaucoup plus tard, et seulement sous forme numérique, grâce aux efforts d'un passionné qui aura exploré mes archives déposées à la bibliothèque du Havre. Il suivra le plan que je suggère ici même. Mes meilleurs livres y forment quelques groupes dont les dénominations valent ce qu'elles valent, mais tentent de mettre en lumière l'esprit de ce que j'ose appeler une « œuvre ».

ROMANS

Autobiographies :

Les Pieds dans l'eau, L'Été 76, Livre pour adultes, Ma vie extraordinaire.

Anticipations :

Service clientèle, La Petite Fille et la Cigarette, Le Retour du Général, L'Ordinateur du paradis.

Tableaux modernes :

Tout doit disparaître, Gaieté parisienne, Drôle de temps, Les Malentendus, Le Voyage en France, À nous deux, Paris !

RÉCITS

Ballets roses, La Mort de Fernand Ochsé.

ESSAIS

Requiem pour une avant-garde, La Nostalgie des buffets de gare.

Choix de textes extraits de *Ma Belle Époque, Polémiques, Pourquoi je préfère rester chez moi.*

On notera, dans cette liste, que mes livres récents sont plus nombreux que mes premiers romans, comme si ceux-ci n'étaient que l'ébauche d'un projet accompli par la suite. D'où ce regret que l'impatience de publier ait pu fausser l'idée qu'on se faisait de mon travail. Les choses, pourtant, sont bien ainsi puisqu'elles ne pourraient être autrement ; et je puis espérer que certains livres laisseront une trace, même ténue, en étant associés à des lieux emblématiques (Étretat, Le Havre, les Vosges), à des personnages historiques (de Gaulle, Coty), ou grâce à leurs nombreuses traductions (*La Petite Fille et la Cigarette*, *Service clientèle*). On les rattachera au mouvement littéraire des années 2000, tout en soulignant leur style autobiographique ou satirique, leur parfum de nostalgie et le miroir qu'ils offrent de la société française au temps de la mondialisation. On rappellera ma proximité avec plusieurs écrivains majeurs, et aussi la place centrale de la musique dans ma vie… La notice du dictionnaire n'aura qu'à puiser là-dedans.

*

Voilà ce que j'imagine, un matin neigeux, dans ce coin des Vosges où je passe désormais une partie de l'année. Dix ans après la vente du Moulin, mes parents ont acquis à quelques kilomètres cette maison qui surplombe le village du Valtin. La montagne se transforme, à l'image du monde, mais plus lentement, et j'y retrouve maints enchantements toujours vivaces pour l'homme que je suis devenu. J'ai observé la disparition des dernières fermes traditionnelles, l'élargissement des routes, la fermeture des bistrots de campagne, la multiplication des supermarchés, les nouvelles méthodes d'exploitation forestière et leurs machines brutales… Du moins puis-je retrouver, le long des ruisseaux, cette lumière de mon enfance et cette joie qui persiste même quand mes réflexions font plutôt ressortir des idées noires.

Quand je marchais, adolescent, dans cette forêt vosgienne, j'entendais une symphonie extraordinaire, une œuvre jamais écrite qui combinait en un même foisonnement le clapotis des ruisseaux, les conversations d'oiseaux dans la canopée, le souffle du vent dans les feuilles et mes pas sur le sentier... Féru de musique contemporaine, j'adorais certaines œuvres fondées sur l'imitation quasi scientifique de la nature. Messiaen recréait avec toutes les parties d'un orchestre le réveil des oiseaux un matin d'été ; Xenakis s'inspirait des chants de millions de cigales pour concevoir un tissu sonore complexe ; Mâche et Stockhausen mêlaient des sons enregistrés au jeu instrumental. Quant à moi je rêvais d'aller plus loin en imaginant une polyphonie qui combinerait tous les éléments de ma promenade et ses jeux infinis de sonorités, selon que j'entrais dans une clairière ou m'approchais d'une chute d'eau. À ce *Chant du monde* (titre d'un roman de Jean Giono que je venais de lire) pourraient même s'ajouter des éléments visuels ou olfactifs qui feraient de ma symphonie une « œuvre totale ».

J'ai dit aussi comment j'avais accumulé, durant toutes ces années, quantité d'objets et de souvenirs entassés dans des placards. Ce n'étaient pas seulement les brouillons et revues de presse de mes premiers livres mais, bien avant déjà, des correspondances d'amis, des photos de vacances, des billets d'entrée à mes premiers concerts, des invitations à des soirées, des bibelots pleins de sens pour moi, comme les lunettes à triple foyer de mon grand-oncle Albert... Tout cela, au fil du temps, a fini par représenter une masse de papiers et de choses conservés dans le grenier de Saint-Pierre-en-Port. La mort d'Olivier Bernard en 2019, puis la vente annoncée de cette maison où il m'avait accueilli avec Élisabeth m'ont conduit à tout ressortir et à tout trier. J'ai alors vu ressurgir des pans de ma vie, comme ces dossiers pleins de flyers et d'adresses new-yorkaises, ces lettres de Jean Hubeau ou de Marcel Schneider, et ces précieux courriers de Rosemonde et d'Albert – elle me parlant de musique, lui évoquant de Gaulle et la Résistance.

Je me suis alors demandé si ces traces accumulées n'étaient pas elles-mêmes les éléments d'une composition plus vaste ; et si ces objets n'étaient pas destinés à s'organiser comme les détails sonores de la forêt vosgienne. Peut-être les avais-je conservés, sans le savoir, afin d'écrire cette symphonie personnelle où des personnages disparus, des lieux oubliés revivraient comme protagonistes d'une aventure collective. Servant de fil conducteur au récit, mon existence ranimerait ces silhouettes, ces souvenirs, ces sensations, dans un livre que je n'hésiterais pas à qualifier de *roman*. Voici quelques années, je me suis avancé sur cette voie avec *Livre pour adultes* où se mêlent moments vécus, essais, fictions, reliés d'un chapitre à l'autre. J'ai ainsi approché cette forme à laquelle je songeais aussi, jeune écrivain, en rêvant d'un livre qui mêlerait tous les genres. Puis j'ai commencé à écrire *Ma vie extraordinaire*, la chronique de mes enchantements. Puisse-t-elle s'apparenter à mes promenades vosgiennes, tel un itinéraire plein de surprises, de parfums, de souvenirs, de lieux, de figures, de correspondances, de combats et de défaites ; un itinéraire qui s'apparente au mouvement de la vie et qui, en même temps, l'éclaire en donnant à ces moments perdus un sens moins inutile que le fait de vivre et de mourir.

8

Le loup de Belbriette

II : LE RETOUR

Tandis que le monde, sidéré, découvrait l'ampleur du désastre, Denis se rappelait son paradis perdu. Après la « Grande Catastrophe » de juin 2030, la perspective d'un refuge dans les montagnes lui apparaissait comme un espoir. Là-bas peut-être, pour quelque temps, il échapperait aux déchaînements du monde. Mais, surtout, l'idée de retrouver le paysage de ses premiers rêves agissait comme un appel au moment où tout s'effondrait.

Quelques années plus tôt, il avait cru accomplir le bon choix en liquidant ses affaires de producteur pour s'installer dans cette île des Caraïbes où les *winners* de toutes origines menaient une existence simple, éloignée des soubresauts du monde. À soixante-cinq ans passés, il s'était tourné vers des activités raisonnables, comme de reprendre les morceaux de piano étudiés dans sa jeunesse, spécialement ces préludes de Debussy et de Chopin qu'il estimait jouer maintenant avec un certain art. Puis il avait goûté la fraîcheur d'une lune de miel tardive avec Stella – fille d'un magnat du transport low cost qui avait rejoint son père dans l'île et qui, à trente ans, s'était prise de passion pour ce musicien vieillissant, précurseur de la

French Touch, devenu un directeur artistique recherché partout dans le monde. Pendant quelques mois, ils avaient arpenté les plages et vécu de bains de mer, d'amour en plein air et de lectures innombrables. Parfois, lassés de vivre au jardin d'Éden, ils s'en allaient passer quelques semaines dans une ville du continent où ils retrouvaient l'insolente frénésie de l'humanité.

Denis, pourtant, avait été frappé au fil de ses escapades par l'impression d'une désagrégation qui touchait tous les aspects de la vie et toutes les catégories de la population. C'étaient les rues défoncées que les pouvoirs publics n'avaient plus les moyens d'entretenir ; les retraités qui mendiaient pour améliorer leurs pensions dérisoires ; les quartiers dangereux bouclés par la police ; les quartiers religieux où seuls les croyants avaient le droit de pénétrer ; les plages qui sentaient mauvais et sur lesquelles des volontaires ramassaient des marées de poissons morts sous les forêts d'éoliennes géantes censées protéger la planète ; c'était la contestation de chaque élection par le camp adverse ; et partout cette population grouillante et toujours plus nombreuse, poussée par d'innombrables filières vers d'hypothétiques eldorados ; c'étaient les rassemblements festifs qui se transformaient en batailles rangées et d'autres mauvaises nouvelles qui rythmaient les informations : feux de forêts, invasions de méduses ; sans parler des menaces de guerre, des épidémies et des nouveaux virus qui transformaient le peuple en armée de cracheurs et de toussoteurs.

Denis s'étonnait plus encore, dans ce contexte, de voir comment certains amis de Stella continuaient à se griser. Certains avaient fait fortune dans les affaires mondiales qui consistent à se racheter sans fin les uns les autres en liquidant peu à peu toute activité réelle ; d'autres dans le commerce, réduit à prendre des commandes en ligne et à livrer des produits conditionnés ; les plus glorieux dans le show-business où ils produisaient des programmes débiles. Leur appétit, pourtant, n'avait pas de limites, ni leurs investissements dans des appartements au sommet des gratte-ciel ou dans des villas protégées par des remparts. Ils vivaient entre eux, et Denis, malgré le dégoût que lui inspiraient certains personnages, s'était laissé entraîner par curiosité dans leurs festins opulents et leurs soirées au bord d'immenses piscines.

Il s'étonnait aussi de ces journalistes et autres « experts » qui ressurgissaient à chaque événement dans d'innombrables émissions de commentaire sur les commentaires. Ils pouvaient parler d'économie, de société, de politique intérieure ou étrangère, des médias, des forces de police, de la santé ou du marché de l'art – autant de sujets qu'ils étaient censés expliciter, alors qu'ils ne voyaient jamais rien venir et se contentaient de paraphraser le réel avec une imperturbable assurance. Après quoi ils rappelaient la nécessité d'accepter certains sacrifices, puis péroraient encore dans les soirées parmi les autres *winners*.

Au bout d'un moment Denis n'en pouvait plus de cette élite guère plus éclairée que les vagabonds qui dormaient sur les trottoirs. Et ce dégoût l'avait atteint plus vite encore lors de leur dernier voyage. C'est pourquoi, au bout de huit jours, il avait souhaité regagner son île. Stella, toutefois, semblait goûter jusqu'à la lie ces plaisirs frelatés, ces buffets sous les étoiles et ces pistes de danse improvisées. Il décida donc de repartir seul, avant sa fiancée qui le rejoindrait plus tard.

Il se trouvait dans l'avion du retour quand la Grande Catastrophe frappa le continent américain et atteignit d'abord, avec une violence extraordinaire, cette ville qu'il venait de quitter. Nul ne pouvait dire combien avaient péri. Dans un rayon de cent kilomètres, désormais inaccessible, les rescapés formaient des cohortes que les pouvoirs publics – ou ce qu'il en restait – tentaient de secourir. Les nouvelles étaient fragmentaires, contradictoires ; mais l'onde de choc avait atteint le pays tout entier, excitant l'ardeur de ceux qui prétendaient confier le pouvoir à l'armée ; sans oublier ceux qui prônaient le regroupement, l'autodéfense ou la religion pour survivre au chaos. Stella, vu l'endroit où elle se trouvait, avait certainement disparu parmi les premiers mais son père, tentant d'aller sur place, ne put en savoir davantage. Et, curieusement, cette disparition affecta moins Denis qu'il ne l'aurait cru, comme si la perte d'un être aussi proche se trouvait atténuée par les millions de morts qu'on annonçait, jour après jour, et le deuil qui frappait la planète entière.

L'idée de demeurer dans l'île lui parut également inimaginable. Ce rivage protégé avait désormais quelque chose d'irréel. Qu'adviendrait-il de cet îlot pour rentiers dans les temps troubles qui s'annonçaient, quand les catastrophes économiques et sanitaires s'engendraient les unes les autres, nourrissant partout un climat de guerre civile ? Un nouveau projet s'était alors précisé dans son esprit : remonter le temps contre la fatalité et rallier ces lieux où tout avait commencé, quand la destinée humaine ne se profilait pas comme un désastre. En retrouvant les montagnes de sa jeunesse, au cœur de la vieille Europe, Denis espérait recouvrer une forme de sérénité – quand bien même la sérénité n'était plus un concept d'actualité et se voyait partout balayée par des notions telles que la survie, la foi, la résignation ou le courage.

*

Quand son avion eut atterri, puis longuement roulé sur les pistes de Roissy-Charles-de-Gaulle pour atteindre un improbable hangar éloigné de tout, Denis éprouva un soulagement. Ce terminal, pourtant, n'avait plus rien de l'idée qu'on se faisait autrefois de l'élégance française. La très longue file d'attente aux services de l'immigration où un seul guichet était ouvert n'était pas non plus très encourageante. Pourtant, le seul fait de s'adresser dans sa langue natale au fonctionnaire de police le mit en joie comme s'il rentrait au bercail. Indifférent, ce dernier lui rappela que la réglementation imposait d'accomplir en anglais toutes les formalités aéroportuaires. Quelques instants plus tard, attendant sa valise devant le tapis roulant, Denis fut ravi de découvrir les affiches qui vantaient les beautés de Paris, comme si rien n'avait changé.

Ce n'était pourtant qu'une illusion, comme il l'avait compris en préparant son voyage. Depuis plusieurs années, l'accès à la « Ville Lumière » était réglementé pour répondre aux exigences d'écoresponsabilité. Pour se rendre dans la capitale française et y passer quelques jours, il fallait donc appartenir à un groupe organisé, ou solliciter un *pass* payant. L'autorisation était validée après consultation d'un dossier personnel fait d'informations rassemblées sur internet. Elles permettaient d'exclure les militants extrémistes, suspects de terrorisme, auteurs de *fake news*, coupables d'insultes aux femmes, aux LGBT+ et aux croyances religieuses, ainsi que les personnes condamnées pour non-respect du tri sélectif.

Bien qu'il n'entrât officiellement dans aucune de ces catégories, Denis avait trouvé trop lourde cette procédure, encore durcie après la Grande Catastrophe pour limiter le flot de réfugiés venus de l'autre bout du monde. Il avait donc renoncé au détour par la capitale, et décidé de prendre aussitôt la route des Vosges. Ce qui n'était pas tellement plus simple car Saint-Dié, la ville la plus proche, n'était quasi plus desservie par les chemins de fer et les trains rapides qui s'arrêtaient à Nancy subissaient d'incessantes perturbations, Denis s'était donc résolu à réserver un chauffeur privé. Sortant de l'aérogare, il grimpa dans la voiture qui s'éloigna du terminal pour atteindre l'autoroute.

Comme ils s'engageaient sur une bretelle, le voyageur remarqua les ordures qui recouvraient les pelouses et débordaient sur la chaussée. Il interrogea le conducteur qui lui donna une explication : dans le cadre du plan « Save your Planet », plusieurs compagnies aériennes avaient en effet généralisé le recyclage des déchets par les passagers. Durant le vol, ceux-ci devaient les répartir dans des sacs de couleur, puis les emporter pour les déposer devant l'aérogare aux emplacements prévus à cet effet. Mais les bacs débordaient et beaucoup se débarrassaient de ce fardeau depuis leur voiture. Denis opina mais s'étonna, plus loin sur l'autoroute, d'observer partout la même saleté. Les campagnes étaient envahies de campements sauvages où les humains s'entassaient parmi les déchets. Comme le précisa encore le chauffeur, la loi « Free Europe » interdisait désormais à la police des frontières de retenir les sans-papiers. Ils s'entassaient donc aux abords des villes et le long des routes, dans l'attente d'une régularisation de leur situation et des aides qui leur permettraient de s'installer sur place.

— Malheureusement, vu la pauvreté, le chômage, et maintenant la crise mondiale, ils n'ont rien à espérer.

Comme Denis semblait perplexe, l'homme ajouta :

— D'ailleurs on compte aussi beaucoup de Français dans ces campements : tous ceux qui ne peuvent même plus louer un bungalow, tellement les prix ont grimpé !

— Mais alors, qui habite en ville ?

— Une poignée de riches. Des investisseurs qui louent à la clientèle de passage. Des touristes fortunés qui ont acquis les meilleurs emplacements. Et aussi les très pauvres dans leurs quartiers réservés.

C'était partout pareil. Après trois heures de voiture, le paysage commença toutefois à s'arrondir et quelques sapins apparurent sur les collines ; puis Denis reconnut ces vieilles demeures aux porches arrondis caractéristiques de la campagne lorraine. Presque partout cependant, la friche l'emportait sur les terres agricoles. Des noms familiers se succédaient : Bertrichamps, Raon-l'Étape. Arrivé à Saint-Dié, le véhicule contourna la ville avant de grimper vers le col du Plafond, en direction de Gérardmer. Un peu partout, les couleurs rouges d'automne se mêlaient au vert des conifères ; puis la voiture traversa le village de Gerbépal où Denis était souvent passé, et dont il aimait les vastes champs sur le versant ensoleillé. S'étonnant de ne voir que des maisons désertes, puis une carcasse d'automobile calcinée, il questionna encore son chauffeur qui proposa une explication :

— Je suppose que ce sont les hordes.

L'homme revint alors sur ce sujet délicat qu'il avait abordé, sans succès, quand Denis avait réservé la voiture. Les faits étaient là, pourtant : depuis trois ans, des hordes semaient la terreur dans les campagnes perdues. Elles étaient formées pour une part d'anciens djihadistes qui avaient annoncé le lancement d'une nouvelle croisade à laquelle des délinquants de toute sorte s'étaient agrégés. On les trouvait surtout dans les provinces du centre, devenues très dangereuses, mais aussi dans les massifs des Vosges ou du Jura que les touristes ne fréquentaient plus guère et où la population se regroupait dans les villes. Denis, sidéré, se reprochait de n'avoir pas prêté plus d'attention à ces effrayantes nouvelles, tant il était alors pressé de revenir. Déjà la voiture arrivait à Gérardmer où l'hôtellerie, apparemment, conservait de beaux restes. Il avait réservé une chambre au Grand Hôtel des Bains et paya son chauffeur avant de s'installer, puis de faire quelques pas au bord du lac où tournoyaient des canards indifférents aux tourments de l'humanité. Soudain cette étendue paisible au milieu des montagnes ranima un sentiment délicieux, comme si nos bonheurs d'enfants demeuraient les plus intenses et peut-être les seuls qui nous portent au long du chemin.

*

La direction de l'hôtel voulut le dissuader de se promener seul, au-delà du périmètre sécurisé. Apparemment les hordes avaient quitté la région depuis quelques mois, mais on ne pouvait rien garantir et mieux valait s'en tenir aux itinéraires protégés. Denis fit semblant d'approuver, mais sa décision était prise : il retournerait à Belbriette. Arrivé si près du but, il désirait revoir cette clairière et retrouver les restes de la maison où il avait cru s'inventer une existence idyllique.

Il partit le matin et suivit en marchant la route de Gérardmer à Xonrupt, commune avoisinante qui marquait la limite de la zone surveillée. Par chance pour lui, le check-point, comme beaucoup d'autres, n'était pas gardé faute de personnel. Au-delà commençait l'incertitude et, pourtant, le danger supposé ne put atténuer l'enchantement qu'éprouva Denis en parvenant aux rives de Longemer, ce grand bras liquide où se reflètent les forêts et les précipices. Le lac était désert, mais plein d'heureux moments, de baignades et de vols de libellules. Pris dans ses souvenirs, il remarqua toutefois, sur le versant sud, de nombreux conifères qui semblaient carbonisés, conséquence de longues périodes de sécheresse. L'Hôtel du Lac, au pied de la route des crêtes, était, lui, à l'abandon, et cette image de portes arrachées et de carreaux cassés raviva le sentiment d'une menace. Mais quand il s'enfonça plus haut sous les arbres et respira les parfums résineux, à l'ombre de la canopée, sa peur s'évanouit. Quelques rigoles traversaient le chemin par d'anciens « bois d'eau » et il avait à présent l'impression de tout reconnaître : ces massifs de framboisiers, ces troncs centenaires dont les racines s'étendaient entre les pierres moussues, ces bruits dans les fourrés qui abritaient peut-être des chevreuils ou des sangliers. En début d'après-midi, il parvint à l'emplacement de l'étang de Belbriette, dont le barrage lui donnait le vertige lorsqu'il était enfant. Mais le barrage avait disparu et l'étang faisait place à un mince filet d'eau qui courait au milieu des herbes.

Poursuivant son chemin, il remonta le cours du ruisseau qui se transformait en marécage ; puis le sentier grimpa encore et Denis tourna sur sa gauche sans hésiter pour franchir le rideau d'arbustes qui dissimulait l'ancien chemin. Enfin, repoussant les dernières branches qui frappaient son visage, il vit apparaître cette immense prairie naturelle dont les herbes vibraient dans le vent léger. Un peu plus loin, sur la butte, sa demeure était là, comme préservée des atteintes du temps. Il reconnut avec joie son architecture hybride : ferme lorraine par son toit massif et son porche arrondi, demeure moderne par ses appentis ouverts sur la montagne. Trente ans plus tard, elle demeurait parfaitement close derrière ses volets, tels qu'il les avait lui-même fermés – laissant juste une clé à un garde forestier des environs, afin que celui-ci vienne aérer de temps à autre… Peut-être cet homme de confiance avait-il continué de veiller sur la demeure comme sur son propre bien.

L'endroit, quoi qu'il en soit, ne semblait pas tombé aux mains des hordes et Denis, soulagé, marcha encore pour entrevoir la clairière dans sa totalité, dominée par le sommet de Balveurche. Enfin, parvenu au seuil de la maison, il sortit de sa poche la vieille clé conservée depuis toujours et constata qu'elle entrait encore dans la serrure. Il tourna, poussa la porte, respira dans la pénombre le parfum boisé des lambris, puis s'en alla ouvrir quelques volets qui firent pénétrer dans le salon une lumière vive. En un clin d'œil, celle-ci redonna vie aux meubles et aux bibliothèques. Comme il restait du bois près de la cheminée, Denis décida d'allumer un feu et de passer la nuit chez lui… Il avait emporté quelques provisions qu'il dévora au coin de l'âtre, avant de dénicher, dans un buffet, une bouteille d'alcool de gentiane dont il but plusieurs verres. Il sortit ensuite pour contempler la nuit étoilée qui s'étendait sur les forêts et revint s'endormir sur un canapé.

Avait-il eu tort d'allumer la cheminée au risque d'attirer l'attention ? Le lendemain matin, pris dans un rêve, il s'éveilla brusquement comme si des intrus avaient envahi son sommeil. Il tenta de chasser ces visions ; mais, la seconde d'après, il perçut une voix humaine à l'extérieur de la maison. Inquiet, il se leva et s'avança discrètement vers la fenêtre qui dominait la prairie. Il vit alors trois hommes hirsutes s'approcher en tenue de commando, l'un d'entre eux brandissant un pistolet. Ce n'étaient certainement ni des paysans, ni des touristes, ni des chasseurs, mais plus probablement des membres de ces hordes qui traquaient un autre gibier. Dans l'urgence de réagir, Denis songea qu'il pourrait s'enfuir par l'arrière, mais une telle course serait périlleuse. D'ailleurs, à cet instant, paralysé par la peur, il ne se sentait plus capable d'agir, ni même de prendre une décision. Moins encore lorsqu'il entendit la même voix hurler au-dehors :

— Sortez d'ici !

Un coup de feu résonna dans la montagne, et Denis crut sa dernière heure arrivée. Soudain, après un silence plus lourd que les précédents, une autre voix s'écria, comme affolée :

— Attention, derrière !

S'approchant encore de la fenêtre, il vit alors les trois hommes immobiles et comme effrayés. Puis il découvrit, entre la horde et la maison, une dizaine de loups qui s'approchaient des intrus et semblaient vouloir protéger le domaine. Leurs yeux brillants scrutaient les malfaiteurs pétrifiés dont le pistolet ne pèserait guère si tous les animaux attaquaient. À cet instant, un des loups dressa la gueule et poussa un hurlement. Puis les autres lancèrent cette même clameur sinistre, sauf peut-être pour Denis, qui ne se sentait pas directement menacé, mais voyait plutôt cette apparition comme une charge salutaire de la cavalerie.

De fait les hommes se dévisagèrent sans rien dire. Puis, comme s'ils prenaient la décision d'un commun accord, ils amorcèrent un mouvement à reculons pour fuir la menace, le plus calmement possible, sans prendre le risque d'exciter les prédateurs. La retraite dura quelques longues minutes. Enfin, tandis que le soleil montait dans le ciel et baignait la clairière, les humains disparurent. Alors, seulement, Denis se demanda comment lui-même pourrait échapper au péril qui venait de faire fuir trois hommes armés. Pourtant, à sa grande surprise, le premier danger étant éloigné, les dix loups se remirent en mouvement vers les bois où ils disparurent eux aussi. C'est ainsi qu'un miracle sauva l'homme de retour dans sa demeure, comme si les loups eux-mêmes, depuis toutes ces années, avaient veillé sur ce domaine.

9
Jean-Sébastien

L'idée de l'amour m'a longtemps paru extravagante. Je n'ai vécu jusqu'à trente-cinq ans que pour mes ambitions et pour mes plaisirs : la littérature, la musique, les maisons, les amis et les paysages choisis. Mes aventures érotiques, rares et passagères, se prolongeaient rarement dans des liaisons plus durables. Au fil des ans, pourtant, j'ai ressenti plus nettement le besoin de m'appuyer sur un autre et de partager sa chaleur : nécessité animale autant que sentimentale. Je n'en continuais pas moins à regarder l'amour comme un roman pour midinettes, auquel je préférais la réalité du sexe et la force de l'amitié. C'est à cette dernière que je me vouais principalement avec tous les proches évoqués plus haut, mais aussi avec Nathalie, Olivier, Ali, Siobhan, Dominique, Jean-Christophe, Elisabeth, Jean-Marie et quelques autres.

Ce culte de la fraternité me valut certains désagréments. Spécialement quand Norbert Letheule, acteur et chanteur qui m'avait engagé dans ses spectacles après mon arrivée à Paris, se retrouva dix ans plus tard désargenté, sans domicile, et débarqua chez moi avec ses cent vingt kilos, sa verve, son humour, son panache et sa grossièreté. Plein de cette assurance gauchiste en vertu de laquelle tout ce qui était à moi était *à lui*, il posa ses bagages et décida de ne plus partir. Il jouait sans scrupules sur la fascination qu'il avait exercée sur moi quand, à vingt ans, je découvrais ses créations scéniques et vivais comme une chance le fait de fréquenter grâce à lui d'éminents jazzmans tels Bernard Lubat, Michel Portal ou Henri Texier. Il m'avait ainsi transformé en obligé et ressurgissait épisodiquement dans ma vie pour y prendre ce qu'il estimait lui revenir. Pis encore, il tenait à s'inventer une famille imaginaire au cœur de laquelle il me désignait comme son « fils ». Comme je publiais des livres, il se mit en tête de devenir écrivain et me chargea de faire paraître ses manuscrits géniaux. Je lui présentai l'éditrice Françoise Verny qui fit paraître un de ses romans. Mais ses talents littéraires étant plus minces que ses dons d'acteur, il parut impossible d'aller plus loin.

Fort d'un époustouflant instinct scénique (il avait créé plusieurs spectacles remarqués à la fin des années soixante-dix), Norbert souffrait d'une mégalomanie et d'une vanité qui avaient brisé sa carrière. Prompt à juger les autres, il ne supportait pas la moindre remarque, qui le rendait agressif et violent. De directeurs de théâtres en producteurs de cinéma, il s'était fâché avec tous ceux qui, tel Bertrand Blier, l'admiraient et auraient pu favoriser son succès. Ce succès l'intéressait moins que son ego tourmenté par le besoin permanent d'apparaître comme provocateur et de figurer au centre des attentions. Son narcissisme se traduisait, en outre, par le besoin d'engloutir d'énormes quantités d'alcool et de nourriture qui le firent passer progressivement de cent vingt à cent cinquante puis à cent soixante-dix kilos. Installé dans mon appartement parisien, il envahissait peu à peu l'espace et recevait une cour d'ultimes admirateurs qu'il bluffait par son sens aigu de la psychologie… pour mieux les soumettre à ses caprices ou les bannir du jour au lendemain.

Norbert voulait tout : mon argent, ma carrière, mes amis. Ancré rue d'Arcole, il ne quittait plus le navire – cependant que mes proches s'étonnaient de cette invasion. Ma vieille amie Élisabeth avait d'abord succombé au personnage qu'elle comparait à François Ier, avec sa stature et son collier de barbe – mais il était plus proche de son rival Henri VIII, alias Barbe-Bleue. Après avoir exercé son charme, il n'avait pas tardé à la traiter grossièrement et elle avait cessé de le voir. Jean-Pierre George échangeait lui aussi avec cet ogre quelques coups de fil, mais il comprenait mal cette intrusion dans ma vie d'un envahisseur fauché auquel j'assurais le gîte, le couvert, et même un peu d'argent de poche. Quoi de plus naturel puisque Norbert se désignait comme mon « père spirituel »… quand il s'agissait plutôt d'un racket face auquel mon tempérament faible ne savait comment réagir. Bernard Minoret s'exaspérait de ce squat qui le poussait à fulminer contre les soixante-huitards. Tout cela devenait trop lourd et seul Sempé, auquel je racontais mes mésaventures, s'amusait de ce « locataire » installé chez moi, qui grossissait sur place et recevait pour se distraire des prostituées asiatiques.

La rencontre de Jean-Sébastien allait bouleverser le cours des choses. Elle survint un soir où j'avais retrouvé quelques amis dans ce qui subsistait du quartier des

Halles : un alignement de cafés, clubs de jazz et lieux homos à la mode comme le Banana Café, le Tropic ou le Diable des Lombards. Ce dernier existait déjà en 1979, quand j'avais débarqué à Paris et que Norbert se produisait en duo avec Bernard Lubat dans le cabaret voisin, la Chapelle des Lombards. Il traînait ensuite dans les bars et restaurants de nuit avec ses copains Hell's Angels. Il avait gardé ses habitudes en ces rues où il passait encore parfois, d'un lieu à l'autre, en se faisant offrir des verres en échange de son bagout. Copain des patrons du Banana Café, il m'avait présenté Yohan, le responsable du bar : un passionné de musique classique avec qui nous avions commencé à parler de Jean Hubeau et de son introuvable version de la Ballade de Fauré. Le sujet n'était pas si fréquent au comptoir d'un night-club. À son tour, Yohan m'avait présenté ses amis : l'acteur Michel Blanc, puis Franck et Olivier, deux copains originaires d'Angers. Le premier travaillait à la télévision. Le second était journaliste musical et nous nous étions déjà croisés sans nous connaître. Nous avions alors sympathisé et je passais, en fin de soirée, boire avec eux quelques whiskys avant de rentrer dormir.

C'est alors, au début de l'hiver 1999, que Franck et Olivier me présentèrent Jean-Sébastien qu'ils avaient rencontré peu avant dans une boîte de nuit d'Angers. Après des études d'électronique, celui-ci venait de s'installer à Paris. Il avait vingt ans, soif d'aventures, et sortait la nuit dans ce quartier qui pouvait paraître haut en couleur avec sa faune d'acteurs célèbres, de gays, d'hétéros et d'aventuriers… Je ne puis oublier en tout cas son regard, ce soir-là, appuyé au comptoir du Tropic Café devant une Desperado, tandis que je m'approchais pour prendre mon rituel JB. Je me rappelle ce beau visage aux cheveux noirs bouclés, mais surtout ce regard sombre plein d'interrogations, désireux de parler, de rencontrer, d'échanger. Je tombai immédiatement sous le charme tandis que Franck, discrètement, me soufflait au creux de l'oreille que ce jeune homme, à ce qu'il savait, n'était pas réfractaire aux personnes du même sexe… bien qu'il fût, atout suprême, dépourvu des plus banals signes extérieurs de l'homosexualité.

Saisi par ce regard mystérieux, je ne pouvais décrocher de notre conversation et, plus nous bavardions, plus je le trouvais fascinant autant qu'étrange. Rien n'assurait pourtant que je pusse charmer un être de vingt ans. J'en avais trente-huit, avec tous mes cheveux et pas encore de ventre ; mais je redoutais de n'être pas assez beau et préférais jouer d'autres cartes. L'important est d'être drôle, disait Norbert. Et puis mon roman *Les Malentendus*, qui venait de paraître, avait bien démarré après mon passage dans l'émission « Nulle part ailleurs ». Mes amis en parlaient, ce qui me donnait une certaine aura. Décidé à jouer le tout pour le tout, je m'efforçai d'être brillant au cours du dîner qui suivit, sans vraiment masquer mes intentions, et les choses s'enchaînèrent presque naturellement. Sans doute ne s'agissait-il, pour lui, que d'une aventure parmi celles qui rythmaient sa nouvelle vie. La soirée se prolongea dans une chambre que je possédais à Montparnasse et qui, parfois, me permettait d'échapper à la présence envahissante de Norbert. Le lendemain matin je filai à un rendez-vous et laissai les clés à Jean-Sébastien.

J'allais alors connaître, au cours des mois suivants, une passion dévorante que je n'avais jamais réellement éprouvée. Elle bouleversa toutes mes habitudes, apportant son lot de bonheur, de nuits blanches, de larmes, de désespoir, de résurrection. Jean-Sébastien semblait goûter ce qui se nouait entre nous, mais il ne désirait pas s'enfermer dans une relation « conjugale » et me torturait en passant de la plus terrible indifférence à la plus vive tendresse. Rien n'était aussi sublime, cependant, que nos retrouvailles après une fâcherie, et ces longues nuits où l'on écoutait sans fin de vieux morceaux de Duke Ellington – comme *Diminuendo and Crescendo in Blue,* que je ne puis réentendre sans avoir les larmes aux yeux, tant cette musique est liée pour moi à l'amour de Jean-Sébastien.

J'aimais son style, son élan, son courage, comme ce soir de fête de la Musique où il se battit seul contre six pour interrompre une agression – tandis que je cherchais désespérément un policier. Au printemps nous avions passé notre lune de miel dans un palace de Monte-Carlo où je devais aller pour la radio… mais où je demeurai tout le temps avec lui entre l'hôtel, la plage et le casino. Puis, comme si je recommençais ma vie à zéro, je l'avais entraîné dans ces passages parisiens, ces restaurants, ces musées que je redécouvrais pour lui, avec ce même sentiment de renaître que j'avais éprouvé à New York. Il m'accompagna chez Jean Lafont qui le prit en sympathie, puis aux sports d'hiver avec Sempé et dans d'autres voyages. J'aimais que mes amis l'aiment. Tout ce que je désirais dans la vie, c'était désormais à travers lui et pour lui.

Sa présence modifia mes relations avec Norbert dont

le comportement invasif étonnait Jean-Sébastien, tandis que le comédien s'agaçait de cette intrusion sur ce qu'il considérait comme son territoire. Enfin mon jeune amour, plus courageux que moi, reprocha au vieux tyran ses comportements. Des éclats de voix suivirent puis, contre toute attente, Norbert prit en sympathie son cadet. Toujours désireux de dominer la situation, il nous « maria » symboliquement lors d'un déjeuner à la brasserie Jenny, avant de se faire plus discret. Quelques mois plus tard il partit pour Nantes où sa mère vieillissait. C'est là qu'il est mort, début 2019, après m'avoir légué tous ses biens. Entre-temps, un petit appartement s'était libéré en face du mien, et Jean-Sébastien put emménager, tant il me semblait entendu qu'on pourrait s'aimer et vivre ensemble… à condition d'avoir chacun son antre !

Il s'y livre, par périodes, à une passion des gadgets digne de Gaston Lagaffe. À une époque, sa chambre était envahie d'hélicoptères miniatures qui bourdonnaient en vous fonçant dessus. Puis ce fut le temps des tire-bouchons extraordinaires ; et celui des briquets à gaz, essence ou faisceaux électriques capables de brûler sous n'importe quelle tempête ; sans parler des lampes et des torches de toutes les dimensions et de toutes les puissances, y compris celles qu'on remonte avec une manivelle. Quand les téléphones portables ont commencé à gâcher les voyages en train, il a fait venir du bout du monde des brouilleurs qui, discrètement, nous permettaient d'interrompre les importuns. Et ce goût des objets ne s'exerce pas seulement pour notre plaisir, mais aussi pour le confort de certains animaux, comme ce hamster qui fut longtemps son protégé, dans un vivarium aux allures de manoir, plein de roues, d'escaliers, d'appartements en bois avec terrasse et d'accessoires choisis.

Après avoir joué dans plusieurs pièces de théâtre, aussi ardent et singulier sur scène que dans la vie, Jean-Sébastien a participé à quelques films pour la télévision. Mais il n'aime rien tant, sans doute, que de travailler devant ses écrans, où il approfondit ses connaissances comme un « geek » et se livre à quantité de lectures et d'apprentissages, tout en écoutant ses playlists favorites. L'oreille très musicale, il aime aussi chanter, découvrir des morceaux et m'en faire découvrir qui s'ajoutent à mes émissions. Et c'est là qu'il met à jour cet admirable site où s'accumule désormais, en version numérique, tout ce qui restera peut-être, dans un avenir volatile, de mes travaux littéraires, radiophoniques et autres.

*

Je n'ai pas écrit le roman de notre histoire mais on la retrouve ici ou là et j'ai dépeint Jean-Sébastien, sous le nom de Victor, dans *Livre pour adultes.* Notre aventure allait en effet se prolonger, la passion faisant place à l'amour, puis à l'inaltérable besoin l'un de l'autre – comme lorsque nous dormons, au Valtin, et que j'entends par la fenêtre le vent souffler. Ce moment-là, je voudrais qu'il dure éternellement et que nous traversions ensemble l'espace et le temps. La mort cependant finira par nous séparer et cette perspective m'est insupportable. Car, en découvrant l'amour, j'ai découvert aussi la hantise de nous perdre et le sentiment que, sans sa présence, ma vie serait aveugle et sans but. Cette appréhension devient plus aiguë si je songe aux dix-huit années qui nous séparent, et à la probabilité de laisser Jean-Sébastien seul dans ce monde. Je me rassure en songeant qu'il navigue mieux que moi dans l'espace virtuel qui se confond désormais avec le réel ; mais le fait de nous éloigner un seul jour, une seule heure, devient chaque fois plus pénible, comme si nous avions peur de ne jamais nous retrouver.

Quelquefois, l'âge venant, je suis envahi de cauchemars atroces, les mêmes que je faisais enfant. La mort est là, impitoyable, et brise le rythme d'un sommeil habituellement facile. Éveillé en pleine nuit, mais encore pénétré de ces idées morbides, j'enfile ma robe de chambre et traverse le palier vers l'autre appartement. J'entre sans faire de bruit pour m'allonger près de lui et, aussitôt, sa présence m'apaise et me rassure.

La menace demeure, pourtant, et j'entrevois ce jour fatal où ne resteront plus que nos peurs et nos solitudes. Peut-être avais-je raison quand, à vingt ans, je dédaignais les sentiments amoureux. On ne devrait pas aimer pour s'épargner l'horreur de se séparer. Cette hantise provoque en outre, chez Jean-Sébastien comme chez moi, une absurde réaction consistant à courir plus vite vers la catastrophe en faisant primer nos plaisirs sur nos santés. Comme ces personnes qui se suicident par angoisse de la mort, nous aimons fumer, boire et goûter les artifices d'une vie qui, cyniquement, nous punira peut-être de ce qu'elle nous a donné. Nous avançons ensemble, dans cet équilibre périlleux, parmi les dangers qui nous ont jusqu'alors épargnés. Peut-être avais-je raison de dédaigner les sentiments amoureux ; mais l'autre jour, en regardant deux papillons qui volaient ensemble, je me suis demandé si cette idée de vivre « à deux » ne revêtait pas un sens plus profond que la comédie du mariage.

C'est ainsi que j'ai repris avec lui le chemin des Vosges ; ce chemin marqué par l'enchantement de mon enfance. Rosemonde et Albert avaient transformé pour nous ce coin de montagne en coin de paradis. Ils sont là, sur les murs de notre maison : lui, sous forme d'un autoportrait peint pendant la guerre où il porte de petites lunettes rondes ; elle, sur quelques photos prises devant le Moulin au milieu des fleurs, avec jupe et chignon des années cinquante. Nous sommes ici nous-mêmes, en chair et en os : Jean-Sébastien devant l'ordinateur non loin de la cheminée où il veille sur le feu ; moi allant et venant entre mon bureau, la salle à manger, la cuisine, avec cette agitation qui m'a toujours caractérisé mais qui me permet, toutes les trente-sept minutes, de retrouver celui que j'aime, de le voir travailler, méditer, somnoler, et de lui demander bêtement : « Ça va ? » Il me répond : « Ça va. » Il est en train de choisir un film pour ce soir. Rassuré, je remonte noircir une page ou écrire une lettre, tandis que la pluie d'automne frappe discrètement le toit et que la vallée, derrière les fenêtres, s'éteint dans la nuit.

Trente-sept minutes plus tard je redescends m'assurer que tout va bien, puis j'ouvre cette autre porte, derrière la maison, qui donne sur l'étroit défilé où résonne le torrent. Des silhouettes de sapins se dressent dans l'obscurité. Plus haut le ciel nuageux se déchire pour laisser apparaître un poudroiement d'étoiles. Je dresse la tête, heureux, en respirant le parfum de la montagne. Le ruissellement des cours d'eau, sur les pentes, semble faire écho à la rivière lumineuse du ciel ; et cette beauté me ramène à l'autre dimension des choses, de ma vie, de mes joies, de mes souffrances. Ni questions ni réponses mais un mystère qui, à cet instant, me ravit comme une bonne nouvelle dont j'ignore le sens, mais qui m'encourage à continuer.

TROISIÈME PARTIE

LES VIEILLES DAMES

1

Rosemonde et la mer

Elle adorait compter les navires et les reconnaissait comme des personnages familiers. À quatre-vingt-dix ans, munie d'une paire de jumelles, elle restait des heures dans son fauteuil face à la baie vitrée qui donnait sur l'entrée du port. Elle vivait au rythme de ce spectacle animé, sauf la nuit, quand il se réduisait au mouvement de lumières glissant dans l'obscurité. C'était un incessant ballet de car-ferries, pétroliers, paquebots, dragues, méthaniers, cargos – ces derniers de plus en plus rares tandis que les porte-conteneurs se faisaient chaque année plus nombreux. On les voyait s'avancer de loin, puissants, déterminés, bientôt rejoints puis encerclés par la flottille des Abeilles, cette compagnie de remorqueurs qui, au Havre, se collent aux gros navires pour les guider entre les bras de la digue et les diriger vers leur appontement. Au large, certains bateaux filaient vers les nouveaux quais de Port 2000. Beaucoup entraient encore ici, sous ses fenêtres, entre la digue nord et la digue sud. Ils fendaient cette eau tantôt grise et tantôt bleue, tantôt sombre et furieuse, tantôt vive et joyeuse. Ceux qui sortaient semblaient saluer ceux qui arrivaient. Rosemonde reprenait alors ses lunettes et ouvrait la page spéciale du journal local pour vérifier le nom et l'itinéraire de tel ou tel navire : comme ces énormes paquebots de croisière qui accostaient en été, le temps pour leurs passagers d'aller découvrir Honfleur ou Paris ; ou encore ces transporteurs toujours plus massifs sur lesquels des centaines de boîtes multicolores s'empilaient comme un jeu de Lego dans un équilibre improbable. Quant aux car-ferries qui accomplissaient une navette quotidienne entre la France et l'Angleterre, comme le *Viking Venturer* ou le *Normandie Express,* elle les reconnaissait de loin et ils lui servaient presque d'horloge.

Elle aurait pu râler, comme moi, contre la transformation du transport naval qui avait éliminé en quelques années les anciens vraquiers, bananiers et céréaliers des quatre coins du monde, presque tous remplacés par ces montagnes de conteneurs anonymes. Ils s'entassaient sur des terre-pleins déserts et grillagés à la place du port vivant d'autrefois. Elle aurait pu s'agacer de tout et de rien, mais tel n'était pas son tempérament, si bien qu'elle se contentait d'adorer ce mouvement perpétuel des grands bateaux, mais aussi des voiliers qui, semblables à des nuées d'oisillons, entraient et sortaient du port de plaisance, juste au pied de son immeuble. Son plaisir était de les voir franchir timidement la jetée à l'ombre des géants des mers dont les puissantes sirènes ponctuaient la journée. Les jours de tempête, elle admirait les vagues déchaînées qui bondissaient plusieurs mètres au-dessus de la digue nord ; les jours calmes, elle contemplait cette vaste baie de Seine où l'on apercevait à l'horizon d'autres navires au repos – les uns prenant leur tour pour gagner Le Havre, les autres attendant une marée favorable pour s'enfoncer dans le fleuve jusqu'à Rouen. Elle aimait aussi, quand il faisait clair, regarder la côte du Calvados qui semblait à portée de main, de l'autre côté de l'estuaire, avec sa végétation et ses falaises entre lesquelles se nichaient des stations balnéaires. Les palaces de Deauville se dessinaient face au Havre, tel un monde proche et lointain qui apparaissait ou s'effaçait au gré des caprices météorologiques.

Assise dans son fauteuil en pantalon ou robe fleurie, affublée de ses éternelles lunettes rectangulaires devant le balcon où poussaient des géraniums (la plante qu'elle préférait depuis ses années vosgiennes et ses escapades en Alsace où l'on en voit partout sur les fenêtres), Rosemonde contemplait le paysage maritime. La lumière du large animait son intérieur bourgeois avec ses meubles Louis-Philippe, sa bibliothèque où je reconnaissais les livres d'oncle Albert (tout Balzac, tout Hugo, tout Simenon, tout Anatole France, tout Graham Greene...). Au mur s'accrochaient quelques gravures des villes de Lorraine et souvenirs de la Résistance qui, autrefois, ornaient le salon du Moulin. Tout cela vibrait au rythme de la mer et constituait un espace où l'on se sentait bien quand elle vous accueillait, toujours souriante, se plaignant à peine d'une douleur des jambes qui, pourtant, la rongeait. Elle préférait vous inviter à vous asseoir devant la fenêtre en signalant, l'air de rien, comme un détail du quotidien : « Tiens, voici le *Queen Mary 2* qui entre. »

*

Sa joie communicative était d'autant plus méritoire que Rosemonde n'avait pas aimé d'emblée cet horizon. Arrivant des Vosges en 1979, elle avait même commencé par s'en plaindre. Après la mort de son mari et son installation au Havre, elle répétait souvent : « les sapins me manquent » ou « je n'aime pas la mer ». Quant à la grisaille de cette ville en béton armé, reconstruite après les bombardements de 1944, elle lui faisait simplement horreur. Si, d'ailleurs, ma grand-tante avait choisi de s'installer ici après la vente du Moulin, ce n'était pas par amour des bateaux mais pour se rapprocher de notre famille. Si elle avait choisi cette résidence, c'est parce que ma grand-mère, sa belle-sœur, habitait ce même immeuble.

Depuis quelques années, celle-ci souffrait d'une maladie musculaire l'obligeant à limiter ses mouvements. Il était donc apparu, après la disparition d'Albert, que Rosemonde pourrait vivre auprès d'elle et lui rendre quelques services en échange d'appointements. L'une avait d'importants moyens, l'autre une petite retraite, et cette solution semblait arranger tout le monde… même si c'était une mauvaise idée car les deux femmes ne s'aimaient guère. La vente du Moulin avait pourtant déterminé cette organisation et l'emménagement de ma grand-tante à la « Résidence de France », un énorme complexe d'immeubles de standing déployés comme les bras d'un satellite devant l'entrée du port, à l'emplacement de l'ancien chantier naval Augustin-Normand. Chaque escalier y portait le nom d'un château ou d'un écrivain français. Situé dans l'escalier Gien, le premier appartement de Rosemonde était toutefois trop bas pour apercevoir autre chose que les voiliers dont les câbles claquaient sur les mâts avec des bruits de grelots. C'est pourquoi elle avait fini par changer pour l'escalier Flaubert et ce neuvième étage au somptueux panorama.

Venue au Havre retrouver la famille de son mari, Rosemonde était elle-même d'origine havraise par son père. C'est dans cette ville en plein essor que Pierre Thuilier, né en 1890, avait grandi puis était devenu employé de commerce, tout en pratiquant passionnément la musique. Il y avait vécu jusqu'à l'âge de vingt ans, avant de s'installer près d'Ivry-la-Bataille où sa fille était née en 1917. Cet homme mort trop jeune l'avait beaucoup marquée, au point qu'elle avait ambitionné de devenir pianiste. Elle n'avait, en revanche, gardé aucun goût pour Le Havre où, fillette, elle avait passé des vacances dans sa famille paternelle. Ses vraies attaches se trouvaient ailleurs : dans la vallée de l'Eure ; puis dans les Hautes Vosges où elle avait connu l'amour ; et enfin dans notre famille qui l'avait rattachée, presque par hasard, à une ville qu'elle disait ne pas aimer.

Dès son installation, elle commença donc par retourner chaque année au Grand-Valtin où des proches l'accueillaient dans leurs chalets. Mais ces maisons avaient toujours pour défaut de n'offrir pas exactement la vue du Moulin, ni le même décor, et surtout il y manquait la présence d'Albert. Le paysage seul était impuissant à ressusciter son bonheur. Elle avait alors entrepris d'autres voyages chez des amis, en Hollande ou en Provence. Puis, lorsque je m'étais installé à Paris, elle avait pris un abonnement à l'opéra où elle voulait m'inviter pour cultiver notre complicité musicale. J'allais la chercher gare Saint-Lazare pour voir *Falstaff* ou *Pelléas et Mélisande,* et nous passions chaque fois une soirée délicieuse, prolongée par un mot après son retour au Havre d'où elle m'écrivait : « Tu sais que je pense à toi, je peux dire, journellement... » ou encore : « Continue ta belle vie intéressante et trépidante. C'est très court, je t'assure... » Phrase qui fait sourire, rétrospectivement, sous la main d'une femme qui allait atteindre sa centième année.

Elle retournait aussi, régulièrement, au volant de sa Peugeot 104, dans cette région d'Ivry-la-Bataille où vivait encore sa famille maternelle et où ses camarades de la Résistance la rattachaient aux années les plus intenses de sa vie : quand elle avait rencontré Albert et l'avait sauvé de la Gestapo. À chaque printemps, elle y retrouvait les patriotes vieillissants du réseau Turma-Vengeance. L'un était devenu notable, l'autre charcutier, mais une réelle fraternité les reliait trente-cinq ans plus tard. Plusieurs fois, elle m'invita à la rejoindre là-bas, car je restais sans doute le plus proche de ses petits-neveux. Après ma période « baba cool », j'étais devenu résolument « new wave », portant les cheveux courts, des T-shirts serrés et des costumes anglais. De Paris je prenais le train jusqu'à Vernon, sur les boucles de la Seine, où Rosemonde venait me chercher et me conduisait dans sa campagne fleurie. Je dormais chez ses amis qui évoquaient devant moi les années quarante, les réseaux, la clandestinité, et le souvenir de ceux qui avaient péri.

Évidemment je n'ai rien noté, puis j'ai tout oublié. Les détails importants se sont dissous dans ma mémoire. C'est idiot, car j'aurais dû songer que je finirais par raconter tout cela. J'aurais mis de côté quelques notes précises qui m'auraient permis d'en dire davantage.

C'est curieux comme on néglige ce genre de choses quand elles sont possibles ; et c'est curieux que tant d'années se soient écoulées jusqu'à sa mort sans que je pose les questions nécessaires. Il aura fallu qu'elle disparaisse pour que je songe soudain, trop tard, à tous les blancs d'une histoire que je ne pourrai jamais combler. Tout juste Rosemonde a-t-elle laissé quelques papiers de famille, comme si elle préférait que l'essentiel reste dans le silence. Au contraire de ces personnes qui désirent raconter leur vie, persuadées que leur destin passionnera l'humanité, elle protégeait ses secrets, au point qu'il fallait lui arracher les confidences. Du moins m'avait-elle présenté ces amis résistants avant de retourner au Havre où se poursuivait désormais sa vie.

C'est alors que Rosemonde, à soixante-dix ans passés, puis à quatre-vingts, puis à quatre-vingt-dix, a commencé à regarder cette ville autrement et a fini par aimer ce rivage longtemps dénigré. Plus elle était vieille, plus elle semblait joyeuse de compter les vaisseaux qui entraient et sortaient du port. Elle aimait moins, sans doute, l'autre point de vue qui, depuis sa chambre, donnait vers l'intérieur du Havre avec ses blocs et ses tours de béton édifiés après guerre sous la direction d'Auguste Perret. C'est pourquoi elle avait fait de cette chambre un sanctuaire vosgien où l'on reconnaissait le bureau en chêne d'Albert, mais aussi quelques gravures des environs de Gérardmer représentant le village du Valtin et la cascade du Saut des Cuves.

Face à la mer, en revanche, on la sentait heureuse de scruter l'horizon, l'immensité du ciel agité, ses teintes vaporeuses, éblouissantes et mouillées comme des tableaux de Turner ou de Monet ; et surtout cette incessante navigation qui donnait une impression d'activité, mêlant le travail des hommes au mouvement de la nature. C'est là qu'elle passait désormais l'essentiel de ses journées, munie de son journal et de ses jumelles, puis se livrait à d'autres activités avec cette volonté qui la caractérisait : comme de réécouter les morceaux de piano travaillés dans sa jeunesse, partition sur les genoux et crayon en main pour comparer les interprétations. Rosemonde ne s'ennuyait jamais et la mer lui offrait un incessant ballet qui animait ses journées, par ailleurs fort occupées entre la musique, les courses, la cuisine, les coups de téléphone, la lecture. Quand oncle Albert était mort, elle avait seulement cinquante-huit ans ; et peut-être pressentait-elle qu'elle continuerait encore très longtemps, gardant au fond de sa mémoire la belle histoire qui avait éclairé sa vie. Pour l'heure, il lui fallait réapprendre à goûter chaque jour.

2

Belles-sœurs

Ses années havraises avaient mal commencé ; et ce n'était pas seulement à cause de la ville. Quand elle était arrivée, en 1979, Rosemonde n'aimait guère la mer ni les bateaux ; mais surtout ses relations avec sa belle-sœur, Anne-Marie, s'étaient rapidement dégradées. Tout opposait ces deux femmes dans un antagonisme resté contenu lorsqu'elles vivaient éloignées l'une de l'autre, tributaires de la complicité entre les frères Georges. Leur antipathie ne pouvait que s'aggraver maintenant qu'elles étaient veuves, demeurant dans le même immeuble face à l'entrée du port, escalier Flaubert.

Ma grand-mère Anne-Marie était une bourgeoise aisée plutôt généreuse, cultivant le souvenir de son époux, Maurice, mais plus encore celui de son père, le président Coty. Elle habitait un vaste appartement plein de souvenirs de l'Élysée. Dans une vitrine s'alignaient les plus hautes décorations de tous les pays. Sur les murs un pastel de Marie Laurencin côtoyait une nature morte de Foujita : deux faisans offerts au peintre à l'issue d'une chasse présidentielle, et livrés par des motards conformément à la tradition de l'époque – ce qui avait poussé l'artiste japonais à renvoyer la politesse en peignant son gibier pour le chef de l'État. Convaincue d'incarner et de transmettre l'héritage moral du dernier président de la Quatrième République, Anne-Marie se voulait « chrétienne sociale » et faisait inlassablement la leçon aux autres, à commencer par sa propre famille où elle prêchait la vertu, le partage et la simplicité. Chaque après-midi elle recevait ses amies, épouses de chirurgiens et de notables havrais, pour le thé servi par Jeannette, sa fidèle femme de chambre. Elle dépensait beaucoup pour refaire les tapisseries des fauteuils ou les tissus de son appartement ; mais elle finançait aussi les investissements de ses enfants, et employait à présent cette belle-sœur désargentée, susceptible de lui rendre quelques services en faisant des courses ou du secrétariat.

Rosemonde, au contraire, était cette orpheline de père qui, très jeune, avait appris à se débrouiller seule et à entretenir sa mère. Dès la fin des années trente, elle avait ouvert à Ivry-la-Bataille une fabrique de peignes. Après la Libération elle avait rejoint son amant, le capitaine Georges, dentiste à Boulogne-Billancourt ; puis elle avait travaillé dans des bureaux du quartier Saint-Lazare. Elle ne prisait guère le style mondain de sa belle-sœur qui, de son côté, avait tardé à reconnaître pleinement cette seconde belle-sœur. Car Anne-Marie avait connu Marie-Louise, la première épouse d'Albert, et entretenu de bonnes relations avec cette femme morte en déportation. Avait-elle vraiment tiqué en découvrant, après guerre, la nouvelle venue au bras du héros de la Résistance et leurs vingt années de différence d'âge ? Par ses silences éloquents, Rosemonde semblait parfois lui tenir rigueur de ces années « clandestines ».

Le gaullisme était un autre sujet de tension. Car, si les deux frères Georges avaient partagé le même culte du Général – l'un comme résistant, l'autre comme militant puis comme député –, ma grand-mère entendait désormais faire valoir le point de vue de son père, René Coty. Celui-ci demeurait en effet, pour l'Histoire, le président qui s'était engagé pour faciliter le retour au pouvoir du Général en 1958… mais il avait secrètement regretté un certain manque d'égards de son successeur qui n'avait rien fait pour le retenir à l'Élysée. En 1962, sortant de la réserve qu'il s'était imposée, il s'était même opposé à la réforme constitutionnelle qui faisait du président un « monarque républicain ». Il était mort quelques semaines après cet acte de défiance et de Gaulle, venu au Havre présider ses funérailles nationales, avait prononcé un éloge à sa manière, soulignant le mérite de cet homme désintéressé qui représentait « ce que l'ombre est à la lumière », comme il avait dit, citant La Bruyère. Vingt ans après, ma grand-mère ruminait encore ces comportements auxquels elle opposait les admirables positions de René Coty sur l'Europe, les avancées sociales ou la religion. Ce faisant, elle s'évertuait à édifier une statue trop imposante pour lui… et produisait une réaction inverse dans sa propre famille qui ne supportait plus de l'entendre parler de « papa », de sa grandeur, de ses vertus et de l'injuste oubli qui le frappait.

Chez Rosemonde, gaulliste fervente, cet agacement diffus allait se transformer en allergie. Sa belle-sœur l'exaspérait par ses tirades emphatiques auxquelles elle opposait un silence à peine poli. Loin de battre en retraite, Anne-Marie lui avait alors demandé de taper à la machine quelques passages du journal personnel du président Coty, persuadée que cette lecture édifiante allait modifier les sentiments de sa belle-sœur. Celle-ci s'était exécutée mais, loin de se passionner pour les écrits du président, elle avait fini par développer une aversion pour cette figure imposée. Ma grand-mère le sentait et, pour lui démontrer qu'elle se trompait, se lançait dans un nouvel éloge vibrant de « papa ». Dans une telle situation, Rosemonde devenait raide, et l'exaspération perçait sur son visage. Quelques années plus tôt, elle avait pourtant reçu René Coty au Grand-Valtin ; puis le président avait adressé des lettres chaleureuses à Rosemonde et Albert qu'il appelait « ma nièce » et « mon neveu ». Sans doute étaient-ils fiers, alors, d'accueillir cet homme glorieux. Mais la béatification posthume exercée par Anne-Marie et ses permanentes tirades contre de Gaulle étaient devenues insupportables à Rosemonde.

Peut-être jalousait-elle les moyens de sa belle-sœur, tout comme elle s'agaçait de ses principes moraux mêlés à un style de vie dispendieux. Anne-Marie, de son côté, trouvait excessive l'aura de Rosemonde auprès de ses petits-enfants. La proximité des deux femmes et leur dépendance mutuelle s'étaient ainsi transformées en enfer quotidien, rappelant l'affrontement de Bette Davis et Joan Crawford dans *What Ever Happened to Baby Jane*. Au début elles avaient accompli quelques voyages ensemble. À présent la myopathie de ma grand-mère s'aggravait et Rosemonde, toujours vaillante à soixante-cinq ans, devait aider la femme de chambre à la déplacer pour sa toilette et elle supportait mal cette intimité forcée. Jeannette étant tout acquise à sa patronne, Rosemonde ne pouvait espérer aucune complicité. Elle s'était rapprochée, en revanche, de la secrétaire qui assurait les continuels classements, déclassements et reclassements des archives de René Coty ordonnés par Anne-Marie sur un mode de plus en plus incohérent. Cette acolyte n'en pouvait plus, elle-même, des manies de la fille du président et de sa rengaine sur « papa ». Son antipathie faisait écho à celle de Rosemonde, et elles se retrouvaient pour soupirer sur cette bourgeoise insupportable.

Rosemonde, certes, avait besoin d'argent. Il n'en était pas moins étrange de voir une nature aussi indépendante enfermée dans cette relation avec une personne qu'elle n'aimait pas. De son côté Anne-Marie, femme de devoir, voulait aider sa belle-sœur ; mais elle ne pouvait s'empêcher de harceler ceux qui vivaient sous sa tutelle en leur infligeant ses leçons. Malgré ces relations dégradées, notre grand-tante demeurait un personnage central dans la famille. Ses petits-neveux conservaient avec elle des liens très forts qui s'étaient noués durant des années de vacances vosgiennes. Elle le savait, mais ne pouvait s'empêcher d'adopter, quelquefois, des comportements étranges. Lors de certains repas de famille, elle se fermait totalement. Tel un bloc de glace au milieu de la tablée, elle ne répondait que par oui et par non – comme pour signifier que, sans doute, elle n'appartiendrait jamais pleinement à cette famille et que la comédie qui se jouait autour d'Anne-Marie était indécente. Dès le lendemain, pourtant, dans son appartement devant la mer, on la retrouvait souriante, attentive et digne de l'aura de « tatie des Vosges ». Puis le mois suivant, au mariage de l'un ou à l'anniversaire de l'autre, on la voyait immobile devant son assiette, refusant de dire un mot, comme si elle était ici par erreur.

Quelquefois, Rosemonde affirmait en insistant qu'elle avait beaucoup aimé Maurice, notre grand-père : manière de signifier qu'il en allait autrement avec son épouse auprès de qui elle accomplissait, de plus en plus froidement, les tâches d'une intendante. Les derniers mois d'Anne-Marie n'y changèrent presque rien. Celle-ci, désormais totalement alitée, perdait la tête et voyait dans ses draps la figure de son père, René Coty. Puis elle décida de se laisser mourir et ma mère veilla sur elle avec ses sœurs et son frère, mais Rosemonde conserva jusqu'au bout sa distance. Sa dureté de caractère n'avait pas failli, quitte à choquer au sein de la famille. La mort d'Anne-Marie, mettant fin à cette relation artificielle, allait lui permettre d'apparaître à nouveau sous son meilleur jour.

Libérée de ce poids, Rosemonde se tourna vers des activités bénévoles. Ses moyens demeuraient modestes, mais ses dépenses également et elle pouvait désormais se contenter de sa pension de retraite et de sa rente viagère. Elle s'engagea dans une association de soutien aux aveugles et les accompagna en voyage à travers l'Europe. Elle guidait les non-voyants à la découverte de paysages extraordinaires, de monuments historiques et de collections de peinture ; puis elle nous rapportait les commentaires de ses protégés, apparemment ravis d'arpenter les lieux, d'entendre un écho ou de s'arrêter, comme les autres, devant les vitraux de Chartres ou les *Ménines* du Prado.

De retour au Havre, elle consacrait encore une partie de ses journées à enregistrer à voix haute des romans pour ses protégés. Très répandues durant ces années quatre-vingt, les cassettes allaient devenir un objet central de son existence, lui permettant non seulement de lire pour les aveugles, mais encore d'archiver pour elle-même les meilleures interprétations de ses œuvres préférées comme le *Concerto italien* de Bach, les sonates de Beethoven ou les symphonies de Mahler. Puis elle entreprit de collectionner les cassettes vidéo d'opéras chantés par la Callas, Domingo ou Raimondi. Elle les revoyait sans se lasser dans son fauteuil surplombant l'entrée du port où se poursuivait le ballet des pétroliers, des paquebots et des porte-conteneurs qu'elle commençait à regarder d'un œil plus favorable.

*

À six cent cinquante kilomètres du Havre, la neige tombait sans interruption depuis trois jours. Par instants la vallée disparaissait dans un tourbillon derrière la fenêtre. À d'autres moments, l'averse se faisait moins dense et je voyais apparaître le clocher de l'église et son vieux presbytère au toit recouvert d'un ourlet blanc ; puis tout se brouillait encore. J'enfilais alors un anorak, des gants, un bonnet, puis j'allais chercher la pelle pour creuser à nouveau le sillon qui reliait la maison au chemin et le chemin à la route. J'y avais passé plusieurs heures hier, me démolissant presque le dos, mais le vent avait soufflé la trace et il fallait recommencer. Pourtant, ce travail qui aurait pu me paraître pénible me plaisait comme un jeu d'enfant, un jeu d'enfance qui me ramenait à la fin des années soixante, quand on découvrait ici l'hiver montagnard et qu'on rêvait de ne jamais repartir.

À présent j'étais de retour et j'étais heureux. Après avoir posé la pelle, je regagnais l'intérieur où un feu flambait dans la cheminée – certes pas aussi vaste que celle du Moulin, mais quand même impressionnante avec ses bûches d'un mètre et ses hautes flammes. Cet hiver 1988, nous étions venus quelques jours avec mes parents, frères et sœurs, inaugurer cette nouvelle demeure et fêter nos retrouvailles avec les Vosges. Tout de suite je m'étais trouvé une petite chambre avec un coin de table, un lit, des livres. Cette maison, construite dans les années cinquante, n'avait pas le charme des vieilles fermes, mais elle était admirablement située et je me sentais renaître dans ce cocon au milieu des forêts où le bruit des ruisseaux n'avait pas changé. La neige tombait par la fenêtre. Dans quelques jours, je devais me rendre en Suisse et interviewer Zino Davidoff pour le magazine *Playboy* où je signais alors de grands reportages. Je franchirais le col de la Schlucht dans le blizzard, puis descendrais en autocar vers Colmar sur cette route si souvent arpentée avec oncle Albert, quand on allait boire un demi à la brasserie Rhin et Danube. Ici, quoi que je fasse, chaque détail me ramenait à ma découverte du bonheur, si bien que j'avais l'impression d'être rentré chez moi.

Quand Albert et Rosemonde avaient décidé de vendre le Moulin, ils s'étaient persuadés que nul dans la famille ne voudrait le racheter. Ma grand-mère aurait pu le faire ;

mais elle répétait à ses enfants qu'il ne fallait surtout pas se fixer dans les Vosges, pays sinistre et pluvieux qui lui rappelait les origines paysannes de son mari. Ce point de vue n'avait pas arrangé les relations entre les deux belles-sœurs, mais il avait encouragé Rosemonde et Albert à prendre leur décision sans prévenir personne. Notre attachement au Grand-Valtin était cependant plus fort qu'ils ne l'imaginaient et, profitant des invitations des amis de Rosemonde, j'y étais retourné chaque année après la vente du Moulin. J'y avais également séjourné avec mes parents pour qui les séjours vosgiens étaient un rituel et une nécessité.

La mort de ma grand-mère, en 1987, allait nous permettre d'y reprendre pied. Après sa disparition, ma mère décida d'acquérir là-bas une nouvelle maison. À l'automne suivant, je passai quelques jours à l'auberge du Valtin d'où je partais en randonnée sur les crêtes, walkman sur les oreilles, en écoutant *Bacchus et Ariane* de Roussel. Les cuivres de l'orchestre répondaient au flamboiement de la nature, en cette saison où le givre du matin fait place à la douceur des après-midi. J'avais alors visité pour la première fois cette propriété déjà repérée par mes parents, puis je leur avais aussitôt téléphoné en leur disant de ne pas hésiter. Perchée à l'entrée du village, la maison surplombait un panorama merveilleux donnant sur l'église et son clocher au milieu des forêts. De part et d'autre de la vallée, les pentes de sapins descendaient en lignes obliques et formaient le cadre très pictural de ce village. À l'intérieur, la cheminée et l'odeur de bois avaient achevé de me convaincre.

La vente s'était conclue rapidement et j'avais retrouvé

le paradis de mon enfance avec une intensité redoublée. À la moindre occasion je prenais le train pour trois jours, dix jours, un mois. Dans le vieil autorail, entre Nancy et Saint-Dié, je m'enchantais à nouveau quand le paysage commençait à s'arrondir, annonçant la montagne. Seul ou avec des amis, tous les prétextes étaient bons et c'est là, désormais, que j'écrivais le plus souvent. Après avoir travaillé le matin, je retrouvais en promenade les mystères de la forêt, la musique des torrents, les étables sombres et les greniers à foin. Je grimpais jusqu'à Sérichamp, cette prairie d'altitude couverte de fleurs d'où l'on apercevait comme un point brillant le lac de Gérardmer. En redescendant, je m'arrêtais à la Louisière où Raoul tenait toujours son auberge et où Jeanne, son épouse, vieillissait mais se plaignait toujours de cette forêt à laquelle elle préférait Paris et son asphalte. En l'écoutant, j'avais l'impression que le temps s'était immobilisé. À un détail près : désormais actif dans la presse et dans le milieu musical, j'avais les moyens de partager les « mâchons » du patron.

Je ne tardai pas non plus à me lier plus étroitement à certains habitants. En contrebas du Grand-Valtin, notre nouveau village avait un caractère différent. Le hameau de mon enfance, ouvert comme un col, était une prairie peuplée de fermes espacées. Le Valtin où nous habitions désormais était plus enfoncé dans la vallée de la Meurthe et plus pittoresque avec ses maisons serrées autour de l'église, son chemin qui traversait le cimetière et son bistrot-épicerie où se retrouvaient les travailleurs forestiers. Je m'étais alors lié avec Georges Morel, un ancien militaire qui tenait cet établissement et faisait la fête après la fermeture. Il m'entraînait en 4×4 pour d'improbables virées dans des auberges perdues. J'étais même intervenu comme écrivain, à la une de *L'Est républicain*, pour sauver son café menacé de disparaître. Au presbytère, en face de chez nous, j'aimais aussi retrouver l'abbé Farreyrol, ce vieux curé à la longue barbe blanche qui, en 1955, avait marié Rosemonde et Albert. L'hiver, nous allions dîner à l'auberge en marchant sur la route coupée par la neige, puis je me joignais aux habitants pour la fête du village qui se tenait à la Pentecôte.

Ma nostalgie du Moulin s'atténuait ainsi en même temps que celle du Grand-Valtin qui, chaque année, perdait un peu de son charme tandis que les chalets suisses se multipliaient sur la grande prairie avec leurs haies et leurs clôtures. La route sinueuse de mon enfance, ondulant d'une ferme à l'autre, s'était transformée en ligne droite, à force de travaux conduits par la Direction départementale de l'équipement. Seule la ferme de Mme Thomas tenait bon avec sa basse-cour. M'arrêtant pour la saluer, je regardais ses chats bondir de l'armoire aux fourneaux, tandis que nous échangions quelques mots ponctués de longs silences. Quelquefois encore, je m'asseyais dans l'herbe au-dessus du Moulin parmi les fougères anisées, comme je le faisais en lisant Verlaine à l'âge de quinze ans. La vue de ces murs ranimait des souvenirs vibrants ; mais les nouveaux propriétaires avaient modifié les proportions en construisant un garage ; ils avaient élargi et goudronné le chemin, puis comblé la pièce d'eau où je pataugeais, enfant, cependant que les alentours se fragmentaient et se dégradaient sous l'assaut touristique, mieux canalisé dans notre nouveau village. Mes souvenirs valaient mieux que cette réalité.

Quand mes parents avaient acquis leur maison, nous avions décidé de nous passer de téléphone et de nous contenter de la cabine du village. Puis, mes séjours se multipliant, j'avais fini par installer une ligne. Parfois je l'utilisais pour appeler Rosemonde et lui donner des nouvelles du Valtin, des habitants, des commerçants de Gérardmer. Presque étonnée de nous voir reprendre pied dans ce monde qu'elle nous avait fait aimer, elle ne tarda pas à venir à son tour… quand bien même rien, à ses yeux, ne pouvait remplacer le Moulin. Tout était trop différent, à deux kilomètres de distance. Elle se montra toutefois ravie que je lance l'idée de nous retrouver tous dans les Vosges, à la fin de l'été 1997, pour fêter ses quatre-vingts ans.

La famille et beaucoup de ses amis étaient présents : les patrons de la Louisière, les nouveaux propriétaires du Moulin et tous ces estivants devenus si proches à la fin de la vie d'Albert. La plupart avaient pris l'habitude de désigner Rosemonde comme « tatie », reprenant le terme de notre enfance. Nous avions déjeuné dans le jardin de l'auberge du Val Joli, un de ces jours où le soleil glorieux se mêle à la fraîcheur de la montagne, à l'abondance des fleurs et au murmure des ruisseaux. En bordure de la forêt, les digitales et les chardons ajoutaient leurs touches mauves au vert des pâturages. La Meurthe coulait vivement et semblait à la fête pour accompagner nos libations. Soudain, quelqu'un avait pointé le doigt pour nous montrer des chamois qui sautaient là-haut dans les roches du Valtin. Seule manquait la voix d'oncle

Albert pour fredonner *Ah ! Si vous connaissiez ma poule.* Rosemonde ne reviendrait plus guère par la suite ; mais cet anniversaire vosgien sembla mettre fin à l'épisode teinté de tristesse qu'avait représenté son départ vingt ans plus tôt.

3

Françaises d'avant guerre

Quand Rosemonde et Albert avaient aménagé un appartement au Moulin, j'avais sympathisé avec les habitués qui se succédaient pendant les vacances. Le futur acquéreur de la maison, un pilote de ligne, venait régulièrement avec sa famille et nous bavardions librement. J'avais seize ou dix-sept ans, j'écrivais mes premiers textes, mais ma passion musicale se confirmait aussi et j'avais décidé d'étudier la musicologie. Comme je lui expliquais plus précisément ce projet, le pilote de caravelle avait conclu :

— En somme, tu deviendras producteur à France Musique !

La promesse semblait flatteuse, même si j'ignorais ce que désignait ce terme de « producteur ». À l'époque j'écoutais la radio pour entendre des œuvres introuvables en disque. Sur France Culture, certaines émissions commençaient à diffuser les compositeurs « répétitifs » que je découvrais avec enthousiasme ; mais il me faudrait encore de longues années pour faire – comme cet homme l'avait prédit – mes propres débuts à Radio France.

Entre-temps j'allais exercer mes modestes compétences

pianistiques, lancer dans la presse mes premières polémiques sur l'avant-garde, chanter dans la revue *Diapason* la gloire de la musique française oubliée. Mon attirance pour les parties honteuses de la musique allait également s'accroître au gré d'autres expériences, comme la découverte du Balajo où jouait encore, à l'aube des années quatre-vingt, l'accordéoniste Jo Privat qui animait ce bal depuis le Front populaire. Entré presque par hasard un dimanche, j'avais entrevu les derniers couples de boutiquiers et d'employés dansant la « toupie », étroitement enlacés sur les mélodies entêtantes de *Mystérieuse* ou *Sa préférée.* Quelque temps après, devenu proche du compositeur Marcel Landowski, j'avais sympathisé avec sa secrétaire qui m'avait présenté son mari, lui aussi accordéoniste. Débarqué du Doubs à la fin des années cinquante, Daniel Colin avait joué au Petit Jardin et dans les derniers bals parisiens avant de mener une carrière difficile, en ces années où la jeunesse ne voulait que du rock. Il m'avait appris à distinguer les accordéonistes lourdingues (qui passaient le dimanche à la télévision) de ces fins musiciens qui avaient porté le musette au sommet, tels Gus Viseur ou Tony Murena. Nous nous étions rendus ensemble chez Jo Privat, dans la propriété de Bry-sur-Marne où il avait fait construire, au fond du jardin, une miniature du Balajo. J'avais adoré son argot et ses souvenirs colorés du Paris canaille. Puis on s'était retrouvés rue de Lappe pour fêter ses soixante-dix ans dans le légendaire bal musette au décor d'autrefois.

À force de revendiquer ces goûts bizarres au sein du milieu musical où je m'activais comme journaliste, j'étais intervenu une première fois sur France Musique, invité par le producteur Jean-Michel Damian. Il animait chaque samedi le magazine « Désaccord parfait », et m'avait alors proposé de consacrer toute une émission à André Messager, puis une autre à Reynaldo Hahn, les deux compositeurs d'opérette que je préférais. Ces programmes qui mêlaient musique vivante et documents sonores, avec un plateau d'invités, m'avaient transformé en spécialiste de la « musique légère ». J'avais ainsi commencé à réactiver, sur France Musique, certains genres délaissés depuis des années.

Les programmes d'opérettes et de divertissements symphoniques se comptaient par milliers entre 1945 et 1970 ; après quoi le vent de modernisation, soufflant sur tous les aspects de la vie sociale et culturelle, avait entraîné la liquidation accélérée de ces traditions jugées ringardes. Les nouveaux patrons de Radio France avaient supprimé la plupart des émissions spécialisées : l'opérette du dimanche comme les « merveilles de la musique légère ». La majeure partie de la musique française, balayée par la mondialisation du « grand répertoire », était tombée aux oubliettes et il n'en restait pas même des regrets – les snobs se plaisant à ironiser sur ce médiocre passé ! Cette unanimité dans le rejet donnait toutefois une saveur décalée à mes premières interventions radiophoniques. En 1997, enfin, Jean-Pierre Rousseau, directeur des programmes, me proposa de créer une émission hebdomadaire intitulée « Les Beaux Dimanches », et je pris goût à cette activité de « producteur » radiophonique, consistant à concevoir et à présenter une émission dans laquelle je mêlais valses musette, voix enregistrées d'Arletty ou de Pauline Carton, vieilles chansons de

Broadway, choros brésiliens, orchestres de mandolines et ensembles d'opérettes.

L'expérience ne dura qu'une saison, certaines voix à Radio France ne l'entendant pas d'une si bonne oreille. Mais, un an plus tard, Pierre Bouteiller, nouveau directeur de France Musique, me proposa de présenter chaque samedi matin une émission dans laquelle je pourrais librement mettre ce goût à l'honneur. Ainsi naquit « Étonnez-moi Benoît » (nom d'une chanson de Françoise Hardy sur des paroles de Patrick Modiano) : un programme dans lequel je recevais d'anciennes vedettes de music-hall, des chanteurs de charme, des humoristes et autres témoins d'un monde englouti. Dès les premières saisons, j'allais rencontrer de merveilleux personnages : le fantaisiste Maurice Baquet, violoncelliste et alpiniste qui s'était illustré dans les opérettes du Châtelet ; la soprano Liliane Berton, artiste de l'Opéra-Comique qui savait rendre les mots si vivants et mélodieux ; la danseuse Colette Brosset et le compositeur Gérard Calvi qui avaient créé, avec Robert Dhéry, la compagnie des Branquignols ; le ténor Jacques Jansen, illustre interprète de *Pelléas et Mélisande* et chanteur d'opérette qui avait joué partout *La Veuve joyeuse*, *Ciboulette* et *Véronique*.

Dès les débuts de cette émission je me rapprochai, plus encore, de la comédienne et chanteuse Suzy Delair, ancienne compagne du cinéaste Henri-Georges Clouzot, connue pour ses rôles inoubliables dans *L'assassin habite au 21* et *Quai des Orfèvres* où elle chante le « tralala » en se déhanchant de façon suggestive. Pour les mélomanes, elle était aussi cette exceptionnelle interprète d'Offenbach qui avait joué, en 1958, le rôle de Métella dans *La*

Vie parisienne mise en scène par Jean-Louis Barrault ; mais elle avait également gravé d'innombrables chansons mêlant la gouaille de Mistinguett à l'élégante diction d'Yvonne Printemps.

Quand je l'avais rencontrée chez des amis communs, cette femme de petite taille au puissant caractère avait commencé par me prendre de haut, déclarant qu'il me faudrait savoir la séduire si je voulais la mériter dans mon émission. Puis on avait pris l'habitude de se téléphoner, le plus souvent la nuit, aux heures où elle s'animait pour parler de tout et de rien : des théâtres d'avant guerre comme des nouveaux programmes de télévision. À quatre-vingts ans bien sonnés, elle s'exprimait avec une verve très drôle. Son tonus incroyable et sa mémoire précise nourrissaient des récits vivants sur ses débuts d'actrice dans les années trente, quand elle jouait les « petites femmes » aux Bouffes-Parisiens. Son amie et presque jumelle Danielle Darrieux, avec laquelle elle avait partagé une chambre, était montée très vite en haut de l'affiche. Suzy, elle, avait poursuivi sa collection de petits rôles. Elle me décrivait ces artistes que j'admirais qui avaient été ses amis : Maurice Yvain, le génial compositeur de *Ta bouche* et *Là-haut* ; Georges van Parys, parolier de chansons autant qu'esthète dont il faut lire les Mémoires *Les Jours comme ils viennent* ; mais aussi les compositeurs et chefs d'orchestre Wal-Berg ou Paul Misraki. En trois mots, elle faisait revivre les anciennes gloires du music-hall, et même ces directeurs qui avaient un lit derrière leur bureau par lequel il fallait passer… ce qui ne semblait pas l'avoir traumatisée outre mesure. De dîners en conversations nocturnes, elle m'avait adopté et m'entraînait à présent dans Paris pour m'offrir des cadeaux comme ce peignoir japonais, si chaud pour l'hiver, que je conserve dans ma maison vosgienne.

Son caractère épouvantable, aiguisé par le trac et la nervosité, l'avait toutefois éloignée du milieu professionnel – c'est pourquoi elle ne tournait plus au cinéma depuis son rôle de dentiste survoltée, épouse de Louis de Funès dans *Rabbi Jacob*. Elle restait cependant une diva adulée par une cour d'acteurs, de cinéphiles et autres fervents qui admiraient ses talents d'actrice et de chanteuse – souvent combinés dans les mêmes films. Elle avait même joué, en 1948, le principal rôle féminin dans *Atoll K*, dernier film de Laurel et Hardy où elle entonnait d'une voix ensorcelante *Tu ne peux pas te figurer comme je t'aime*. Exclusive, elle exigeait qu'on soit à sa disposition, mais elle étonnait par son tempérament de feu ; et je n'avais pas été peu fier d'user de mes relations pour lui faire obtenir – comme elle le désirait – la rosette d'officier de la Légion d'honneur, remise en 2006 par le ministre de la Culture devant tous ses proches rassemblés pour la circonstance.

*

À l'autre bout de l'antenne, dans son appartement du Havre, Rosemonde écoutait chaque samedi mon émission, puis me délivrait au téléphone des commentaires qui me passionnaient. Elle aussi était née dans cette autre France où son prénom, Rosemonde, évoquait encore la poétesse Rosemonde Gérard, épouse d'Edmond Rostand ; tandis que sa mère, Amélie Thuilier, semblait sortie d'une pièce de Feydeau qui écrivait, en 1908, *Occupe-toi d'Amélie*... Toute jeune femme, ma grand-tante avait connu, sur son poste de TSF, les artistes que je célébrais cinquante ans plus tard. Et, lorsque je programmais avec enthousiasme un refrain de Maurice Chevalier que j'ignorais jusqu'alors – comme *Dites-moi ma mère*, ou *Le Chapeau de Zozo* accompagné par l'orchestre de Roger Désormière –, elle entonnait ces paroles qu'elle savait depuis toujours, comme son mari Albert, fervent admirateur du « grand Momo ». Le détail me semblait d'autant plus savoureux que l'air du temps associait souvent Chevalier aux rangs infâmes de la « collaboration », suite aux concerts qu'il avait donnés pour des prisonniers en Allemagne... mais qui n'avaient guère entamé son prestige aux yeux très « résistants » d'Albert et de Rosemonde. Celle-ci adorait aussi m'entendre deviser avec Sempé qui venait au micro parler de Ray Ventura ou de Georges Ulmer. Une autre fois, après une émission où j'avais évoqué *Mignon*, l'opéra d'Ambroise Thomas et son air célèbre « Connais-tu le pays où fleurit l'oranger ? », elle m'écrivit pour me dire qu'elle se rappelait, lors de sa première visite du Moulin en 1955, avoir fredonné ce couplet : « C'est là que je voudrais vivre. »

Sa formation de pianiste classique la portait certes davantage vers le grand répertoire que vers la chansonnette. Elle préférait m'entendre recevoir des chefs d'orchestre comme Georges Prêtre, et des chanteurs d'opéra comme Jane Rhodes ou Roberto Alagna. Elle s'indignait même que je fasse l'éloge de Tino Rossi dont j'adorais la voix suave ; mais, surtout, elle ne supportait pas Yvonne Printemps, irrésistible selon moi par son art de « diseuse », glissant comme un violon tout en articulant chaque syllabe. Guitry en avait fait son égérie. Rosemonde la jugeait maniérée et me suppliait de ne plus lui faire entendre *Les Chemins de l'amour*: « C'est un supplice. » Comme j'insistais, elle rectifiait dans la lettre suivante : « Yvonne Printemps, j'en redemande. Ça me procure un moment pour passer l'aspirateur. » Elle était ravie, en revanche, que j'invite Suzy Delair. Autant les minauderies d'Yvonne, ses bijoux et ses fourrures la renvoyaient à un style qu'elle n'aimait guère, autant la petite femme populaire incarnée par Suzy lui plaisait, tout comme elle avait enchanté Albert. Elles avaient presque exactement le même âge, Rosemonde étant née en octobre 1917 et Suzy (pour l'état civil Suzanne Delaire) en décembre de la même année. Je les associais donc volontiers l'une à l'autre, tandis qu'elles avançaient avec une même énergie vers l'âge de cent ans.

Était-ce d'être nées pendant la Grande Guerre, puis d'avoir découvert la vie dans cet ancien pays où l'on aimait les flonflons du bal, où les femmes du peuple ne rechignaient pas à séduire, où les voix avaient de l'accent, où l'on s'exprimait en articulant bien ? Suzy et Rosemonde m'apparaissaient comme les survivantes d'un genre disparu : ces jeunes Françaises des années trente au caractère bien trempé, vives et peu prêtes à se laisser intimider par les hommes, sauf ceux auxquels elles se donnaient tout entières. Je discernais aussi, à travers elles, un type social : cette petite bourgeoisie d'employés et de commerçants d'où Suzy était sortie avec sa mère couturière et son père sellier-carrossier, tout comme Rosemonde dans son café-tabac d'Eure-et-Loir. Très tôt elles avaient subvenu à leurs besoins. Chez Delair, comme chez Arletty, Patachou et d'autres artistes de cette génération, le côté parisien ajoutait une gouaille, une rapidité, un sens de la formule. Mais qu'elles soient parisiennes ou provinciales, toutes étaient des femmes libérées avant l'heure, quoique conservatrices et votant à droite.

Rosemonde, par exemple, avait horreur que les hommes desservent la table ou fassent la vaisselle – contrairement à ma grand-mère ou à ma mère qui, dans leurs convictions de bourgeoises progressistes, adoraient lancer ce genre de mot d'ordre à la fin du repas (« Aujourd'hui, ce sont les hommes qui débarrassent »), et se persuadaient de mettre en œuvre une justice féministe. Toute leur vie ne faisait pourtant que célébrer le patriarcat. Au contraire, Rosemonde ou Suzy préféraient que les hommes commandent et que les femmes servent ; mais elles avaient traversé les années trente, la guerre et les années cinquante sous le sceau de l'indépendance et de l'action.

L'une venait de la Résistance ; l'autre s'était montrée assez complaisante avec l'occupant pour participer, en 1942, au voyage officiel des artistes français en Allemagne – comme le rappelaient souvent les articles sur elle, sans parvenir à la culpabiliser. Elles n'en déploraient pas moins toutes deux l'évolution de la France, ce pays de leur enfance en train de disparaître en même temps que ses commerçants et ses artisans, ses villes et ses villages, son mélange d'ouverture au monde et de singularité. Suzy s'indignait. Rosemonde parlait moins et se contentait de lourds silences où l'on avait l'impression d'entendre : « Mon Dieu, si le Général était encore là ! » Elle ne critiquait pas pour autant chaque aspect de la vie moderne, et s'étonnait de mes coups de colère contre la circulation frénétique, la grande distribution, le téléphone mobile et autres supposés progrès qui étaient devenus l'une de mes cibles littéraires. Quand je pestais contre le vacarme des motards, elle avouait que les motos l'avaient toujours fait rêver, avec leurs jolies filles accrochées à leurs hommes. Issue d'une génération qui avait vu la France se moderniser, elle s'étonnait que je dénigre avec une telle ardeur les bénéfices supposés de mon époque. L'évolution intellectuelle du pays ne lui plaisait guère, mais elle s'interdisait de le dire et préférait admirer les paysages qu'elle redécouvrait à la télévision pendant le Tour de France.

4

Les deux modernités

Le tabac, dans les années soixante-dix, passait encore pour un élégant plaisir. La mode, le cinéma, la publicité, la chanson lui associaient l'érotisme (*Ta cigarette après l'amour* de Charles Dumont en 1973), la littérature (un écrivain participant à l'émission « Apostrophes » s'exprimait toujours dans un nuage de fumée), et même le progrès (un cadre dynamique se déplaçait rarement sans un paquet d'américaines). Mon grand-père Maurice Georges, oto-rhino-laryngologiste, connaissait depuis longtemps les ravages de la cigarette. Dans son salon, pourtant, il n'était pas question d'interdire et les invités fumaient au moment du café. Chez mes parents, un coffret en argent contenait un choix d'anglaises au goût piquant – Dunhill ou Craven A – que ma mère, quoique peu fumeuse, allumait de temps à autre. Mais la cigarette demeurait aussi l'un des marqueurs du passage de l'enfance à l'âge d'homme et il n'était pas rare, dans les familles, de rire en voyant un garçon de quatorze ans s'étouffer en grillant sa première Gauloise, faute de savoir encore *bien fumer*. Les adolescents manquaient toutefois d'argent pour en acheter – sauf les P4, cigarettes militaires vendues par quatre. C'est pourquoi il nous arrivait de puiser dans une armoire parmi les dernières boîtes à cigarettes de l'Élysée qui contenaient le tabac favori de notre aïeul René Coty, roulé dans un papier portant sa signature !

Durant leurs dernières années au Moulin, Rosemonde et Albert avaient eux-mêmes renoué avec ce plaisir après une longue abstinence. Leurs nouveaux amis y étaient pour beaucoup. Entre ce jeune couple d'Allemands et cette ancienne mannequin de chez Dior, toujours une longue cigarette suisse à la bouche, le tabac semblait rimer avec la vie moderne – et il serait apparu comme la dernière grossièreté d'obliger les gens à sortir pour fumer. Pour mon grand-oncle et son épouse, certains paquets rappelaient en outre la fin de la guerre et l'arrivée des cigarettes américaines. Le tabac figurait alors parmi les denrées indispensables distribuées aux soldats ; et les GI's en offraient à la population des pays libérés, appliquant par ce biais les principes de ce qu'on appellerait plus tard le *soft power*.

Lors des vacances vosgiennes avec mon cousin, j'avais pris à mon tour l'habitude de griller quelques Marlboro dont la fumée s'élevait pendant les parties de belote. Le tabac demeurait en revanche interdit à Jean-René qui souffrait d'asthme depuis l'enfance. Il veillait sur sa santé, suivait des traitements, notamment ces piqûres antiallergiques qu'on lui faisait régulièrement et qui m'impressionnaient par leur nombre. Mais il était courageux. De mon côté, alerté par mon grand-père et par les informations qui commençaient à circuler sur les dangers du tabac (deux paquets par jour, disait-on, condamnaient infailliblement au cancer), je passais continuellement d'une résolution à l'autre. À peine avais-je découvert le plaisir de fumer que, déjà, mon côté hypocondriaque me faisait craindre de développer cette maladie mortelle dont je croyais percevoir les premiers signes à un essoufflement ou une douleur thoracique. Mon cousin ricanait ; et plus encore quand j'annonçais solennellement que j'allais arrêter quitte à balancer dans la Meurthe le paquet acquis avec mes maigres économies... avant d'en acheter un autre le lendemain.

J'allais ainsi, toute ma vie, tenter le diable et absorber ces substances dangereuses qui forment une liste toujours plus vaste incluant les drogues, l'alcool, mais aussi désormais le sucre, la viande et la majeure partie de ce qui nous est agréable... Incapable de renoncer à l'attrait du plaisir, j'allais toutefois m'efforcer de contenir ces abus, passant des jours d'abstinence aux nuits d'excès, tels Dr Jekyll et Mr Hyde. Jean-René, au contraire, suivait un régime parfaitement sain, sauf le samedi soir où il buvait dans un débordement ritualisé. Quelques années plus tard, il allait réussir brillamment ses études de médecine, tandis que je me gaspillais dans une supposée vie de bohème.

Nous nous étions éloignés depuis son mariage, mais je savais qu'il était devenu chef de service à l'hôpital de Dieppe. Puis, un jour, il nous avait invités à déjeuner, Rosemonde et moi, dans sa demeure des environs de Varengeville-sur-Mer. Partie du Havre dans sa Peugeot 104, ma grand-tante était passée me prendre à Saint-Pierre-en-Port où je séjournais alors. Je n'avais jamais appris à conduire mais elle tenait le volant avec assurance à quatre-vingt-cinq ans passés. Visiblement content d'organiser ces retrouvailles, Jean-René nous avait reçus avec du bon vin, de la bonne nourriture, et son répertoire de citations de San-Antonio apprises lors des vacances vosgiennes. Ces retrouvailles joyeuses, riches en souvenirs du Moulin, nous avaient rapprochés dans une lointaine et profonde complicité.

Ce fut donc un choc terrible d'apprendre deux ans plus tard que mon cousin, touché par des vertiges inexplicables, était atteint d'un cancer du poumon avec une métastase au cerveau. Lui qui n'avait jamais allumé une cigarette se trouvait, par une extraordinaire injustice, atteint du cancer des fumeurs à seulement quarante-cinq ans. Il montra dans l'adversité cette volonté farouche qu'il avait toujours manifestée. Après une première opération, il bénéficia d'une rémission assez longue pour se croire guéri et reprendre son travail. Mais sa santé se dégrada de nouveau et, comme le cancer progressait à un rythme dramatique, je lui suggérai de contacter un illustre professeur parisien qui avait soigné mon père. Ce médecin combatif me laissa comprendre que l'espoir était nul. J'échangeai alors plusieurs courriels déchirants avec Jean-René qui exprimait sa volonté de guérir, puis sa détresse devant l'issue fatale. Il s'éteignit dans une chambre d'hôpital rouennaise, en se débattant contre la mort comme oncle Albert quelques années plus tôt. Toute la famille se retrouva, pour le plus triste des enterrements, au cimetière de Hautot-sur-Mer où il repose désormais.

*

Les années se succédaient, débordantes d'occupations. Pris dans ce tourbillon, je voyais peu Rosemonde mais je lui téléphonais, au rythme des émissions, pour entendre ses commentaires sur tel invité qui ranimait ses propres souvenirs : la cantatrice Géori Boué ou le baryton Gabriel Bacquier qu'elle avait entendus à l'opéra ; ou encore Pierre-Marcel Ondher, vaillant octogénaire qui tenait une chronique sur la musique légère, genre longtemps illustré par une myriade d'orchestres et de morceaux aux titres fleuris : *Le Pique-nique de l'ours en peluche*, *Réveil du printemps*, *Voyage dans l'Orient-Express*, *Les Moulins de la Forêt-Noire*... Il avait consacré sa vie à ces « musiques récréatives » qu'il prétendait imposer à l'égal des plus grands répertoires, mais qui n'en étaient pas moins tombées dans l'oubli. Pierre-Marcel Ondher habitait désormais un ancien garage du XIIe arrondissement où sa fabuleuse collection de disques occupait tout l'espace, lui laissant seulement une cuisine et un matelas. Sa femme et sa fille, qui n'en pouvaient plus de la musique légère, veillaient sur lui de loin en loin. Mais rien ne le stimulait comme de revenir au micro où il se vouait depuis un demi-siècle à son obsession. Et tous s'amusaient d'entendre ce vieux monsieur, à la voix fatiguée, retrouver un enthousiasme de jeune homme pour nous faire partager son amour de David Rose, Franck Pourcel, Helmut Zacharias, Ray Martin, Roger Roger et autres dieux du divertissement dont il était le prophète.

J'appelais aussi Rosemonde lors de mes séjours vosgiens, tant elle aimait savoir ce qui se passait au village. Je lui donnais des nouvelles de ceux qu'elle avait connus, lui racontais mon passage dans cette charcuterie où elle se fournissait autrefois. Les anciens commerces disparaissaient pourtant, remplacés par une demi-douzaine de supermarchés. Le boucher qui effectuait encore une tournée dans les fermes avait fini par remiser au garage son magasin ambulant qui ne répondait plus aux « normes » et j'avais dû, comme les autres, aller faire mes courses en ville. Un jour enfin, ma grand-tante m'avait chargé de me rendre au Moulin pour donner aux propriétaires les vieilles clés de la maison, datant de 1955. Et, bien que fort ému de retourner là-bas, je m'étais étonné de n'y retrouver aucun des enchantements de mon enfance. Le sol pavé qui avait remplacé les parquets me sembla hideux, les objets familiers et les livres manquaient. À l'exception de la grande cheminée, cette maison me rappelait qu'on ne devrait jamais retourner sur les traces des bonheurs perdus.

Plus rarement, j'allais au Havre où vivaient mes parents, et j'en profitais toujours pour visiter Rosemonde dans son immeuble devant la mer. Je m'invitais également à déjeuner chez elle lors de mes séjours à Étretat, chaque été. Après mon bain du matin dans la station balnéaire, je prenais l'autocar place de la mairie. Presque vide, il sillonnait lentement le plateau du pays de Caux d'un village à l'autre, au gré d'innombrables détours par Gonneville-la-Mallet, Saint-Jouin, Cauville-sur-Mer. Un poste de radio diffusait près du chauffeur un programme de chansons et de publicités bruyantes. Il fallait près d'une heure pour franchir trente kilomètres et déboucher à Sainte-Adresse devant la statue du roi des Belges Albert Ier, exilé ici pendant la Première Guerre mondiale. La vue, à cet endroit, dominait toute la baie de la Seine et englobait dans un même regard l'immense plage du Havre, le clocher de Saint-Vincent peint par Claude Monet, les immeubles en béton d'Auguste Perret et les usines fumantes au second plan.

Je descendais près du port de plaisance et marchais un moment, observant les bassins, les bateaux, les aires de jeu où s'ébattaient les enfants des quartiers pauvres restés en ville au mois d'août. Puis je voyais apparaître la Résidence de France et ses ailes déployées à l'entrée du port. À l'escalier Flaubert, j'appuyais sur l'interphone et aussitôt la porte s'ouvrait, comme si Rosemonde m'attendait depuis le matin. Je prenais l'ascenseur jusqu'au neuvième où elle se tenait dans l'entrebâillement, petite et droite, vêtue d'un tailleur ou d'un pantalon (elle préférait les pantalons), mais toujours pimpante. Je l'embrassais chaleureusement, quoique sans effusions (ce n'était pas son genre ni le mien), puis j'entrais dans cet appartement où j'étais saisi par la lumière de la mer, l'étendue de l'estuaire s'ouvrant du cap de la Hève aux rivages du Calvados. Un paquebot entrait dans le port en faisant sonner sa sirène, et elle précisait négligemment :

— Le *Saint-Patrick* arrive d'Irlande. Il est en retard aujourd'hui.

Sur une commode je reconnaissais Jean-René, photographié avec son radieux sourire, comme au temps de nos vacances vosgiennes. Je figurais, non loin de lui, dans un autre cadre où je posais à l'Élysée près de Jacques Chirac, main sur mon épaule. Cette photo avait été prise au cours d'une réception et ma grand-tante en était fière, quoiqu'elle ne fût pas fanatiquement chiraquienne. Du moins ce président incarnait-il quelque chose du gaullisme finissant.

Depuis la mort d'oncle Albert, elle avait arrêté de fumer. Elle ne buvait guère non plus mais, attachée aux rituels, elle me servait un whisky avant de passer en revue différents sujets préparés à l'avance. Parfois, elle me félicitait pour mon dernier roman, comme *La Petite Fille et la Cigarette* qu'elle avait beaucoup aimé et qu'elle offrait souvent en cadeau. Elle n'évoquait jamais, par contre, les épisodes teintés d'homosexualité de certains livres ; mais elle ne m'embêtait pas en me demandant quand j'allais me marier. D'ailleurs il était temps de passer à table devant le repas préparé selon les bonnes recettes de la cuisine bourgeoise : un carré d'agneau ou une entrecôte bordelaise, des pommes de terre, des haricots verts et une bouteille de vin rouge. Rosemonde approchait quatre-vingt-dix ans, mais elle faisait encore ses courses dans le quartier. Tout était bon, joli, bien préparé.

Notre conversation se prolongeait après le café, et nous en venions à la musique qui nous rapprochait depuis si longtemps. Après avoir recensé mes dernières émissions puis abordé mes projets pour la rentrée (« Surtout pas trop d'Yvonne Printemps, je t'en supplie ! »), elle revenait alors à ce livre qu'elle venait de relire, qu'elle avait annoté et sur lequel elle m'avait préparé une série de questions ; car elle s'intéressait beaucoup à *Requiem pour une avant-garde* qui rejoignait ses opinions instinctives sur la « musique contemporaine ». Il appelait toutefois certaines explications qu'elle me priait de lui donner avant de reprendre l'autocar pour Étretat. Je tentais alors de préciser l'idée générale qui avait inspiré ces réflexions.

*

« Vois-tu, commençais-je par expliquer à Rosemonde. Je sais bien qu'il faut se méfier des théories générales. » Quand j'étais étudiant en histoire de l'art, il était quasiment proscrit de rapprocher la musique, la peinture et la littérature, pour tenter de saisir des mouvements historiques plus vastes, sous prétexte que chaque discipline possédait sa logique propre. Je ressentais néanmoins un irrésistible besoin de relier, de comparer ; et j'ai fini par esquisser au fil des expériences, puis dans ce *Requiem pour une avant-garde*, une théorie personnelle nourrie de mille exemples qui mettent en lumière une mécanique propre à notre temps… »

Rosemonde écoutait attentivement, tandis que j'en venais à cette idée centrale : la modernité qui, depuis la fin du XIXe siècle, a bouleversé le monde et toutes nos conceptions intellectuelles, politiques, esthétiques, englobe deux forces contradictoires. C'est, d'abord, un pouvoir d'imagination, d'exploration, d'affranchissement de l'esprit qui a ouvert des perspectives infinies ; mais c'est aussi une force tyrannique, oppressante, destructrice qui s'est imposée aveuglément. Ce double ressort de la modernité résume l'histoire du XXe siècle, si pleine de promesses et si noire de destructions. Il éclaire aussi les mouvements à l'œuvre en ce début de XXIe siècle.

Cette logique m'était apparue au gré des réflexions sur la « musique contemporaine ». Celle des années cinquante, illustrée en France par Pierre Boulez, se réclamait en effet des premiers compositeurs modernes : Stravinski, Schönberg, Debussy, Bartók... Mais loin de poursuivre l'exploration libre et aventureuse de ces derniers, elle en avait tiré des formules toutes faites et des dogmes sur la modernité à venir. Cette supposée avant-garde s'avérait à l'écoute sèche, stérile, ennuyeuse, comme si l'idée de l'œuvre était devenue plus importante que l'œuvre. Réduite à un concept, la modernité semblait oublier ses pouvoirs magiques : ceux qui avaient marqué mon adolescence, quand je m'enivrais en écoutant *Le Sacre du printemps*, *Le Mandarin merveilleux*, *La Mer*, *Nuits dans les jardins d'Espagne*, la *Turangalîla-symphonie* et tant d'œuvres qui, s'appuyant sur un solide métier classique, s'en étaient éloignées pour aborder des territoires inconnus.

Mes lectures, mais aussi mon goût pour la peinture, m'avaient alors laissé entrevoir un schéma identique dans les différents arts. Partout une *première modernité*, culminant au début du XXe siècle, avait ouvert des portes innombrables ; puis une *seconde modernité*, nourrie de théories et de radicalité, s'était contentée de décliner le même paradigme et avait transformé l'aventure en système. La poésie d'Apollinaire ou de Michaux comme les romans de Proust ou Kafka avaient changé notre regard sur le monde ; mais l'avant-garde littéraire qui se réclamait de ces modèles réduisait leur héritage à d'ennuyeux procédés d'écriture dans les productions du « Nouveau Roman » et d'autres mouvements polarisés sur les recherches formelles. De même l'exploration foisonnante des impressionnistes, des fauves, des cubistes, des surréalistes, de Malevitch, Klee ou Kandinsky, avait-elle abandonné le terrain à une abstraction pauvre et répétitive ; cependant que des installations prétendument révolutionnaires disaient poursuivre la quête de Marcel Duchamp… mais se contentaient de l'imiter sans fin.

Une autre caractéristique de cette « seconde modernité » tenait dans son caractère immédiatement consacré, qui ne l'empêchait pas de se prétendre « rebelle ». Il était ainsi frappant d'observer comment la génération des Pierre Boulez, Alain Robbe-Grillet ou Jean-Luc Godard était immédiatement entrée dans l'histoire officielle (celle des manuels scolaires et des institutions), alors que ces artistes n'avaient pas quarante ans. Ce statut acquis dès le berceau ne les avait toutefois jamais empêchés de se croire toujours aussi insolents face à une bourgeoisie obscurantiste… qui avait pourtant disparu ou désirait se raccrocher à l'air du temps. Ainsi avait vu le jour ce nouvel académisme qui, tout en étant consacré, se croyait contestataire et renvoyait vers la « réaction » ceux qui osaient le contester lui-même.

Allant plus loin, il m'a semblé alors que ce mécanisme, présent dans l'histoire de l'art, affectait peut-être la société tout entière. L'élan d'inventions qui avait transformé la vie, à l'aube du XXe siècle, n'a-t-il pas engendré d'innombrables tyrannies ? D'autres, bien avant moi, ont souligné comment les plus géniales découvertes scientifiques ont inspiré à la fois des progrès universels et des armes terrifiantes. Mais la réflexion peut s'étendre aux moyens de transport – l'automobile, l'aviation – qui ont apporté la liberté de se déplacer… avant de nourrir une industrie aveugle tournant sur elle-même et saccageant la terre entière. De même l'agriculture, tirant parti de la recherche pour accroître sa production et diminuer les famines, a-t-elle donné le jour à une industrie prête à tout détruire pour produire. Le modernisme architectural du Bauhaus, avec son génie du volume et de l'organisation, a dégénéré dans la fabrication de cités invivables. Les télécommunications, conçues pour diminuer l'isolement, ont façonné un homme nerveux, incapable de vivre quelques minutes sans son portable.

Ce double mouvement n'est pas moins flagrant en matière de mœurs : quand, par exemple, la libération des femmes – noble revendication indissociable du progrès moderne – se transforme en procès revanchard et permanent des femmes contre les hommes ; ou quand l'élan libérateur et courageux d'André Gide et d'Oscar Wilde, désireux d'assumer leur homosexualité, débouche sur l'organisation d'une « communauté gay » aspirant au mariage et à la vie de famille, tout en continuant à se désigner comme « victime ». Dans les mœurs comme dans les arts, le mouvement se veut pourtant inattaquable. Dès l'instant où il se pose comme héritier de la modernité, il assimile toute critique à un comportement antimoderne. Autrement dit : que vous dénonciez l'avant-garde établie ou la rage excessive des néoféministes, vous vous verrez renvoyé dans les rangs de la pire « réaction » qui, selon la rhétorique gauchiste, n'est jamais très éloignée du « fascisme ». Si vous n'aimez pas Boulez, vous insultez Debussy ; si vous ironisez sur Jeff Koons, vous crachez sur Picasso ; et si vous êtes sceptique sur l'urgence du mariage gay, vous êtes homophobe. Ainsi les pseudo-révolutionnaires de la douzième heure clouent-ils le bec de leurs détracteurs en dénonçant leur infamie – quand ceux-ci, pourtant, ravivent l'esprit critique de la véritable modernité.

Les premières années du XXIe siècle ont été marquées par de nouvelles avancées de cette tyrannie. Élevées au biberon de leurs aînés soixante-huitards, les jeunes générations veulent plus que jamais tout réduire à une opposition du progrès et de la réaction. Elles clament leur colère pour relancer des combats déjà gagnés. Elles déplacent la rhétorique révolutionnaire des questions sociales vers les questions « sociétales » de sexe, de genre, de fierté ou de communautés, qui mobilisent la même ferveur guerrière. Applaudies et relayées par l'essentiel des médias, elles ne s'en disent pas moins perpétuellement discriminées et adoptent des allures militaires pour élargir sans fin les revendications des femmes, des LGBT+ et autres groupes « racisés » qui brandissent les souffrances de leurs ancêtres pour, à leur tour, humilier et discriminer.

Il se pourrait toutefois, et c'est notre consolation, que le véritable élan moderne ne soit pas complètement interrompu. Dans la seconde moitié du XXe siècle, Federico Fellini, Pina Bausch, Witold Gombrowicz, Gabriel García Márquez et d'autres artistes ont montré combien l'imagination pouvait encore renouer avec l'élan de la première modernité. Des compositeurs américains comme Steve Reich ou John Adams se sont affranchis des dogmes de l'avant-garde européenne pour redécouvrir les pouvoirs enchanteurs de la musique. Et je suppose que ma rencontre amicale avec Milan Kundera, auteur de pages lumineuses sur la « modernité antimoderne », ne procéda pas seulement du hasard ni de la sympathie mutuelle ; tandis que Michel Houellebecq s'y entend, lui aussi, dans son art de désenchanter la modernité… et de rendre enchanteur ce désenchantement. De même Sempé, que j'admire depuis l'enfance, a-t-il mis en lumière, avant tout le monde, les folies de l'urbanisme pseudo-moderne ou de l'industrie touristique ; cependant que nous aimons nous retrouver pour écouter Ravel ou Duke Ellington, ces poètes de la « première modernité » qui, un siècle plus tard, continuent à nous éclairer.

5

Colères

Tandis que Rosemonde comptait les bateaux face à la jetée du Havre, Suzy passait ses vacances dans le Finistère, à Roscoff. Au centre de thalassothérapie, sa personnalité de feu entendait soumettre le personnel à ses moindres désirs. Elle exigeait que chacun sache quelle artiste elle était, quelle comédienne de haut vol et quelle admirable chanteuse. Elle attendait qu'on lui offre des fleurs, qu'on lui demande des autographes et qu'on connaisse au moins ses principaux films, quand bien même elle n'avait plus tourné depuis trente ans… Elle restait néanmoins l'héroïne de *Quai des Orfèvres,* chef-d'œuvre du cinéma français ; et elle évoquait souvent, au téléphone, Henri-Georges Clouzot qui l'avait découverte et lancée. Quand je l'appelais des Vosges, elle évoquait ses promenades en pédalo sur le lac de Gérardmer « avec Henri-Georges » ; et quand, à Paris, je lui racontais mes courses au marché Maubert, elle se souvenait qu'ils avaient habité ensemble ce même quartier, rue Lagrange. Un jour, prise de colère, elle avait balancé par la fenêtre les affaires du cinéaste, homme dur et ténébreux auquel elle opposait une résistance farouche.

Je lui téléphonais de préférence tard le soir, à l'heure où elle s'animait. Elle me demandait alors de lui parler de mon travail, de mes sorties, de mes amis ; puis nous échangions nos points de vue sur les vedettes du moment : la soprano anglaise Felicity Lott qu'elle adorait, le chanteur populaire québécois Garou dont elle appréciait la voix virile et cassée, les animateurs d'émissions sur lesquels elle exprimait des avis tranchés. Au bout d'une heure, j'avais envie de dormir, mais Suzy m'imposait de rester présent et réactif. Provocatrice autant que réactionnaire, elle adorait dire « nègre » au lieu de « noir » lorsqu'elle s'enthousiasmait pour le génie d'Armstrong. Ils s'étaient rencontrés en juin 1950 à Nice, alors que le trompettiste jouait au festival de jazz. Un soir, au casino, accompagnée par l'orchestre d'Aimé Barelli, elle avait chanté devant lui *C'est si bon*, une chanson inconnue qui avait subjugué « Satchmo ». Quelques mois plus tard, il l'avait enregistrée pour en faire un tube mondial. Mais Suzy ne perdait pas davantage son aisance pour revenir sur son voyage à Berlin, en 1942, avec le gratin du cinéma français. Elle était ainsi, entière, ardente. Je la voyais vieillir sans vieillir, tout comme sa presque jumelle, Rosemonde.

Elles venaient d'avoir quatre-vingt-dix ans, anniversaire qui leur offrit l'occasion d'impressionner l'assistance par leur forme physique, leur énergie, leurs souvenirs intacts. Celui de Rosemonde se déroula chez ma sœur Nathalie, au Havre, en présence de ceux qui avaient connu les bonheurs du Moulin. Celui de Suzy prit la forme d'une soirée au Fouquet's avec ses amis : le couturier Hubert de Givenchy à sa droite, les comédiens Michel Bouquet et Jean-Laurent Cochet tout près d'elle ainsi que les intimes : François Bellair, fils de la chanteuse Marie Dubas, ou Jacqueline Willemetz, petite-fille de l'illustre parolier que Suzy avait connu dans les années trente, alors qu'elle débutait au théâtre des Bouffes-Parisiens. J'étais moi-même assis en face d'elle, et la soirée se prolongea au bar, en cercle restreint. Suzy racontant des histoires jusqu'à une heure avancée devant la caméra malicieuse de Marianne Lamour – une des rares femmes qu'elle tolérait dans son entourage !

*

Chez Rosemonde comme chez Suzy, l'animal se réveillait parfois. Ne songeant qu'à protéger son territoire, il se montrait alors sans pitié, prêt à mordre tout intrus qui se serait trop approché. Dans le cas de ma grand-tante, on reconnaissait ce visage fermé, indifférent. Pas la peine, alors, d'essayer de l'attendrir. Même les plus proches n'existaient plus à ses yeux et elle leur répondait par monosyllabes. Lors des repas de Noël, du vivant de ma grand-mère, quand le vin coulait et que chacun attendait son chèque, elle semblait ruminer : « Regardez-moi cette femme et ses élans ridicules pour évoquer son *papa* René Coty. Regardez-moi les autres qui lui font des sourires pour son argent : celui-ci avec ses idées de gauche ; celle-ci avec son redressement fiscal... » La fois suivante l'animal était en sommeil et Rosemonde se montrait à nouveau pleine d'amour pour cette famille qu'elle avait choisie en s'installant au Havre.

Chez Suzy la bête était tyrannique, toujours en éveil,

prête à dévorer la main qui s'approchait. Sa détestation sans retenue visait ce que la France était devenue – loin du pays de sa jeunesse où, disait-elle, les ouvriers rentraient du travail en sifflant, les femmes se faisaient jolies et chacun savait prononcer le français. Elle s'attaquait même parfois, avec une rare méchanceté, à ceux qui l'aimaient le plus, comme cette adorable amie qui l'aidait dans ses continuels rangements. Suzy ne s'en montrait guère reconnaissante et en profitait pour demander davantage, tout en lui reprochant de mal faire les choses. De quoi mettre en rage l'époux de cette femme qui s'était juré de ne plus voir la comédienne.

La hargne de Suzy était totale, irrationnelle. Elle faillit nous fâcher lors d'un dîner où elle avait débarqué en hurlant, après avoir lu dans un magazine un portrait d'elle fort élogieux, écrit par un de mes amis. Elle n'y avait rien compris sauf un adjectif qui lui avait déplu, et j'avais menacé de partir si elle ne se calmait pas. Mais ses colères théâtrales avaient quelque chose de comique et me faisaient rire intérieurement : ainsi quand je la retrouvais à moitié dévêtue sur son lit, à près de quatre-vingt-quinze ans, et que je lui demandais des nouvelles de ce très fidèle ami, proche entre les proches qui, depuis le début de la semaine, s'était chargé des courses puis l'avait conduite chez son coiffeur, Alexandre, avant de l'emmener dîner à la brasserie Galopin… Elle poussait alors un profond soupir qui en disait long sur la médiocrité des services rendus ; après quoi, sans rien dire, avec un sourire grimaçant, elle tendait le bras en dirigeant le pouce vers le bas, tel un empereur romain émettant une sentence de mort sur l'homme qui la chérissait le plus.

Ce côté animal ressort davantage avec l'âge, c'est pourquoi on dit parfois que les vieux sont méchants. Il balaie toute pudeur, comme lorsque Suzy, bientôt centenaire, répétait avec une étrange fierté (en regard des valeurs morales du XXIe siècle) qu'elle avait, à quinze ans, couché avec un réalisateur de vingt ans son aîné. « C'est moi qui l'ai eu *la première* », insistait-elle – *la seconde* n'étant autre que Danielle Darrieux, sa copine d'adolescence. Elles avaient grandi comme deux camarades désireuses de se faire un nom, mais Darrieux avait accompli une plus brillante carrière – quand bien même Suzy la surpassait comme chanteuse et avait joué plusieurs rôles mémorables. Leur concurrence ressurgissait à présent, dans son grand âge, quand elle évoquait avec orgueil cet épisode sexuel de son adolescence tout en répétant « c'est moi qui l'ai eu la première » ; après quoi elle me priait de rapporter ces faits glorieux aux descendants du cinéaste en question.

La bête, pourtant, savait retrouver son allure de comédienne, se faire belle pour sortir et dégainer ses répliques de Parisienne insolente et vive. À la nuit tombée elle redevenait cette créature ; comme ce soir où je l'avais emmenée dîner avec mes amis Bernard Minoret et Jacques Fieschi au restaurant Mathis, alors très en vogue. Pendant toute la soirée, Suzy nous avait raconté mille souvenirs de music-hall. À la table voisine, Frédéric Botton, excellent auteur de chansons, nous prêtait une oreille amusée ; et quand le présentateur de télévision Thierry Ardisson était venu présenter ses hommages à la grande artiste, Suzy avait dressé vers lui un œil satisfait.

*

Cette sauvagerie des vieilles dames me rappelle l'animal qui sommeille en moi, toujours prêt lui aussi à détester l'autre : cet intrus, cet empêcheur de tourner en rond, ce voleur prêt à dérober ma pitance ; autrement dit celui qui gâche mes plaisirs : le taxi qui n'arrive pas et auquel je délivre en l'attendant une bordée d'insultes, le voisin qui a pris l'ascenseur juste avant moi, les deux avions de chasse qui troublent ma promenade bucolique et auxquels je souhaite sincèrement de s'écraser contre la montagne ; ou encore la personne entrée avant moi dans le magasin et qui tarde à passer sa commande, puis sort trop lentement son porte-monnaie sans m'entendre grommeler derrière elle : « salope », « ordure » – après quoi je lui délivre un bon sourire quand elle a enfin terminé. J'aboie à tout propos contre les gêneurs, mais aussi contre ceux qui, se fiant à mon sourire, se croient trop mes amis et s'introduisent sur mon territoire, empiètent sur mon travail, perturbent mon emploi du temps, entrent dans la forteresse de plaisir et de solitude que je me suis bâtie pour moi seul, et où seul Jean-Sébastien peut entrer quand il veut.

J'y songeais l'autre jour quand un vieux camarade, de passage dans les Vosges, est venu me rendre visite. J'étais content de le voir malgré le désordre que sa présence allait semer dans mon organisation. Porté par mon empathie naturelle, j'avais même insisté pour qu'il fasse le détour ; mais les jours suivants, tandis que ce moment approchait, j'ai commencé à le voir comme un perturbateur. Non seulement je m'en voulais de l'avoir convié, mais je lui en voulais de m'avoir rendu si complaisant.

J'avais quand même préparé le repas avec attention et, dès son arrivée, j'avais montré ma joie. Nous nous étions promenés, nous avions mangé, nous avions bu, et je m'étais laissé porter par la griserie d'un rapport humain. Comme la journée avançait, je me demandais toutefois, à nouveau, pourquoi je perdais mon temps avec un autre, même si proche. À la fin du repas, je n'avais plus qu'une seule hâte : qu'il s'en aille. Après son départ, j'ai noté sur mon carnet cette formule qui résumait mon état d'esprit : « Mon cher ami X vient de repartir après un sympathique déjeuner. Bon débarras ! » Objectivement j'avais passé un excellent moment dont je garderais un agréable souvenir. Mais l'existence même d'un être humain, trop près de moi, m'apparaît vite insupportable.

Semblables pensées étaient interdites par mon éducation fondée sur l'amour, l'amitié, l'écoute, la charité, le partage. Selon notre idéal chrétien baba cool, tout homme possédait un fond de bonté, la fraternité universelle ne demandait qu'à régner. D'où ma surprise, un jour que je vendais pour mon collège catholique des billets de tombola dans les maisons du quartier. D'une porte à l'autre, le voisinage se montrait accueillant pour ce garçonnet bien élevé à taches de rousseur. Soudain, à l'entrée d'un pavillon, j'étais tombé sur un quinquagénaire échevelé et furibard qui s'était lancé dans une exotique tirade que je n'aurais jamais pu imaginer :

— Je m'en fous de votre école et de votre tombola ! Vos bonnes œuvres me dégoûtent. Les pauvres me dégoûtent, et les riches aussi ! D'ailleurs, je n'aime pas les autres, foutez-moi la paix. L'humanité est une merde qui fonce vers le néant, et tant mieux. Quand elle aura disparu on sera enfin tranquille…

C'était si effrayant, si fascinant que j'avais fait demi-tour en tremblant. Il me faudrait quelques années encore pour m'aviser que cette philosophie n'était pas tellement insensée, et pouvait inspirer de grandes œuvres, comme les romans de Céline que j'allais découvrir, adolescent. On n'en parlait guère dans ma famille, mais oncle Albert adorait cet écrivain et en possédait plusieurs éditions, y compris l'abominable *Bagatelles pour un massacre.* Lui-même était pourtant gaulliste et résistant, mais il voyait Céline comme un romancier majeur ; et peut-être partageait-il sa vision noire de l'humanité, lui qui avait bataillé dans les tranchées avant de partir dans les colonies, puis de devenir le dentiste des pauvres, comme Destouches avait été le médecin des indigents. Puisant dans la bibliothèque du Moulin, j'avais tenté de lire *Casse-pipe, Nord, Le Pont de Londres,* dont la langue bizarre m'avait rebuté. Puis, enfin, j'avais dévoré *Voyage au bout de la nuit.* Et, parmi les traits qui me subjuguaient chez cet homme évoquant la guerre, l'exil, la banlieue, j'aimais plus que tout sa jubilation haineuse, cette délectation à saisir les horreurs et bassesses de l'humanité pour en montrer la noirceur comique. Céline, en sa maison de Meudon (où j'irais plus tard visiter sa veuve grâce à mon ami David di Nota), était ce chien hargneux, coupé de l'humanité et la considérant avec dégoût. Il l'exprime encore à la fin de sa vie lorsqu'il entonne, d'une voix rauque, quelques couplets de sa chanson *À nœud coulant.*

À soixante ans passés, Céline s'était coupé du monde avec Lucette et son chat Bébert – surnom qu'on donnait aussi à notre oncle Albert. Tels étaient les seuls compagnons qu'il tolérait, outre les visites de ses amis Marcel Aymé, Roger Nimier ou Arletty… Quant à moi, je n'ai jamais cessé d'être *simultanément* ce chien furibard et cet être civilisé, heureux en société, aimant trouver pour chacun le mot agréable, désirant plaire, séduire, rapprocher les uns et les autres, tout autant que je les méprise et que je les hais. On retrouve souvent cette dualité dans mes romans conduits par un personnage curieux, enthousiaste, naïf dans sa découverte du monde, cependant que la réalité qu'il découvre avec optimisme apparaît noire et désespérante.

6

Mort de Rosemonde

En 2008, ma mère montra les premiers signes de la maladie d'Alzheimer. Rosemonde parut alors d'autant plus désemparée que ce mal frappait une femme de vingt ans plus jeune. Leurs relations étaient complexes et je m'étais parfois demandé si ma mère n'avait pas souffert de mon attachement si fort à « tatie des Vosges ». Elle lui reprochait aussi de s'être montrée si dure avec ma grand-mère ; mais elle admirait l'indépendance et la volonté de sa tante, plus flagrante encore en son grand âge, tandis que celle-ci annotait ses partitions et comptait les bateaux. Rosemonde, de son côté, allait se montrer dans l'épreuve attentive et disponible pour aider mon père.

Depuis l'apparition des premiers symptômes, celui-ci se chargeait tant bien que mal du quotidien ; mais l'état de ma mère s'aggravait, exigeant une attention de tous les instants. Après avoir perdu la mémoire, elle devenait extravagante et incontrôlable. Elle rejetait toutefois l'idée de la maladie et refusait obstinément de consulter un docteur (bibliothécaire médicale, elle avait peut-être deviné ce dont elle souffrait, avant de le nier). Mon père, épuisé, la déposait parfois pour l'après-midi chez sa tante vosgienne, sous prétexte d'une partie de Scrabble. Rosemonde jouait le jeu, tandis que ma mère étalait des mots imaginaires aux orthographes improbables, puis riait comme s'il s'agissait de simples confusions ; mais elle pouvait aussi se montrer agressive. Ses anciennes réticences ressurgissaient confusément et, de retour à la maison, elle tenait d'étranges discours sur cette femme qui, disait-elle, « m'a volé toutes mes affaires ! ». Fallait-il entendre qu'elle lui avait volé ses enfants ? Un jour, profitant que Rosemonde était aux toilettes, ma mère quitta son appartement à la sauvette puis commença à errer sous la pluie dans les rues du Havre où on finit par la retrouver. Sa tante n'y pouvait rien, mais elle éprouvait une douloureuse incompréhension devant la progression du mal qui allait aboutir à la démence, puis à la mort.

Elle restait de son côté vaillante et droite sur ses deux petites jambes – la partie de son corps qui la faisait le plus souffrir après une opération des pieds puis des hanches. Se plaindre n'était pas son genre, mais on devinait parfois à son expression, sur le seuil de l'appartement, combien cette douleur pouvait être pénible. Quelques instants après, elle s'installait dans son fauteuil, heureuse de la visite qu'on lui rendait, prenait des nouvelles et donnait des consignes pour servir le whisky.

Je me rappelle l'été de ses quatre-vingt-seize ans. Je passais comme d'habitude le mois d'août à Étretat d'où je l'avais appelée pour m'inviter chez elle. Après le décès de ma mère quelques mois plus tôt, elle voulait organiser un déjeuner avec mon père et j'avais pris une nouvelle fois l'autocar pour Le Havre, descendant à la station de la plage, puis longeant le port de plaisance dans la lumière estivale. Ayant atteint la forteresse de la Résidence de France, j'avais sonné à l'entrée Flaubert et pris l'ascenseur jusqu'au neuvième. Comme d'habitude, Rosemonde attendait derrière la porte entrouverte, vêtue d'une robe d'intérieur et appuyée, désormais, sur une canne qui lui permettait de rester fière et droite.

Mon père nous avait rejoints quelques instants plus tard pour l'apéritif, avant de passer à table où elle avait préparé un carré d'agneau. Trop fatiguée pour se déplacer continuellement de la cuisine à la salle à manger, elle avait disposé sur un chariot les boissons, le fromage, le dessert. Par instants son visage et sa gorge se figeaient, laissant deviner les difficultés de déglutition qui l'obligeaient à recracher discrètement une bouchée de nourriture. Seul ce détail trahissait la chute du corps ; mais la volonté reprenait le dessus et la conversation s'animait pour évoquer les cousins, ou les récents invités de mon émission.

Quelques années auparavant, j'étais passé la voir avec Jean-Sébastien qui partageait désormais ma vie. Je connaissais pourtant ses préventions sur l'homosexualité et l'avais entendue parfois prononcer des mots qu'on dirait aujourd'hui homophobes. Ainsi allaient son éducation, sa génération, et oncle Albert, sans doute, ne devait pas aimer beaucoup, lui non plus, les « pédés ». Ces principes avaient pourtant leurs contradictions, comme la sympathie marquée de Rosemonde pour le danseur Patrick Dupont ou le chanteur Pascal Sevran. Lorsqu'elle avait lu, dans un livre de ce dernier, un portrait de moi sans ambiguïté, elle avait toutefois fait semblant de ne pas comprendre ; et je n'avais, de mon côté, aucune envie d'imposer à cette presque centenaire je ne sais quel courageux *coming out* dont raffole la psychologie contemporaine. Un jour, pourtant, ayant besoin d'un garage pour laisser une voiture au Havre, j'avais songé à son parking désormais inutilisé, et j'avais débarqué chez elle avec Jean-Sébastien pour emprunter ses clés. Sans doute fut-elle un peu surprise que je lui demande ce service en compagnie d'un ami plus jeune que moi. Mais elle avait joué le jeu, souriante et s'intéressant à lui, puis elle avait pris l'habitude, au fil de nos échanges téléphoniques, de me demander de ses nouvelles, comme si elle savait l'importance qu'il avait à mes yeux – à moins que des bavards ne se fussent chargés de l'informer.

Tel fut d'ailleurs le sujet de notre dernier échange sur le seuil de son appartement, quelques mois avant ses quatre-vingt-dix-huit ans. Cet été-là encore, j'étais venu la voir en plein mois d'août mais, contrairement à l'année précédente, elle n'était plus assez vaillante pour organiser un repas et ne l'avait pas même proposé. Elle s'était contentée de m'accueillir debout, munie de sa canne, et on avait bu un verre en bavardant ; puis elle m'avait raccompagné sur le palier et, comme j'attendais l'ascenseur, elle avait ajouté :

— Tu salueras pour moi ton petit Richard !

Richard est le nom de famille de Jean-Sébastien. Elle ne l'avait pas oublié. Elle m'adressa ce message discret et bienveillant deux mois avant la dégradation de son état de santé.

*

Ce fut comme un léger malaise, une perte soudaine de repères, quelques troubles d'orientation et de mémoire remarqués par sa femme de ménage début novembre. Le docteur, appelé, préféra la faire hospitaliser quelques jours. Puis, comme son état semblait stationnaire mais ne lui permettait pas de retourner seule chez elle, mon père et les sœurs de ma mère cherchèrent un établissement médicalisé pour l'accueillir. Contre toute attente, cette femme si attachée à son autonomie se laissa faire comme s'il devait en aller ainsi. Elle séjourna d'abord à la Roseraie, une immense propriété appartenant à la commune de Sainte-Adresse. Le bâtiment principal avait longtemps servi de maternité et j'y avais vu le jour, comme de nombreux Havrais. Plus tard, la maternité, épousant les mouvements de la démographie, s'était transformée en « EHPAD », maison de soins pour personnes âgées. Ceux qui avaient poussé ici leurs premiers cris y exhaleraient bientôt leur dernier soupir !

Rosemonde se trouvait là quand je lui rendis visite, fin novembre. Elle se tenait dans son lit, souriante mais un peu perdue. Visiblement contente de me voir, elle ne semblait pas bien savoir où elle était ni la date du jour. On avait bavardé comme si on se trouvait chez elle, malgré ce décor médical qui ne la troublait aucunement. Après quelques semaines, il lui fallut toutefois quitter cette maison de soins ; mais elle n'était pas davantage en mesure de regagner son domicile, vu la confusion de son esprit et ses difficultés à marcher. La famille se mit alors en quête d'une solution durable et lui trouva une chambre dans une maison pour personnes âgées, en plein cœur du Havre. Encore fallait-il que la direction, après une « période d'essai », juge l'état de Rosemonde compatible avec la vie d'un établissement qui ne pouvait accueillir des personnes trop déficientes.

Les choses se déroulèrent à merveille, Rosemonde recouvrant sa solide santé, même si elle utilisait parfois un déambulateur. Sa conversation était parfaite – à ceci près qu'elle ne savait plus vraiment le jour ni l'heure. Elle continuait en outre à se comporter comme chez elle, et non dans une maison de vieux. Plus étonnant, malgré son caractère parfois difficile, elle se lia d'amitié avec d'autres dames qui se retrouvaient à la salle à manger, vacillantes mais élégantes, fardées et toujours prêtes à séduire. Des regroupements s'opéraient – ma grand-tante et ses amies s'accordant pour juger que telle ou telle autre n'était pas fréquentable ; mais tout se passait dans une certaine douceur et chacune retrouvait ensuite sa chambre.

Rosemonde, depuis son malaise, n'avait pas évoqué une seule fois son appartement. Le coût de la maison de retraite s'ajoutait cependant à son loyer et, comme ses ressources étaient maigres, mon père lui demanda si elle accepterait de mettre fin à son bail. Elle n'émit aucune réserve et signa tous les papiers qui confiaient à ses neveux la gestion de ses biens. À peine voulut-elle récupérer quelques affaires. L'appartement fut rendu et une partie des effets – meubles, livres, tableaux – mis aux enchères, afin de consolider les placements qui, ajoutés à sa retraite, devaient lui permettre de tenir quelques années encore. Elle venait d'avoir quatre-vingt-dix-neuf ans et ne vit aucun inconvénient à cette organisation qui revenait à régler de son vivant sa modeste succession. Elle n'avait jamais montré beaucoup d'attachement aux choses et prévoyait, depuis toujours, de donner son corps à la science. Son proche passé ne l'intéressait plus en regard de sa nouvelle vie, des déjeuners avec ses nouvelles amies, et de leurs conversations d'une totale confusion.

C'est là que je la vis pour la dernière fois lors d'un passage au Havre, deux mois avant sa mort. Je l'avais retrouvée dans le salon, assise parmi les autres qui regardaient la télévision. Elle sembla à peine surprise et prononça seulement un discret : « Tiens ? Te voilà, toi ! » Je m'installai avec elle à l'écart et on bavarda de cette vie qui lui semblait toute naturelle, comme s'il n'en avait jamais été autrement. Puis on évoqua de lointains souvenirs, souvent plus précis chez les personnes de cet âge. Alors m'est revenu en tête un refrain à succès de l'entre-deux-guerres intitulé *C'est pour mon papa*, que j'avais diffusé récemment à la radio. Grande vedette populaire, Georges Milton avait enregistré en 1930 cette chanson qui fait le portrait d'un homme chargé par son épouse de toutes les tâches ménagères, cependant qu'elle dépense l'argent du ménage en robes, chapeaux, bijoux, sorties… Bref, un tableau des avantages d'être une femme dans un passé réputé sexiste et machiste !

Comme j'entonnais les paroles, Rosemonde prit aussitôt le relais, tant la musique et les paroles demeuraient intactes dans sa mémoire. Elle en profita pour m'apprendre qu'elle avait tenu l'harmonium au mariage de la fille de Milton, près d'Ivry-la-Bataille où le chanteur possédait une maison de campagne. Elle s'en souvenait parfaitement et j'étais ébloui de l'entendre ainsi relier, en quelques mots, le présent de mon émission à son propre passé. Sans doute avait-elle encore mille choses à me raconter, comme si sa conscience flottante la rendait moins réservée pour évoquer des moments de sa vie sur lesquels elle ne s'était jamais étendue.

Ces conversations n'eurent pas lieu. Quelques semaines plus tard, je pris le train pour les Vosges dans cette gare de l'Est transformée en centre commercial, où un désolant Starbucks Coffee avait remplacé le buffet d'autrefois. Jusqu'à Nancy, le voyage en TGV était rapide et confortable. Mais de Nancy à Saint-Dié, l'autorail avait disparu au profit des lamentables trains Bombardier qui régnaient désormais sur le trafic régional : voitures de pacotille dont les parois vibraient ; larges accès pour les vélos mais places assises minuscules. Pour oublier tout cela, un casque sur mes oreilles diffusait l'indicatif d'« Aujourd'hui madame », une émission de télévision des années soixante-dix. Écoutant l'orchestre de Jo Moutet dans ce thème jazzy, doublé par une vocaliste haut perchée, je retrouvais le pays plein de confiance de mon enfance. D'un village à l'autre, cette musique ranimait un monde disparu malgré les gares taguées, les cafés fermés ; puis d'autres souvenirs s'éveillaient maintenant que le train entrait dans la montagne et que j'apercevais les premières traces de neige sur les sommets.

Le 6 janvier 2017, tandis que commençait mon séjour au Valtin, un coup de téléphone de ma sœur Nathalie m'informa que Rosemonde venait de mourir très paisiblement. Elle avait déjeuné normalement ce jour-là, puis elle était montée se reposer dans sa chambre. Quelques instants plus tard, on l'avait retrouvée éteinte dans son lit, sans un cri, sans une plainte. Elle avait quatre-vingt-dix-neuf ans et demi. Bizarrement, la disparition de cette femme qui avait tant compté depuis mon enfance ne me causa pas de chagrin. Elle avait vécu très vieille, plus qu'on ne peut l'espérer. Elle était morte sans angoisses ni souffrances. Son extinction progressive, depuis un an et demi, ne laissait pas même de regrets sur la centenaire qu'elle aurait pu être. Rien n'était triste dans tout cela, et je me contentai, les jours suivants, de retrouver la Rosemonde de mon enfance au gré des promenades dans la forêt vosgienne.

Lorsqu'il avait vidé son appartement, quelques mois avant, mon père m'avait donné une baguette de chef d'orchestre en argent posée sur un socle en ébène. Cette baguette dans laquelle on peut souffler pour avoir le diapason avait appartenu au père de Rosemonde. Elle me l'avait toujours promise et avait scotché sous le socle une étiquette où son écriture bleue, régulière et bien formée, précisait que cet objet était destiné « à Benoît, en souvenir de ses premières leçons de piano ». Rosemonde était ainsi, organisée, volontaire… Dois-je regretter, moi qui aime les tombes et les cimetières, qu'elle ait préféré léguer son corps à la Faculté ? – ce qui fut fait conformément à ses recommandations. Sans doute aurais-je préféré voir son nom gravé au cimetière de Saint-Stail, à côté de celui d'oncle Albert. Mais peut-être aussi, en refusant de rejoindre cette tombe familiale, signifiait-elle que, leur grand amour ayant existé, il importait peu de l'inscrire dans le marbre. Elle avait eu le temps d'apprendre que des histoires humaines il ne restera rien, sauf quelques vagues souvenirs faits pour disparaître à leur tour.

7

Les fragments

Toutes deux étaient nées en 1917 et je les avais vues vieillir parallèlement. Leur enfance rimait avec la Grande Guerre. Elles avaient eu vingt ans sous le Front populaire. Elles avaient connu la débâcle puis l'Occupation, épisode qui demeurait l'un des moments clés de leur vie. L'une avait penché du côté de la Résistance, l'autre avait connu ses premiers succès au cinéma. Elles adoraient la musique, chacune à sa façon. Elles étaient encore jeunes dans les années cinquante, plus actives que jamais dans les années soixante, étonnantes de vitalité dans les années soixante-dix, toujours aussi solides dans les années quatre-vingt, quatre-vingt-dix, deux mille.

Rosemonde, enfin, s'était éteinte en douceur à l'âge de quatre-vingt-dix-neuf ans et demi. Les « demi » comptent seulement quand on est tout petit, ou lorsqu'on approche des cent ans et qu'ils vous rattachent à ce cap extraordinaire franchi par la seule Suzy. Après sa fête de nonagénaire au Fouquet's, plusieurs épreuves physiques avaient pourtant fait vaciller sa nature inébranlable : une opération du cœur improbable pour une femme de cet âge, dont elle s'était remise avec un aplomb parfait ; puis un léger accident vasculaire cérébral affectant ce langage qu'elle avait toujours eu si vif et incisif. Elle s'était rétablie, une fois encore, récupérant sa verve avec une volonté farouche ; mais la surdité s'était mise de la partie et Suzy, peu à peu, s'était renfermée, ne songeant plus qu'à préparer son départ.

— À quoi penses-tu ? lui demandais-je en poussant la voix.

— Au cimetière ! répondait-elle, invariablement.

Et de convoquer la charmante Jacqueline Willemetz pour régler ses affaires, ranger ses archives, ses livres, ses vêtements – dont certains qu'elle espérait vendre à prix d'or parce qu'ils appartenaient à l'histoire du cinéma, comme le fameux chapeau qu'elle porte sur l'affiche de *Quai des Orfèvres.* Les acheteurs, toutefois, n'étaient pas si nombreux. Un autre jour, elle m'avait convoqué chez elle et prié de prendre dans sa bibliothèque les livres qui me plaisaient. Comme je lui répondais que le moment n'était peut-être pas venu, elle s'était agacée selon son habitude, puis m'avait ordonné sur un ton qui ne prêtait pas à discussion :

— Je te demande de prendre ce que tu veux. Maintenant !

Puis elle avait crié :

— Main-te-nant !!!

J'étais reparti un peu bizarrement, chargé d'une superbe édition de la *Comédie humaine* acquise par Clouzot. Je n'avais pas hésité sur ce choix improvisé : car j'aime plus que tout Balzac, ses Parisiens et ses provinciaux qui jouent leur vie tandis que la société se transforme. De même le monde changeait-il à toute vitesse autour de mes vieilles dames. Elles étaient nées au temps du 78-tours, de la machine à écrire et des locomotives à charbon. À présent, l'administration les promenait sur des robots téléphoniques et, bientôt, exigerait qu'elles déclarent leurs impôts en ligne.

C'est ainsi que Suzy, déclinant peu à peu, a fini par quitter, elle aussi, son appartement pour une maison de retraite du XVIe arrondissement : un établissement chic où ses amis redoutaient que les choses se passent mal, du fait de son caractère. Au début, d'ailleurs, elle ne manquait pas de pester, surtout après s'être aperçue que le personnel était majoritairement de couleur. Ses mauvais instincts avaient repris le dessus avec leur côté féroce, et en même temps jubilatoire lorsqu'elle disait, en appuyant les mots par provocation :

— Pour couronner le tout, je suis soignée par des Noires !

On s'empressait de la corriger, mais elle y prenait un malin plaisir. Tant et si bien que j'avais été fort surpris, quelques mois plus tard, quand une de ces employées, dans l'ascenseur de la maison de retraite, après m'avoir demandé qui je venais visiter, m'avait répondu avec un bon sourire :

— Oh, Mme Delair ! Elle est si gentille, Mme Delair.

C'était la première fois que j'entendais cet adjectif à son propos.

Quelque temps après, il a fallu vider son appartement, comme on avait vidé celui de Rosemonde. Suzy et ses proches m'ont alors proposé de prendre son piano, un joli « crapaud » Pleyel, modèle 1938, aux lignes Art déco en bois de citronnier, devant lequel je m'assieds, désormais, pour travailler les préludes de Debussy, les sonates de Beethoven ou les valses de Chopin. Elle avait acquis cet instrument en 1947, du temps où elle tournait *Quai des Orfèvres*, et l'avait fait livrer 3 rue Lagrange, dans l'appartement où elle vivait avec Clouzot. Ces touches avaient vu passer les doigts de Maurice Yvain l'accompagnant dans des airs de *Ta bouche*, ceux de Georges van Parys qui avait écrit pour elle les chansons du film *Lady Paname* ; et encore ceux de Paul Misraki, Wal-Berg, Jack Ledru ou Jacques Loussier, son accompagnateur favori. C'est sur cet instrument qu'elle avait travaillé l'air de Métella dans *La Vie parisienne*, rôle qu'elle chante merveilleusement dans le disque du spectacle du Palais-Royal, en 1958. Je conserve également la partition annotée, mais il suffira que je disparaisse à mon tour pour que tout cela ne signifie plus rien pour personne.

Le 31 décembre 2017, nous nous sommes retrouvés auprès d'elle, pour fêter ses cent ans dans cette maison où elle demeurait désormais. Ses plus proches amis étaient présents autour d'un petit buffet. Suzy ne serait jamais facile : elle râlait tout le temps, demandait des services de plus en plus incompréhensibles, sans aucun effort pour se faire comprendre, tout en exigeant d'avoir immédiatement ce qu'elle voulait. Elle ne reconnaissait pas toujours les gens ou faisait semblant de ne pas les reconnaître, quitte à les chasser de sa chambre quand ils lui rendaient visite. Le jour de ses cent ans, pourtant, avec l'aide de Jacqueline, elle avait pris soin de s'habiller, de mettre des bijoux ; et cette femme encore vive, faisant beaucoup moins que son siècle, se tenait avec nous autour du champagne et des gâteaux. Elle répondait précisément à certaines questions à condition qu'on lui parle fort à l'oreille. Puis, soudain, elle en a eu assez et s'est refermée, priant qu'on la reconduise à sa chambre et à ses pensées désormais entièrement dirigées vers « la terre », comme elle disait, où elle s'impatientait de retrouver « papa et maman ». Elle les a retrouvés en mars 2020, âgée de cent deux ans, dans le cimetière de Pantin totalement désert, alors que la France entière était confinée pour cause de coronavirus.

*

Quelque temps après la mort de Rosemonde, j'ai été contacté par Nicole, la fille des amis résistants qu'elle allait voir chaque année à Ivry-la-Bataille. J'avais dormi dans la maison de ses parents quand ma grand-tante y séjournait. Puis ils étaient morts eux aussi et Nicole avait retrouvé cette étrange lettre adressée à sa mère, Marcelle. Le papier à en-tête précise : « Albert Georges, chirurgien-dentiste, 52 avenue du Général-Leclerc. Boulogne – tél Molitor 13 27. » La date n'est pas précisée, mais quelqu'un a noté au crayon : « 1948 ». Dans cette lettre, oncle Albert écrit :

Ma chère petite Marcelle. Dieu vous bénisse. À la suite de votre visite de l'autre jour et de mon accueil si glacial (je ne pouvais pas être autrement), nous nous sommes revus. Si Raymond a la gentillesse de venir au train à Bueil dimanche matin nous chercher, nous vous dirons ensemble tout le bien que vous avez fait et toute la recon-

naissance que nous vous devons, moi surtout. Je vous embrasse tous les deux. Al.

À la page suivante, c'est Rosemonde qui prend la plume et poursuit :

Ma chère Marcelle. Votre voyage à Paris a eu un heureux résultat. Je vous raconterai tout cela de vive voix. Depuis une semaine, je vis comme dans un rêve. Ne diffusez encore rien autour de vous de cet amour rénové, nous vous expliquerons cela ensemble… Nous allons vous apprendre des tas de nouvelles choses qui ont été décidées le jour de Pâques. Enfin, je suis heureuse et je crois que je le serai toujours.

Bons baisers à tous trois de nous deux.

Encore un mystère sur lequel je n'en saurai pas davantage. Un autre fragment de cette histoire incomplète : Rosemonde et Albert, après leur idylle dans la Résistance, s'étaient séparés pour une raison mystérieuse. Ce coup de froid était-il lié à la question du mariage, de la vie commune, à l'installation à Boulogne où Albert avait repris son métier ? À la mort de sa première épouse en déportation ? Au fait que l'un ou l'autre ne pouvait ou ne voulait avoir d'enfants ? Ces questions s'ajoutent à toutes celles qu'on regrette de ne pas avoir posées aux vivants, mais qu'on ne songeait pas alors à formuler. Peut-être, d'ailleurs, Rosemonde n'aurait-elle pas répondu, toujours si discrète sur son passé. Mon tempérament d'écrivain me pousse à rassembler les sources et à tenter de les remettre en ordre pour tout comprendre. Mais c'est là une quête impossible et vaine. C'est pourquoi j'ai préféré mettre en lumière quelques fragments, quelques souvenirs sauvegardés dans leur poésie plutôt que de combler par l'imagination l'histoire de Rosemonde et Albert, comme si j'ajoutais de l'hypothétique au réel. Je préfère m'en tenir à cette évocation lacunaire.

L'important, pour moi, est qu'ils se soient rendus un jour au lac de Longemer où, disait-elle, « nous avons vécu les plus belles années de notre vie » ; que la jeune Rosemonde, âgée de trente ans, et l'aventureux capitaine Georges qui venait d'en avoir cinquante aient roulé dans leur décapotable jusqu'à ce rivage au milieu des montagnes qu'il connaissait depuis l'enfance et qu'elle découvrait avec lui. J'aime les entrevoir en cette contrée encore ignorée des parkings, des campings et du tourisme organisé, à l'exception de quelques pensions de famille, comme celle où ils s'étaient installés, au bord de l'eau, passant leurs journées à se dorloter. Puis je les vois encore, d'une année sur l'autre, revenant pour les vacances, grimpant les cols et s'aventurant dans les vallées voisines jusqu'à une maison perdue. Comme l'écrirait plus tard Rosemonde en légende de quelques vieilles photos : « Un jour de ce mois d'août 1955, nous fîmes le tour de ce vieux moulin, nous nous en approchâmes timidement, et nous l'avons aimé. »

C'est là que j'ai découvert à mon tour le bonheur en tombant amoureux de ce pays. Et c'est là que je suis heureux aujourd'hui encore, après avoir fait découvrir les Vosges à Jean-Sébastien. Chaque été, nous retournons à Longemer où les bains sont toujours délicieux. Pour regagner la maison, nous empruntons un raccourci dans la forêt de Belbriette où la voiture avance doucement, comme lorsque j'étais enfant et qu'oncle Albert tenait le volant, solide comme un roc. Il était le héros de mon enfance, lui-même porté par son héros : ce général résistant, mort en novembre 1970. Aujourd'hui, Jean-Sébastien conduit dans la forêt vosgienne et je mesure combien ce bonheur est fragile. J'aimerais connaître, comme Rosemonde, une très longue existence où la fin viendrait s'inviter doucement et sans souffrir. Mais peut-être me faudra-t-il endurer, comme oncle Albert ou Jean-René, une lutte violente et désespérée. Ce sont là des issues qu'il est vain de prévoir. L'important est que ce couple m'ait transmis une petite lumière ; si bien que même aux instants les plus douloureux, je peux invoquer quelques images lointaines, comme celle de ma sœur et de moi-même sur les prés de Sérichamp, contemplant au loin la vallée des Lacs. Près de nous, j'entends oncle Albert en train de deviser avec M. Rosé dans ce bistrot sur l'alpage. Les herbes sont parfumées, des insectes bourdonnent ; c'est comme si l'on planait au-dessus du monde en un lieu intemporel qui doit être le paradis.

8

Nous deux

Nous roulons vers le cimetière de Grandrupt-Saint-Stail. Cette région fait partie des Vosges du nord, reconnaissables à leurs couleurs de grès rose et à leur altitude modeste, dominée par les mille mètres du Donon. La nature diffère beaucoup de celle des Hautes Vosges où Albert et Rosemonde s'étaient installés. Aux environs du Valtin le paysage est plus alpestre et ses reliefs parfois spectaculaires. Des pâturages recouvrent les sommets où les touristes skient l'hiver et se promènent l'été. La région de Grandrupt est un monde plus secret, touffu, éloigné des agitations humaines.

À la sortie de Saint-Dié, quand la route s'élève vers Saint-Jean-d'Ormont, on découvre d'abord un horizon de montagnes rondes et de forêts qui pourrait se situer en Europe centrale. Chaque fois que je passe à cet endroit, j'imagine un ample chant wagnérien résonnant dans les vallées : le prélude de *Parsifal.* Sans doute parce que mon premier disque de cette œuvre portait en pochette un panorama bavarois du même genre ; mais aussi parce que l'imaginaire allemand n'est jamais très éloigné, ici, aux frontières de la Germanie. Passé cette vaste perspective, on s'enfonce à l'ombre de conifères extraordinairement serrés, plantés en un temps où l'on encourageait cette activité désormais combattue au nom de la nécessaire « ouverture paysagère ».

De tournant en tournant, on parvient au village où vivaient mes aïeux dans des fermes lorraines occupées principalement par l'étable et le grenier à foin. Je reconnais la maison de la cousine Jeanne qu'on venait voir avec oncle Albert, puis qu'on a visitée avec mes parents à l'hospice de Senones, la ville voisine. Un peu plus loin, près de la rivière, se tient toujours la ferme de « cousine Alice » qui accrochait le drapeau tricolore et nous offrait de gros billets. Tout le monde est mort. Personne n'a subsisté de la famille proche ou éloignée. Les seuls habitants, ici comme ailleurs, sont des « résidents secondaires » et des « rurbains » travaillant dans les villes voisines. Quelques éoliennes plantées sur la crête brisent les proportions de la nature. Là-haut, c'est le col du Hantz et l'ancienne frontière (celle de 1870) ; puis le bourg de Saâles administrativement alsacien mais culturellement lorrain, où mon ami Jean Vogel a, pendant vingt-quatre ans, exercé les fonctions de maire et s'est efforcé de ranimer l'agriculture de montagne.

Pour l'heure nous suivons lentement la route jusqu'à l'église où fut inhumé oncle Albert en 1978. Je nous revois, mon cousin et moi, portant jusqu'au tombeau ses médailles de la Résistance. Aujourd'hui Jean-Sébastien tient le volant et m'accompagne. Pas sûr que cette visite soit passionnante pour lui ; mais il a la gentillesse de ne rien dire et de me suivre en silence dans les escaliers qui grimpent jusqu'à cette sépulture, en haut du cimetière, où repose mon grand-oncle avec ses parents et ses grands-parents. La palme de la France libre est posée sur la pierre pour tout ornement. Son frère, Maurice, est au Havre dans le caveau plus solennel des Coty ; Rosemonde a voulu donner son corps à la science. Albert demeure seul ici, avec ces ancêtres que je n'ai pas connus ; et pourtant, chaque fois que je reviens, tout un monde se ranime ; un pays enfantin fait de voix, de visages, de souvenirs et d'histoires plus ou moins vraies : comme cette légende familiale qu'il brodait pour nous en écrivant son *Conte à rebours*.

Je parle à Jean-Sébastien de ces souvenirs qui ne lui disent rien, pas plus que ne me parlent ses souvenirs de famille. Les humains sont ainsi, peu portés à se connaître vraiment. Mais voici vingt ans que nous cheminons côte à côte et voici vingt ans que chaque moment me paraît plus beau, plus vibrant, si je le partage avec lui. Quittant le cimetière, nous allons rentrer en écoutant « Rire et Chansons », le long de cette route qu'on prenait il y a soixante ans en écoutant les blagues de mon oncle.

*

En cette fin juin, le printemps tardif transfigure le massif vosgien. Les jours plus longs, le soleil et l'eau qui ruissellent nourrissent une végétation abondante qu'on voit presque pousser au fil des heures. Chez moi, au Valtin, entouré de sapins, de feuillus et d'innombrables fleurs aux couleurs vives, j'ai l'impression d'être dans une clairière au milieu de la forêt amazonienne. Pendant l'été, les vaches viendront chercher ici l'herbe encore verte qui manquera partout ailleurs. Soudain mon téléphone sonne. C'est un couple de Strasbourgeois qui vient d'emménager au village. J'ignore comment ils connaissent mon numéro, mais ils se sont mis en tête d'organiser un dîner avec des amis. On m'invite ici comme une célébrité locale et je fais semblant d'être touché, mais je me passerais de telles attentions. La soirée sera trop longue et, pour me remercier d'être venu, on m'interdira de fumer. Pourtant j'accepte en précisant :

— Je ne rentrerai pas tard, je travaille de bon matin.

J'ajoute que je viendrai avec Jean-Sébastien. Puis, sitôt le téléphone raccroché, je me tourne vers lui :

— Je me suis encore fait avoir !

Rien à faire, ma misanthropie reste dissimulée derrière mon envie de faire plaisir. On me trouve gentil et bien élevé. Je suis attentif aux autres. Je ne dis jamais non, j'essaie d'être agréable. Pourtant la sombre machine continue à tourner. Quand je croise des humains, je me montre spontanément loquace, chaleureux, curieux de ce qu'ils sont. J'y prends même sans doute une forme de plaisir. Mais aucune relation ne m'est vraiment nécessaire. Seul Jean-Sébastien échappe à cette loi, parce que nous formons cette sorte d'entité que les humains appellent un « couple » – encore que je n'aime pas ce concept appliqué à deux hommes.

Je compare, une nouvelle fois, notre situation avec celle de Rosemonde et Albert au lendemain de la guerre. Ils n'étaient pas mariés et ne pouvaient y songer tant que le décès de la première épouse d'Albert n'était pas officiellement reconnu. C'est pourquoi ils s'unirent tardivement et simplement à l'église du Valtin, en 1956, sous la bénédiction de ce curé que je connaîtrais plus tard. Ils avaient l'âge que nous avons aujourd'hui et les seules personnes présentes étaient la mère du curé et celle de Rosemonde. L'église était un refuge pour la clandestinité de l'amour. Aujourd'hui, même les gays s'épousent à la mairie et s'embrassent à la sortie sous une pluie de confettis.

Notre rapprochement est d'un tout autre ordre. Il consiste à vivre ensemble et à nous épauler – tout en sachant que le chemin finira mal. Il consiste du moins, en attendant le pire, à nous essayer au meilleur : faire du feu dans la cheminée ; manger de la bonne nourriture ; revoir les films que nous aimons ; prendre le dernier train de nuit – celui qui va à Venise –, parce que nous n'aimons pas les aéroports ; monter à la ferme de Gisèle où j'admire les vaches, tandis que Jean-Sébastien caresse Pralin : un veau de race vosgienne à la couleur rousse inhabituelle ; puis redescendre la route à travers la forêt ; et parfois nous serrer l'un contre l'autre, comme si cette chaleur humaine pouvait nous sauver de la séparation et de la mort.

Comme Rosemonde et Albert, nous n'aurons pas de descendance. Peut-être ne le pouvaient-ils pas. Peut-être ne le voulaient-ils pas, bien qu'ils soient devenus parents à leur façon : parents de leurs petits-neveux quelques mois par an ; parents presque idéaux faits pour notre bonheur. Quant à moi, je ne souhaiterais pour rien au monde donner la vie, tant la balance me semble incertaine entre les illusions du bonheur et le désespoir qui finit par s'imposer. L'accroissement de l'espèce ne m'apparaît pas comme un enjeu admirable et, plutôt que d'ajouter de la vie sur cette planète vacillante et surpeuplée, je préfère tenter d'adoucir ce qui est déjà.

Écrire et *Jean-Sébastien* sont mes seuls projets, incluant ce qu'il faut de promenades, de musique et de plaisirs terrestres, mais exigeant aussi de consolider l'édifice que je tente de bâtir pour l'avenir, tel un château de cartes. Je prends des dispositions, je rédige des testaments et maintes recommandations. J'envisage même de rassembler ces notes dans un manuel à son intention que j'intitulerai *La Vie après ma mort.* Il y trouvera quelques conseils dont il fera ce qu'il voudra. Voilà ce qui m'occupe désormais plus que tout : la préparation de la fin au cœur de ce pays vosgien où j'ai connu l'enchantement de la vie. Et puis, le temps qu'il reste, inventer encore quelques histoires.

9

Le loup de Belbriette

III : UN MONDE NOUVEAU

Il faisait près de trente degrés, ce 20 mars 2070, quand un convoi de tricycles tout-terrain, à biopropulsion, apparut en lisière de la forêt décharnée. Le groupe s'avança dans les herbes sèches, traversa le lit de pierres d'une ancienne rivière, puis grimpa vers la butte où s'élevaient des pans de murs effondrés. Parvenu à cet endroit, le meneur fit un geste pour indiquer aux autres de s'arrêter. Tous descendirent de leurs véhicules, moulés dans les combinaisons climatiques vertes qui leur permettaient de supporter la chaleur du printemps et la torpeur de l'été, comme le froid de l'hiver :

— *It's here !* s'exclama l'homme.

Puis il ajouta en désignant le paysage :

— *The earth of Voj Mountain !*

De fait, un splendide panorama prolongeait la prairie, grimpant vers des sommets arides. Sur les versants escarpés, de vieux sapins, morts sur leurs troncs, se mêlaient à la nouvelle essence de pins qui s'était répandue dans la région. Dès les années 2030, un exploitant forestier avait décidé d'implanter cet arbre mieux adapté aux transformations climatiques. Du coup le paysage autrefois sombre et humide de la Voj Mountain avait pris un caractère presque méditerranéen. Après la guerre de 2053-2060, ces étendues boisées ouvraient des perspectives aux promoteurs, comme ceux qui venaient de pénétrer à *Belbriaite* (le lieu était ainsi désigné sur leurs tablettes) où ils envisageaient de créer un Crazy Park. En quelques années, le tourisme avait explosé dans la région, plus encore depuis que les incendies achevaient de calciner les provinces méridionales – appelées selon certains experts à se transformer en désert, cependant que les montagnes du nord offraient désormais des conditions climatiques comparables à celles qui faisaient, au XXe siècle, l'attrait de la Provence ou de la Toscane.

Le cheffe du groupe débitait en anglais – comme lors de toute réunion professionnelle – ses explications devant un auditoire composé d'architectes et de promoteurs qui l'écoutaient attentivement. Mais lorsqu'ils se parlaient en tête à tête et en aparté, les membres du groupe préféraient recourir au *fransai*, leur langue d'usage, malgré la difficulté des variantes qui empêchait parfois de se comprendre. Vingt ans plus tôt la loi « Une langue pour chacun », répondant aux revendications de nombreux groupes et associations, avait en effet balayé les règles communes, offrant une liberté qui abolissait la notion même de faute ou d'usage inapproprié. Dans la même réforme, la simplification orthographique décidée par le Parlement avait permis de généraliser l'écriture phonétique en supprimant les accords, les accents ainsi que toutes les complications inutiles : ainsi ce « c » cédille et ce « s » final qui, autrefois, rendaient si bizarre le mot

« français » ; ou encore cette écriture tarabiscotée du mot « Vosges » – qui pouvait logiquement se résumer à *Voj*, ou encore à *Voj Mountain* comme on disait désormais. La seule vraie difficulté, pour certains, surtout les plus âgés, résultait de la DLE (« Directive pour une langue équitable »), conçue pour mettre fin au sexisme inhérent au français et qui avait conduit à réattribuer de façon paritaire les genres et orthographes du masculin et du féminin. Une commission d'étude avait longuement planché sur le sujet, effectuant des choix parfois discutables qui, du moins, en finissaient avec l'injustice et contribuaient à modeler l'esprit des jeunes générations. C'est ainsi, par exemple, que le mot chef s'écrivait désormais *cheffe*, y compris pour les hommes, tandis que le terme d'ingénieur s'était vu remplacé par celui d'*ingainieuz* et que celui d'*infirmiai* désignait indifféremment les personnes des deux sexes exerçant ce métier. D'autres mots comme escroc ou violeur avaient conservé leur genre masculin. Tout cela n'était pas facile à retenir, mais engendrait de nouvelles tournures, comme : « Le cheffe et C 2 copin, l'ingainieuz et la promoteur, sont 3 sal violeur. Il zon harcelai la jantille infirmiai ki venai pour lai soignai. »

Le groupe avait pour l'heure d'autres préoccupations, comme d'admirer cet horizon montagnard :

— Sai bo ! Vraiman… prononça une femme, pensive.

Elle désignait la prairie qui fleurait la lavande ; puis son regard revint vers le groupe et son cheffe en train d'expliquer, toujours en anglais, l'origine des ruines qui recouvraient la butte.

Une légende qui courait encore il n'y a pas si longtemps, chez les vieux de la région, disait qu'un homme avait vécu ici, autrefois, au milieu d'une meute de loups dont il avait appris le langage. Venu de l'autre bout du monde, il s'était fixé dans la clairière à l'époque des hordes – protégé par cette armée animale. On ne savait presque rien de lui et nul n'osait l'approcher ; sauf certains habitants des nouvelles souches qui l'avaient regardé comme un dieu vivant, auquel ils apportaient des vivres et des offrandes. Tel était du moins le récit dont il subsistait probablement quelques traces dans le cloud, avant le Big Bug de 2050 qui avait détruit toutes les données.

L'assistance, passionnée, écoutait l'homme et regardait plus attentivement ces ruines, maintenant qu'elles avaient une histoire. Soudain, s'approchant plus près de l'entassement de pierres sèches, un des visiteurs s'écria :

— Ya D zos !

Tous les regards se braquèrent aussitôt vers ces ossements blanchis. Nul, toutefois, ne semblait capable de dire si ces restes appartenaient à des humains, à des loups ou à une autre espèce.

Ce n'était là, d'ailleurs, qu'un préambule à la réunion qui commença peu après, quand tous les participants émirent leurs observations sur la validité du projet : édifier dans cette clairière un vaste campement de yourtes, qu'on pourrait vendre à prix d'or. Dans l'élan de la reconstruction, certaines catégories de population connaissaient une nouvelle prospérité et redécouvraient l'idée de vacances au grand air dans les Crazy Parks. Le monde semblait provisoirement apaisé. La loi universelle de restriction des naissances – qui limitait la reproduction à un enfant par couple – et son application impitoyable, passant par l'élimination des nourrissons non répertoriés, avaient permis d'inverser la courbe qui, cinquante ans plus tôt, conduisait le monde au désastre. Les désordres de la nature semblaient s'apaiser ; et il n'était pas déraisonnable d'imaginer que, bientôt, des parents viendraient ici faire découvrir à leur enfant les joies de la montagne.

Après un long brainstorming, les partenaires du projet enfourchèrent à nouveau leurs tricycles tout-terrain pour entreprendre, durant plus d'une heure, un vaste tour de la clairière. Puis le cheffe de groupe annonça à ses partenaires qu'il leur réservait pour finir une surprise et il leur parla pour le coup en fransai :

— On va grimpai dan la forai, et vou zalai voir coman la vi recomanse dan la Voj Mountain.

Les participants applaudirent avant de s'engager dans un sentier sous les arbres. Leurs tricycles montraient quelques difficultés dans cette ascension sur un sol aride, où les traces du chemin disparaissaient entre les troncs des conifères. Les moteurs bio ronronnaient, laissant derrière eux une odeur pestilentielle. Un quart d'heure plus tard, enfin, la petite troupe franchit la lisière et parvint en haut de la montagne, sur cette prairie qui dominait les alentours. Se retournant dans la direction d'où ils étaient venus, ils aperçurent en contrebas la clairière et son lit de rivière asséché – qui, paraît-il, se remplissait très violemment pendant les crues de printemps.

La surprise annoncée par le cheffe de groupe était toutefois d'un autre ordre. Car un peu plus loin, à l'ombre de hêtres rabougris par le vent, ils découvrirent les huttes d'un village et quelques corps clairs (on n'employait plus le mot « noir » pour désigner les humains, mais seulement *clair* pour les noirs et *foncé* pour les blancs, afin de briser les derniers stéréotypes). D'apparence paisible, ils gardaient un troupeau de vaches. Au-delà s'étendaient des champs ondulés où poussait de l'herbe pour les animaux, mais aussi quelques parcelles de blé, de maïs, et des arbres fruitiers que la tribu avait su faire prospérer.

Le cheffe de groupe salua d'un geste respectueux le cheffe de la tribu qui voulut bien répondre en anglais à quelques questions, expliquant comment ses ancêtres étaient arrivés d'Afrique au début du XXIe siècle, puis s'étaient réfugiés ici au début de la guerre civile. Ils avaient traversé cette période agitée et se livraient maintenant à la culture et à l'élevage.

— Vou zavai conu lom o lou ? demanda soudain l'une des femmes, en désignant du doigt ce domaine de Belbriaite et son tas de ruines, vestige de la demeure de cette créature légendaire.

Le grand cheffe clair comprenait le fransai, mais à ces mots il resta muet ; puis, soudain, comme pour montrer aux nouveaux venus sa sympathie, il les invita à le suivre pour leur montrer le fétiche du village. À la file derrière lui, les visiteurs découvrirent alors à l'ombre des arbustes une cage en bois ; et tous se redressèrent en frémissant lorsqu'ils reconnurent, à l'intérieur, un très vieux loup décharné, au poil blanc et à l'œil rouge, qui les considérait d'un air attristé.

Aucun d'entre eux n'avait jamais vu un tel carnassier, sauf en image, et leur curiosité était à son comble quand le grand cheffe clair expliqua en bon anglais :

— D'après nous c'est probablement le dernier de la

forêt. Il doit avoir près de vingt ans ; et peut-être ses parents, ou ses grands-parents, ont-ils connu le prince des loups quand il vivait dans la clairière… Mais cela, nous ne le saurons jamais.

L'entretien s'acheva sur ce mystère. Après quoi la petite troupe enfourcha de nouveau ses tricycles à biopropulsion, et redescendit par la forêt vers la ville voisine. Suivant ses conclusions, l'administration donnerait bientôt le feu vert au chantier du Belbriaite Crazy Park en vue de relancer le tourisme dans la Voj Mountain.

I. UN SOUVENIR D'ENFANCE

II. 14 600 JOURS

III. LES VIEILLES DAMES

Œuvres de Benoît Duteurtre (suite)

Chez d'autres éditeurs

SOMMEIL PERDU, *roman*, 1985, *Grasset.*

REQUIEM POUR UNE AVANT-GARDE, *essai*, 1995, nouvelle édition, 2005, *Les Belles Lettres.*

À PROPOS DES VACHES, *roman*, 1987, nouvelle édition, 2000, *Les Belles Lettres* (« La Petite Vermillon », *n° 194*).

LE GRAND EMBOUTEILLAGE, *essai*, 2002, *Le Rocher* (« Colères »).

MA BELLE ÉPOQUE, *chroniques*, 2007, *Bartillat.*

BALLETS ROSES, *récit*, 2009, *Grasset.*

LA NOSTALGIE DES BUFFETS DE GARE, *essai*, 2015, *Payot.*

DEUX AMANTS, C'EST BEAUCOUP MIEUX !, 2016, *Steinkis.*

Composition : IGS-CP à L'Isle-d'Espagnac (16).
Achevé d'imprimer
sur Roto-Page
par l'Imprimerie Floch
à Mayenne, en février 2021.
Dépôt légal : février 2021.
Numéro d'imprimeur : 97867.
ISBN 978-2-07-281865-3 / Imprimé en France.

341069